QUERVERLAG

Maria Braig

nie wieder zurück

ROMAN

Alle Charaktere, Schauplätze und Handlungen in diesem Roman sind frei erfunden. Ähnlichkeiten mit lebenden und toten Personen sind unbeabsichtigt.

Umschlag und grafische Realisierung von Sergio Vitale unter Verwendung einer Fotografie © mauritius images / Wavebreakmedia.

Druck und Weiterverarbeitung: Finidr
ISBN 978-3-89656-279-1
Printed in the Czech Republic

Bitte fordern Sie unser Gesamtverzeichnis an:
Querverlag GmbH
Akazienstraße 25, 10823 Berlin
www.querverlag.de

Kapitel 1

Was bedeutet es, deutsch zu sein?

Die sechzehnjährige Fadia kaute an ihrem Bleistift. Sie schrieb nie direkt am Laptop oder Tablet. Zuerst hielt sie ihre Gedanken auf einem Blatt Papier fest und – das war das Wichtigste dabei – sie schrieb die Rohfassung mit Bleistift, eben weil es sich so schön darauf kauen ließ.

Als kleines Mädchen hatte sie schon gerne auf den Buntstiften herumgekaut, mit denen sie die Bilder in ihren Malbüchern ausmalte. Dabei war meist der Lack abgesplittert und sie war mehr am Spucken als am Malen. Dann hatte ihre Mutter umweltfreundliche, nicht lackierte Stifte entdeckt und seither war Fadia dem Kauen noch mehr verfallen. Als sie keine Buntstifte mehr benutzte, weil ihr die Malbücher mit Blumen und Tieren und allen möglichen Figuren aus Walt-Disney-Filmen, von denen sie nur wenige selbst gesehen hatte, eines Tages kindisch vorkamen, stieg sie auf Bleistifte um. Wann immer möglich, schrieb sie damit anstelle des Füllers, der eigentlich in der Schule vorgeschrieben war. Das Zedernholz, aus dem die Stifte hergestellt wurden, schmeckte nach Ferne, es war weich und dokumentierte die Spuren ihrer Zähne. Wenn sie zur Mine vorstieß, weil die letzte Faser der Umhüllung abgekaut war, brach sie das Ende des Stiftes ab und alles begann von vorne.

Fadia versuchte sich zu konzentrieren, aber ihre Gedanken schweiften ab. Was war das aber auch für ein bescheuertes Aufsatzthema. *Was bedeutet es, deutsch zu sein?*

Sie hatte keine Ahnung. Darüber hatte sie noch nie nachgedacht, aber nun stand das Thema im Ethikunterricht auf dem Lehrplan. Frau Kaminski hatte ihnen einen Zeitungsartikel über die sogenannte *deutsche Leitkultur* mitgebracht.

„Dieser Begriff", so erklärte Frau Kaminski der Klasse, „ist vor Jahren schon einmal aufgekommen, dann aber in der Versenkung verschwunden. Nun versuchen ihn einige ewig Gestrige wiederzubeleben und erneut zu einem gesellschaftlichen Thema zu machen. Auch hier in Bremen gibt es Anhänger von Pegida und AfD. Deshalb müssen wir uns damit auseinandersetzen."

Allgemeines Gemurmel war die Antwort. Niemand schien Lust auf dieses Thema zu haben, aber Frau Kaminski kannte kein Erbarmen.

Nachdem sie gemeinsam den Artikel gelesen hatten, fragte die Ethik-Lehrerin: „Was bedeutet es denn für euch, deutsch zu sein?"

Niemand meldete sich, allgemeines Schweigen und Blicke in die Ferne. Möglichst nicht anwesend sein, um nicht angesprochen zu werden und diese Frage beantworten zu müssen, signalisierten die Blicke, und die Folge war nun eben dieser Aufsatz.

„Wenn ihr keine Antwort wisst, dann müsst ihr euch dringend dazu Gedanken machen." Frau Kaminski schien von der Reaktion ihrer Schülerinnen und Schüler nicht überrascht zu sein. „Bis zum nächsten Mal schreibt ihr mir auf, was Deutschsein für euch bedeutet, und im Anschluss sprechen wir darüber, was mit dieser Leitkultur gemeint ist, wer hinter diesen Gedanken steckt und was damit bezweckt wird. Für heute machen wir Schluss."

Sie durften eine halbe Stunde früher nach Hause gehen, aber dafür mussten sie sich nun mit der schriftlichen Beantwortung dieser Frage herumquälen, auf die Fadia, wie die meisten anderen in der Klasse auch, keine Antwort wusste.

Was bedeutet es, deutsch zu sein?

Fadias Eltern waren vor vielen Jahren aus Marokko nach Deutschland gekommen. Sie selbst war hier geboren, sie war in Bremen zu Hause, in dieser Stadt, die zufällig in Deutschland lag, also war sie gerade so deutsch wie ihre beste Freundin Alisa, mit der sie schon seit dem Kindergarten unzertrennlich war. Auch Alisas Eltern stammten ursprünglich nicht aus der Region, aber sie kamen nicht aus Marokko, sondern aus Bayern, was für die beiden Mädchen keinen Unterschied machte. Beides war weit weg und beide fuhren sie jedes Jahr in den Sommerferien dorthin, um die Großeltern zu besuchen.

Dann war da noch Jil, die Dritte im Bunde. Erst im Gymnasium war sie zu ihnen gestoßen. Jils Eltern waren nicht weit weg in einem Dorf im Emsland geboren und aufgewachsen. Den Namen des Dorfes hatte Fadia längst vergessen.

„Immerhin haben sie es bis nach Bremen geschafft", sagte Jil einmal zu den beiden Freundinnen. „Gott sei Dank. Sonst müsste ich jetzt auf dem Land versauern und hätte euch nie kennengelernt."

Jil beneidete Fadia und Alisa um ihre Reisen nach Marokko und Bayern. Bayern war nicht weit von Österreich, der Schweiz und Italien und das war für Jil bereits die weite Welt. Von Marokko in Afrika ganz zu schweigen. Sie selbst verbrachte mit ihren Eltern und ihrem kleinen Bruder jedes Jahr die Sommerferien an der Nordsee. Das war nicht weit zu fahren und die Eltern zog es nicht ins Unbekannte. Jil schon.

Fadia sah keinen Unterschied zwischen sich und den beiden anderen Mädchen. Als sie klein waren, hatten sie sowieso keinen Gedanken daran verschwendet, aber auch später waren sie einfach Freundinnen und lebten gemeinsam in der Stadt, in der sie geboren waren und die sie als ihre Heimat empfanden. Alle drei fühlten sich in Jeans und Sweatshirt am wohlsten und gemeinsam machten sie sich über die Mädchen in der Klasse lustig, die einen Großteil ihrer Zeit vor dem Schminktisch und in Nagelstudios verbrachten. Meist waren sie zu dritt bei einer von ihnen zu Hause, gingen ins Kino oder saßen im Sommer im Eiscafé, „um Jungen zu beobachten", oder sie zogen mit „den paar halbwegs Normalen in der Klasse", wie Alisa sich ausdrückte, wenn sie die mode-

und schminkbewussten Mitschülerinnen ausschließen wollte, durch die Stadt.

In der Klasse gab es auch ein paar andere, deren Eltern, wie die von Fadia, nicht aus Deutschland stammten, aber niemand kümmerte sich wirklich darum. Es waren schließlich die Eltern, die anderswo aufgewachsen waren, nicht sie. Nur hin und wieder, wenn es aus irgendwelchen Gründen Streit gab, warf man sich gegenseitig „Kanake" und „Kartoffel" an den Kopf, aber schon kurze Zeit später, wenn der Streit beigelegt war, war auch das wieder vergessen.

Je mehr Fadia über dem Aufsatz grübelte, umso mehr Begebenheiten und Äußerungen fielen ihr ein, die ihr zu diesem Thema begegnet waren. Es hatte sie nie wirklich interessiert, geschweige denn beeindruckt, aber nun tauchten diese Dinge langsam, aber unaufhaltsam aus ihrem Unterbewusstsein auf. Anscheinend hatte sie eben doch alles irgendwo abgespeichert, anscheinend war es eben doch auf eine bestimmte Art und Weise wichtig für sie gewesen.

Je älter sie wurde, desto häufiger wurde sie, wenn es irgendwo in der Welt einen islamistischen Terroranschlag gab, darauf angesprochen. „Was hältst du davon? Wie stehst du dazu?" Zunächst hatte sie gedacht, es hinge mit dem Älterwerden zusammen, und es als eine Art Kompliment aufgefasst, dass die Erwachsenen sie nach ihrer Meinung zu politischen Geschehnissen befragten. Dann hatte sie bemerkt, dass immer nur sie gefragt wurde, nie Alisa oder Jil, und sie hatte sich erst gewundert und im Lauf der Zeit darüber geärgert.

Was interessierten sie denn diese Terroranschläge? Jedenfalls nicht mehr als ihre Freundinnen auch. Was ging es sie an, wenn irgendein Ausländer austickte und seine Ex-Frau angriff? Was hatte sie damit zu tun, wenn nordafrikanische Männer Frauen und Mädchen begrapschten? Nie hatte sie jemand gefragt, was sie davon hielt, dass der alte Stövermann, der allein in einem kleinen Haus in der Nachbarschaft wohnte, sobald ein junges Mädchen auftauchte, sie dumm anquatschte, in sein Haus einlud und versuchte, sie zu betatschen. Er war halt der alte Stövermann, die Mädchen wurden vor ihm gewarnt, sie sollten ihm am besten aus dem Weg gehen und sich fernhalten. Das war's. Man hatte sie auch nie gefragt, was sie davon hielt, dass vor einiger Zeit ein Arbeitsloser in der Agentur für Arbeit Amok gelaufen war und mit einem Messer seine Sachbearbeiterin verletzt hatte. Diese Leute waren Deutsche ohne irgendwelche ausländischen Wurzeln, das wurde Fadia jetzt klar. Sie verhielten sich zwar falsch, aber das kam eben immer mal vor. Sobald jedoch diejenigen, die sich falsch verhielten, Ausländer waren oder ausländische Eltern hatten, so wie sie selbst, dann war das anscheinend etwas, das zu *den* Ausländern gehörte. Kein Einzelfall, sondern typisch. Und dann war sie selbst plötzlich nicht mehr einfach Fadia, die schon immer hier lebte, wie Alisa und Jil auch, sondern dann war sie eine Ausländerin, eine potenzielle Terroristin oder zumindest auf irgendeine undurchsichtige Art mitverantwortlich für das, was „ihre" Leute getan hatten.

„Das ist eben ihre Kultur", hatte sie in letzter Zeit immer öfter aufgeschnappt. „Das ist eben eure Kultur", hatte sie selbst zu hören bekommen, aber lange Zeit nicht weiter beachtet. Abgehakt unter „dumme Sprüche" und neben „Kanake" in den Papierkorb geworfen. Aber, so bemerkte sie nun, auch was im Papierkorb lag, war nicht weg. Es war genauso wie auf ihrem Laptop. Von der Oberfläche zwar verschwunden, vergessen, vorbei – aber doch noch greifbar. Und jetzt kam alles von ganz allein nach oben.

„Das ist eben deine Kultur."

Plötzlich stand dieser Satz neben der Frage „Was bedeutet es, deutsch zu sein?" und brachte sie noch mehr durcheinander.

Meine Kultur, deine Kultur. Sie lebte hier genauso wie ihre Freundinnen, seit sie denken konnte. Sie lebte kaum anders als ihre Freundinnen. Zu Hause wurde Weihnachten gefeiert mit geschmücktem Tannenbaum und Geschenken, aber ohne

Krippe und Gottesdienst. Es gab auch den Ramadan und das Zuckerfest und Fadia hatte es als Kind immer sehr genossen, zweimal beschenkt zu werden, während ihre Freundinnen nur Weihnachten hatten. Die Eltern fasteten während des Ramadan, stellten ihrer Tochter aber frei, dies zu tun oder zu lassen, und sie hatte sich fürs Lassen entschieden. Fadia fand, in ihrer Familie lebte es sich, was die Religion anging, wesentlich entspannter als bei Alisa, die katholisch war und jeden Sonntag und auch sonst immer mal wieder zur Kirche gehen musste. Alisa beklagte sich oft bei Fadia über die vielen Regeln, die ihre Religion bestimmten, und die strengen Eltern, die versuchten, aus ihr eine gute Katholikin zu machen.

Fadia hatte keine Lust mehr; für den Aufsatz war auch morgen noch Zeit. Sie klappte das Laptop zu, legte sich aufs Bett und dachte an Moritz.

Fast zeitgleich hatten sich Alisa und Fadia vor einiger Zeit verliebt. Glücklicherweise nicht in denselben Jungen, wie sie kichernd feststellten, als Jil, die bemerkt hatte, dass die beiden kaum mehr Zeit für gemeinsame Unternehmen zu dritt hatten, sie darauf ansprach. Die beiden Jungen waren in einer Klasse mit den Mädchen. Der zurückhaltende, fast ein wenig schüchterne Moritz hatte es Fadia angetan und Alisa hatte sich in Ahmed verguckt, dessen Großvater vor vielen Jahren als Gastarbeiter aus der Türkei gekommen war und seine Frau bald nachgeholt hatte. Das war aber auch schon alles, was Ahmed außer seinem Namen mit der Türkei verband. Seine Mutter war Deutsche wie ihre Eltern und Großeltern auch und sein Vater war fast noch deutscher als die Mutter, fand Ahmed. Er selbst war protestantisch getauft und erzogen worden, das war die Bedingung der Großeltern gewesen, sonst hätten sie der Heirat ihrer Tochter mit einem Türken nicht zugestimmt.

„Meine Eltern haben ein riesiges Problem damit, dass mein Freund nicht katholisch ist“, berichtete Alisa, nachdem ihre Eltern von Ahmed erfahren hatten. „Von Mischehe reden sie. Habe ich was von heiraten gesagt? Die spinnen doch.“

„Dann will ich aber deine Trauzeugin sein.“ Fadia konnte sich das Lachen nicht verkneifen. „Wann ist es denn so weit?“

„Halt bloß die Klappe“, schimpfte Alisa. „Das ist nicht lustig. Warum sind sie nur so altmodisch? Ob das damit zusammenhängt, dass sie in Bayern aufgewachsen sind? Ich meine, wir leben im 21. Jahrhundert, da sollte es doch egal sein, was für eine Religion einer hat.“

„Du kannst es ja mal mit einem Muslim versuchen“, schlug Fadia vor. „Vielleicht ist ihnen das lieber.“

Sie selbst hatte mit den Eltern nicht über die Freundschaft mit Moritz gesprochen, dafür hatte ihr bisher der Mut gefehlt. Auch wenn sie sich über Alisas Eltern lustig machte, so wusste sie doch, dass ihre eigenen auf keinen Fall lockerer waren, was die Beziehung zu einem Jungen anging. Nur einmal hatte sie versucht, mit ihrer Mutter über Freundschaften zwischen Jungen und Mädchen zu sprechen, aber das war gründlich danebengegangen.

Fadia war Einzelkind. Sie lebte mit ihren Eltern in einem kleinen Haus mit einem noch kleineren Vorgarten nicht weit von Alisa und Jil. Ihr Vater Manzir, der seine Jugend in Marokko verbracht hatte, war als junger Mann nach Deutschland gekommen, um Laila, die in Bremen als Tochter eines marokkanischen Gastarbeiters aufgewachsen und nun Fadias Mutter war, zu heiraten. Im Lauf der Jahre hatte er sich zum Facharbeiter einer Bremer Werft hochgearbeitet. Seit Fadia zur Schule ging, arbeitete auch ihre Mutter als Verkäuferin in einem großen Kaufhaus, und so hatten sich die Eltern, kurz bevor Fadia ins Gymnasium kam, endlich den Traum eines eigenen Hauses erfüllen können, in dessen Küche Mutter und Tochter gerade das sonntägliche Essen vorbereiteten, als Fadia ganz vorsichtig das Thema Jungen angesprochen hatte.

„Du bist noch viel zu jung“, hatte ihre Mutter gesagt und der Vater, der unerwartet dazugekommen war und das Gespräch hörte, hatte seine Tochter gleich angeblafft: „Wenn ich dich mit einem Jungen erwische, schicke ich dich umgehend nach Marokko und verheirate dich mit deinem Cousin Kamal."

Fadia hatte gelacht, weil sie dachte, der Vater mache Witze. Schließlich war Kamal viel älter als sie – und überhaupt, was sollte sie in Marokko?

Aber ihr Vater fuhr sie an: „Was gibt es da zu lachen?"

Erschrocken antwortete Fadia: „Aber das ist doch völlig unlogisch. Mutter sagt, ich wäre zu jung für die Freundschaft mit einem Jungen, und du willst mich gleich verheiraten?"

„Dann weiß ich wenigstens, mit wem du zusammen bist und dass du keine Dummheiten machst", knurrte der Vater und verließ die Küche. Fadia widmete sich wieder den Zwiebeln, die sie schälen und in kleine Stücke schneiden sollte.

„Das meint er aber doch nicht ernst, oder?", fragte sie fast ängstlich, was überhaupt nicht zu dem sonst so taffen Mädchen passte.

Ihre Mutter rührte in einem Topf auf dem Herd, wandte Fadia den Rücken zu und antwortete nicht. Fadia war unsicher, ob sie überhaupt gehört worden war, legte das Messer weg, stand auf und stellte sich neben ihre Mutter, die wie meist, wenn sie zu Hause war, eine Kittelschürze trug. Beide Frauen waren ungefähr gleich groß, Fadia jedoch schlanker und muskulöser als ihre etwas mollige Mutter. Sie hatte eine weiße Schürze umgebunden, darauf war ein Rotarmist mit einem Besen in der Hand zu sehen, der mit dem Zeigefinger auf den Betrachter deutete, und in schwarzer Schrift stand da der Spruch: „Auch du hältst die Küche sauber, Genosse." Fadia war stolz auf diese Schürze, die sie bei einem Ausflug mit ihren Freundinnen auf den Flohmarkt entdeckt hatte. Laila hatte nur mit dem Kopf geschüttelt, als ihre Tochter zum ersten Mal damit in der Küche aufgetaucht war. Da Fadia sich aber bisher immer strikt geweigert hatte, eine Schürze zu tragen, sagte sie nichts.

Gerne hätte Fadia ihre Mutter jetzt einfach an den Schultern gepackt und zu sich herumgedreht, aber das wagte sie nicht. Stattdessen hielt sie den Kochlöffel fest, mit dem die Mutter gedankenverloren immer weiter in der Soße rührte.

„Das meint er aber doch nicht ernst, oder?“, wiederholte Fadia nun lauter als beim ersten Mal und sah ihre Mutter fragend an.

„Täusch dich nicht“, antwortete sie, nahm den Kochlöffel aus dem Topf und legte ihn auf einen Teller, der neben dem Herd stand. Sie drehte den Temperaturregler auf drei und setzte sich an den Küchentisch, wo Auberginen und Zucchini neben einem großen Messer auf einem Holzbrett bereitlagen.

„Fadia, was ist mit den Zwiebeln?“

Fadia ließ sich auf ihren Stuhl fallen und setzte ihre Arbeit fort.

„Täusch dich nicht“, wiederholte die Mutter, während sie die Auberginen in Scheiben schnitt. „Dein Vater liebt dich sehr und er lässt dir viele Freiheiten, weil er weiß, dass du in einer anderen Welt lebst als die, in der er selbst groß geworden ist. Aber es gibt Grenzen. Wenn er fürchten muss, dass du die Ehre der Familie beschmutzt, dann hört es für ihn auf.“

„Aber Mama!“ Fadia unterbrach ihre Arbeit und sah auf. „Was redest du denn da? Die Ehre der Familie beschmutzen, so was Altmodisches hat bei uns doch noch nie gezählt.“ Sie nahm die nächste Zwiebel und begann sie mit unnötiger Gewaltanwendung zu zerkleinern.

„Dein Vater hat sich bemüht, dir ein Leben zu ermöglichen, wie es deine deutschen Freundinnen führen. Das heißt aber nicht, dass er seine Grundsätze aufgegeben hat“, antwortete ihre Mutter ernst und bearbeitete die nächste Aubergine.

„Meine deutschen Freundinnen? Ich bin genauso deutsch wie sie. Ich lebe hier, immer schon. Ich spreche kaum Arabisch, ich fahre in den großen Ferien nach Marokko wie andere Touristen auch. Ich bin deshalb doch keine Marokkanerin. Was soll das denn plötzlich?“

Fadias Mutter unterbrach ihre Arbeit. „Fadia. Die Zwiebel kann nichts dafür, mach sie nicht zu Mus, sondern nimm die nächste.“ Sie sah Fadia, die nun das Messer weglegte und die Mutter böse anstarrte, in die Augen. „Du bist dabei, erwachsen zu werden, Fadia. Das haben wir zu lange nicht wahrhaben wollen. Du warst für uns immer noch unser kleines Mädchen, aber das stimmt wohl nicht mehr. Also müssen wir uns darauf einstellen, dass du nun bald eine Frau sein wirst. Wir können dir nicht mehr alles durchgehen lassen. Du hast vergessen, woher du stammst, scheint mir. Wir haben vieles versäumt und es wird Zeit, dass du lernst, wie sich eine marokkanische Frau zu benehmen hat.“

Fadia nahm das Messer und spießte eine Zwiebel auf.

„Ich glaube es nicht. Was erzählst du denn da? So hast du noch nie mit mir gesprochen.“

„Die Leute reden schlecht über uns, wenn du dich nicht benimmst, wie es sich gehört. Dein Vater wurde bereits von Onkel Aziz angehalten, sich besser um deine Erziehung zu kümmern“, rutschte es der Mutter heraus.

Fadia kehrte zurück in die Gegenwart. Das Gespräch in der Küche, das sie damals mit ihrer Mutter geführt hatte, war mit diesem Hinweis auf ihren Onkel Aziz, der mit seiner Familie in einem anderen Stadtteil in Bremen wohnte, noch nicht zu Ende gewesen. Ihre Mutter hatte Fadia einen Vortrag gehalten, über den sie sich jetzt, da sie sich daran erinnerte, immer noch aufregte.

„Man kann als Mitglied einer marokkanischen Familie der eigenen Tochter nicht alles durchgehen lassen, wenn sie aus dem Kindesalter heraus ist“, hatte die Mutter gepredigt. „Du hast recht, wir leben nicht viel anders als die Deutschen, aber es gibt eben Grenzen. Wer sich darüber hinwegsetzt, bekommt Schwierigkeiten mit konservativen Verwandten, wie deinem Onkel Aziz und den anderen Marokkanern, die an den alten Sitten und Gebräuchen festhalten, weil sie sich in Deutschland nie wirklich zu Hause gefühlt haben.“

„Ich fühle mich aber hier zu Hause", hatte Fadia verärgert gerufen, war aufgestanden, hatte die Schürze ausgezogen und wütend auf den Stuhl geworfen.

„Trotzdem", antwortete die Mutter. „Die Familie ist der wichtigste Rückhalt, den wir haben, und deshalb wirst du in Zukunft tun, was dein Vater dir sagt."

Fadia verließ daraufhin die Küche und knallte mit Schwung die Tür hinter sich zu. Als sie zum Essen gerufen wurde, schob sie Kopfschmerzen vor.

Fadia schüttelte die Schatten ab, die so unverhofft über ihr aufgetaucht waren, und widmete sich wieder den schönen Seiten des Verliebtseins.

„Sollen wir am Wochenende gemeinsam ins Kino gehen? Du, Ahmed, Moritz und ich?", fragte sie Alisa per WhatsApp und hatte ein schlechtes Gewissen, weil sie ohne Jil gehen wollte. Aber mit zwei Pärchen allein, das wäre doch auch für Jil nicht so schön, beruhigte sie ihre innere Stimme schnell wieder.

Alisa stimmte zu und auch Ahmed und Moritz hatten Lust auf Kino, wie sie schnell herausfanden.

Jil hatte sich mittlerweile damit abgefunden, dass sie hin und wieder als fünftes Rad am Wagen galt und nicht mehr wie bisher bei allem, was die anderen beiden unternahmen, willkommen war. Sie selbst hatte keinen Freund, vermisste das aber auch nicht. Dabei hätte sie wohl am wenigsten Probleme mit der neuen Situation gehabt, da ihre Eltern zwar nie weit in die Welt hinausgekommen, aber auch nicht besonders religiös waren und auch sonst keine sonderlich engen Vorstellungen davon hatten, was das Liebesleben ihrer Tochter anging. Sie selbst hatten früh heiraten *müssen,* weil Jil unterwegs war und es auf dem Land noch immer nicht gern gesehen wurde, wenn ein uneheliches Kind zur Welt kam. Jils Mutter erinnerte sich noch gut an die Katastrophe, die die Schwangerschaft in ihrem Elternhaus ausgelöst hatte, und Jils Vater, dem es nicht viel anders ergangen war, nannte sie heute noch manchmal liebevoll seinen „kleinen Bastard".

Die Folge dieser Erfahrung war, dass Jil schon sehr früh über Verhütung aufgeklärt wurde und ihre Mutter angeboten hatte, wann immer ihre Tochter es für notwendig halte, sich mit Jil gemeinsam um die Pille zu kümmern.

„Auch wenn dir das jetzt noch nicht notwendig erscheint", hatte sie hinzugefügt, als Jil meinte, sie würde es ihr sagen, wenn sie so weit wäre, „man weiß ja nie, was geschieht." Mit diesen Worten hatte sie ihr ein paar Kondome zugesteckt, die Jil, mehr überrumpelt als überzeugt, entgegennahm.

„Es schadet nichts, so was bei dir zu haben, auch wenn du nicht vorhast, sie zu benutzen."

Als Jil sie erstaunt angesehen hatte, da sie sich mit dem Fall der Fälle bisher noch so gar nicht auseinandergesetzt hatte, fügte ihre Mutter hinzu: „Manchmal gibt es auch eine Freundin, die dir dankbar ist, wenn du aushelfen kannst."

Jil hatte genickt und die bunten Päckchen eingesteckt. Auch wenn sie sich überrollt vorkam, war sie doch ganz froh darüber, dass ihre Mutter so offen mit dem Thema umging. Sie hatte die Kondome hinten in ihrer Nachttischschublade deponiert und das Thema erst einmal wieder vergessen. Als sich ihre beiden besten Freundinnen fast zeitgleich verliebten, waren ihr die Kondome wieder eingefallen. Sie versicherte sich, dass das Haltbarkeitsdatum der „Verhüterli", wie man in der Schweiz sagte – dieses Wort gefiel ihr und Jil grinste in sich hinein – noch nicht abgelaufen war, und steckte sie in ihren kleinen Rucksack, den sie immer und überall mit sich herumschleppte. Vielleicht wären ihr die Freundinnen schon bald dankbar, wenn sie aushelfen konnte. Noch dachten die beiden zwar nicht daran, mit Moritz und Ahmed zu schlafen, hatten sie Jil erklärt, aber wer wusste schon, wie sich so etwas entwickelte. Das war für sie alle drei Neuland und besser, man sorgte vor, da hatte die Mutter schon recht.

Als sich die Mädchen am folgenden Montagmorgen in der Schule trafen, lag ein Schatten über Fadia, so schien es Jil. Alisa blickt sie wissend an und teilte ihr mit, dass nach der Schule dringend eine Besprechung unter sechs Augen fällig sei. Heute hatten sie früher Schluss und so konnten sie sich, bevor sie nach Hause zum Mittagessen mussten, noch in dem kleinen Café in der Fußgängerzone treffen, in dem sie schon so manche schulfreie Stunde verbracht hatten und auch einige, die sie sich einfach selbst frei genommen hatten.

Direkt nach dem Unterricht zogen sie los. Fadia war heute sehr still, bemerkte Jil, etwas musste am Wochenende geschehen sein. Vielleicht hatte sie sich mit Moritz gestritten, das kam ja ab und zu vor, aber bisher war der Streit zwischen den beiden jedes Mal schnell beigelegt gewesen und alles war wieder gut.

Sie fanden einen Tisch in einer stillen Ecke, bestellten Cappuccino, Kakao und Latte Macchiato und dann hielt Jil es nicht länger aus.

„Was ist denn los? Hast du Ärger mit Moritz, Fadia?“, fragte sie, ohne weiter abzuwarten, bis die anderen ihr erklärten, um was es ging.

Fadia schüttelte den Kopf.

„Nein, mit Moritz ist alles in Ordnung. Also jedenfalls zwischen Moritz und mir.“ Sie schluckte. „Das ist ein wenig kompliziert. Alisa weiß auch nicht viel mehr als du, Jil, außer dass wir eben gemeinsam im Kino waren und ich anschließend zu Hause Ärger bekam, weil es später geworden ist als abgemacht.“

„Ihr seid zu spät nach Hause gekommen. Wo ist dann das Problem?“, fragte Jil erstaunt. „Das ist ja nicht das erste Mal, wir haben doch schon öfter überzogen und uns alle drei eine kleine Abreibung dafür abgeholt. Aber so ist das halt mit den Eltern. Wer weiß, wie wir mal später sind, wenn wir Kinder haben“, grinste Jil wissend.

„Nein, diesmal war es anders“, unterbrach Alisa. „Wir sind wie immer zusammen nach Hause gegangen. Erst haben wir

Moritz bei sich daheim abgeliefert, dann waren wir bei Fadia und schließlich hat Ahmed mich nach Hause gebracht. Das liegt ja auf dem Weg. Aber als wir vor Fadias Haus ankamen, ging die Tür auf und ihr Vater stand da. Er starrte Ahmed an und knurrte: ‚Lass die Finger von meiner Tochter, sonst passiert was!' Ahmed wusste erst gar nicht, was los war, dann nahm er mich in den Arm und sagte nur ‚Entschuldigung, ich will nichts von Ihrer Tochter, ich bin schon vergeben.' Wir küssten uns, um ihm ganz klar zu zeigen, wer hier zu wem gehört, und gingen dann nach Hause. Den Rest muss du erzählen, Fadia", schloss Alisa.

Fadia löffelte die Sahne von ihrem Kakao und wusste nicht recht, wie sie beginnen sollte. Schließlich gab sie sich einen Ruck.

„Also es war so: Während Alisa und Ahmed noch rumknutschten, zog mich mein Vater ins Haus und knallte die Tür hinter mir zu. Es war gut gemeint von euch", wandte sie sich an Alisa, „aber es hat alles noch schlimmer gemacht. Als mein Vater sah, wie ihr euch geküsst habt, ist er endgültig ausgerastet. Ich glaube, er war erst mal sauer, weil er sich mit Ahmed so blamiert hatte. Und außerdem spinnt mein Vater gerade total. Bis vor Kurzem fand er alles cool, was ich gemacht habe, und jetzt plötzlich kann ich nichts mehr richtig machen. Irgendwer hat mich mit Moritz gesehen und uns bei ihm verpfiffen und seither hat er voll einen an der Waffel. Meine Mutter sagt, es gab Ärger mit meinem Onkel Aziz und seinen marokkanischen Freunden. Die haben meinem Vater erzählt, ich hätte einen Freund, einen Deutschen noch dazu, und das könne er doch nicht durchgehen lassen. Er solle gefälligst etwas unternehmen. Jetzt denkt er wohl, sie halten ihn für einen Schwächling, dem die Tochter auf der Nase rumtanzt, wenn er nichts sagt. Aber dass er sich nun so aufführen muss, das verstehe ich nicht."

Fadia verstummte. Sie verstand die Welt nicht mehr. Ihr Vater hatte sich in kurzer Zeit um 180 Grad gedreht, mindestens, und das verwirrte sie dermaßen, dass sie keinen klaren Gedanken mehr fassen konnte.

„Wenn die Töchter ihren ersten Freund haben, spinnen doch alle Eltern", sagte Alisa in der Hoffnung, Fadia ein wenig trösten zu können.

„Meine nicht", warf Jil ein.

„Aber du hast doch gar keinen Freund." Alisa wusste nicht, worauf die Freundin hinauswollte. Die kramte in ihrem Rucksack und warf ein paar Kondome auf den Tisch.

„Da, das hat mir meine Mutter gegeben, weil sie meinte, man könne ja nie wissen. Manchmal ginge das eben schnell mit einem Freund. Und wenn ich einen festen Freund habe, dann besorgt sie mir auch die Pille, hat meine Mutter gesagt."

Fadia und Alisa sahen Jil bewundernd an.

„Ehrlich wahr?" Alisa konnte das kaum glauben. „Wenn mich meine Mutter mit Kondomen oder mit der Pille erwischt, dann kriegt sie die Krise. Aber wir sind auch katholisch und da ist das mit der Pille verboten, sagt meine Mutter", seufzte Alisa resigniert. „Aber noch wichtiger ist was anderes, glaube ich. Dauernd bekomme ich zu hören ‚Hast du dir überlegt, was die Leute sagen? Es fällt alles auf uns zurück!' Mein Vater hat neulich, als er mich mit Ahmed in meinem Zimmer auf dem Bett erwischt hat – wir haben nur DVD geguckt, nichts weiter –, gesagt: ‚Wenn du dir von dem ein Kind anhängen lässt, dann kannst du sehen, wo du bleibst.' Bestimmt meint er das nicht so, aber es nervt trotzdem total."

„Sei dir bloß nicht zu sicher", mischte sich jetzt Fadia ein. „Ich habe auch gedacht, dass mein Vater es nicht so meint, als er neulich gesagt hat, wenn er mich mit einem Jungen erwischt, dann schickt er mich nach Marokko und verheiratet mich mit meinem Cousin. Ich habe bloß laut gelacht und da war er stinksauer und meine Mutter hat mir erklärt, ich solle vorsichtig sein, bei dem Thema verstünde er keinen Spaß. Nach dem, was an diesem Wochenende gelaufen ist, habe ich Angst, dass sie vielleicht doch recht hat. Keine Ahnung, was mit ihm passiert ist. Wir haben uns immer gut verstanden und er hat mir fast nie etwas verboten. Und jetzt erzählt er so eine Scheiße. Am Wochenende hat er es mir noch einmal gesagt: ‚Du bist noch viel zu jung für einen Freund. Du kannst mit Alisa befreundet sein, aber ich will dich nie mehr mit ihr und diesem Ahmed zusammen sehen. Wenn ich dich mit einem Jungen erwische, der etwas von dir will, dann bist du schneller eine verheiratete Frau in Marokko, als du dir das vorstellen kannst.'"

Fadia schwieg. Sie hatte Angst vor ihrem Vater bekommen, als er so zornig vor ihr stand, aber schlimmer noch war die Enttäuschung darüber, wie er mit ihr sprach. Sie liebte ihren Vater sehr, war als kleines Mädchen immer ein Papakind gewesen und sie waren beide gemeinsam durch dick und dünn gegangen. Und jetzt war etwas passiert, was sie nicht verstehen konnte, und ihr „Baba" war einfach von heute auf morgen verschwunden und hatte jemand anderen an seiner Stelle zurückgelassen. Der sah zwar so aus wie ihr Vater, aber er war ein völlig Fremder für sie.

„Was machst du denn jetzt?", fragte Jil. „Trennst du dich von Moritz oder was?"

„Spinnst du?" Die alte Fadia war wieder da, so konnte man jedenfalls meinen. „Ich liebe Moritz. Wir müssen halt aufpassen, dass sie uns nicht erwischen. Ganz ehrlich: Ich weiß gerade nicht, was ich von all dem halten soll. Mein Vater hörte sich in seiner Wut richtig gefährlich an, aber ich will das einfach nicht glauben, dass er wirklich meint, was er sagt. Der lebt doch nun auch schon ewig in Deutschland, meine Mutter geht arbeiten und hat mindestens genauso viel zu sagen wie er. Jedenfalls habe ich das immer gedacht. Der kann doch nicht plötzlich wie ein alter Marokkaner denken, wie sein eigener Großvater oder so."

„Aber ganz sicher bist du dir nicht, oder?", fragte Alisa vorsichtig.

„Ich habe echt keine Ahnung. Ich verstehe überhaupt nichts mehr. Auch dass meine Mutter einfach so mitmacht, anstatt zu mir zu halten. Wir haben ein paar altmodische Verwandte, vor allem Aziz, der ältere Bruder meines Vaters, ist von vorgestern und auch ein paar Freunde der beiden sind anscheinend im marokkanischen Mittelalter hängengeblieben. Aber ich verstehe nicht, warum er sich von denen plötzlich was sagen lässt. Früher hat er doch auch gemacht, was er wollte. Die finden das auch nicht gut, wie er mit meiner Mutter umgeht, glaube ich. Dass er sie sogar vor ihnen nach ihrer Meinung fragt, dass er sie mit entscheiden ließ, als sie damals das Haus gekauft haben und all so was, darüber machen die sich immer schon lustig. Aber das war ihm bisher egal."

„Eine Tochter ist was anderes." Alisa schien aus Erfahrung zu sprechen. „Wir haben auch ein paar Verwandte, dagegen sind meine Eltern der personifizierte Fortschritt. Aber wenn meine Oma meinem Vater ins Gewissen redet oder auch meiner Mutter, dann werden die plötzlich wieder ganz klein und sagen nur noch ja und Amen. Zum Glück ist sie weit weg, in Bayern, und sieht uns nur in den Ferien. Ich versteh das auch nicht, aber es ist einfach so. Meine Oma erzählt mir auch immer solchen Blödsinn: ‚Mädchen, lass den Ahmed, du musst dich für die Ehe aufbewahren. Den ersten Mann wirst du nie vergessen, deshalb muss der Erste dein Ehemann sein.'"

Fadia lachte.

„Ach herrje, das kommt mir irgendwie bekannt vor. Jil, ich glaube, du bist ein Alien, oder wenigstens deine Eltern sind welche. Kannst du uns mitnehmen auf deinen Planeten?"

„Nun kriegt euch mal wieder ein. So toll ist das bei uns auch nicht. Meine Eltern mussten schließlich heiraten, als ich unterwegs war. Ihr müsstet mal meine Omi zu dem Thema hören, heute noch. Der einzige Unterschied ist, dass meine Eltern anscheinend lernfähig sind. Manchmal muss der Mensch eben auch Glück haben im Leben", grinste Jil und damit war die Krisensitzung beendet. Denn lernfähig hin oder her, marokkanische, bayrische oder außerirdische

Vorfahren: Um ein Uhr stand das Mittagessen auf dem Tisch und dazu hatte man sich einzufinden.

Fadia wusste später nicht mehr, warum sie das Kondom, das Jil auf den Tisch legte, eingesteckt hatte. Vielleicht war es ihr einfach nur peinlich gewesen, das quadratische Tütchen, das jeder auf den ersten Blick als das erkannte, was es war, in aller Öffentlichkeit neben ihrer Kakaotasse liegen zu lassen. Zugleich hatte es etwas Verschwörerisches, wie jede der drei Freundinnen eines davon in die Hosentasche steckte. Auf eine seltsame Art war es ein Zeichen der Auflehnung gegen die Eltern mit ihrer altmodischen Einstellung. Fadia wusste genau, dass sie dieses Ding nicht haben durfte, und genau deshalb war das unscheinbare Kondom ein Zeichen des Widerstands, ein Zeichen des Erwachsenwerdens. Sie hatte nicht vor, es zu benutzen. So weit waren sie und Moritz noch nicht. Und außerdem wusste sie auch selbst, wie und wo sie sich im Bedarfsfall die notwendigen Utensilien besorgen konnte. Aber sie steckte es ein, vergaß es sofort wieder und hatte damit, ohne es zu ahnen, das Ende ihrer doch ziemlich unbeschwerten Kindheit und Jugend eingeleitet.

Die Woche über trug Fadia die Hose noch, dann warf sie sie in die Wäsche und kümmerte sich nicht weiter darum.

Als wenige Tage später ihre Mutter mit vorwurfsvollem Blick und der Jeans in der Hand in ihrem Zimmer auftauchte, während Fadia gerade am Schreibtisch über einer komplizierten Mathematikaufgabe grübelte, erwartete Fadia die übliche Standpauke, weil sie wieder mal vergessen hatte, die Hosentaschen auszuleeren und „Papiertaschentücher die ganze Wäsche mit weißen Krümelchen bedecken, die man fast nicht mehr wegbekommt, und das habe ich dir schon tausendmal gesagt!“

Aber es war nicht das übliche Papiertaschentuch, das sie vergessen hatte, es war auch nicht der übliche vorwurfsvolle Blick, bemerkte Fadia sofort, als sie sich mit ihrem Schreibtischstuhl der Mutter entgegendrehte und sie fragend ansah, weil diese, nachdem sie ins Zimmer getreten war, die Tür hinter sich schloss und keinen Ton von sich gab.

„Was ist los?“

Die Mutter hob mit der einen Hand die Jeans hoch und mit der anderen ein quadratisches Plastiktütchen. Fadia erstarrte, ihr wurde eiskalt und sie schwor sich, in Zukunft immer, aber wirklich immer alle Taschen genau zu durchsuchen und auszuleeren, bevor sie jemals wieder eine Hose in die Wäsche gab.

„Fadia, was ist das?“, fragte ihre Mutter mit eisiger Stimme.

Fadia fiel keine gute Antwort ein und so schwieg sie lieber, aus Angst, mit einem falschen Satz die Mutter noch mehr in Rage zu bringen. Sie saß einfach nur da, die Hände in den Taschen ihres Sweatshirts vergraben, und wartete ab.

„Hast du nicht gehört, was dein Vater gesagt hat? Er will dich nicht mit einem Jungen sehen, du bist dazu noch zu jung. Und nun finde ich so was“ – *so was* hörte sich richtig unappetitlich an, wie die Mutter es betonte – „in deiner Hosentasche.“

„Aber Mutter, ich habe das Kondom doch nur eingesteckt, weil Jil es mir unbedingt geben wollte. Moritz und ich, wir sind noch lange nicht so weit.“

Fadia biss sich auf die Lippen, aber es war zu spät.

„Moritz? Wer ist Moritz? Also ist da doch ein Junge, mit dem du dich herumtreibst, und es waren nicht nur dumme Geschichten, die sie deinem Vater erzählt haben? Und was heißt das: Ihr seid noch lange nicht so weit? Du bist ein Mädchen, ein Mädchen ist erst so weit, wenn es verheiratet ist. Hast du das immer noch nicht verstanden?“

„Das sagen Alisas Eltern auch“, rutschte es Fadia heraus, aber ihre Mutter hatte wohl nicht zugehört, jedenfalls stand sie schweigend im Zimmer und erwartete eine Rechtfertigung ihrer Tochter. Vielleicht hoffte sie insgeheim noch immer, alles würde sich als ein Missverständnis herausstellen.

„Ich weiß, dass ihr jungen Mädchen heute anders seid, als wir es in unserer Jugend waren“, begann sie schließlich, als Fadia stumm blieb. „Aber es gibt Grenzen, die auch heute noch gelten.“ Sie wurde lauter. „Grenzen, die auch meine Tochter einzuhalten hat.“

Fadia beobachtete ihre Mutter, sah, wie es in ihr arbeitete und wie sie sich bemühte, einigermaßen ruhig zu bleiben, und sie versuchte mit aller Kraft, die Fäuste geballt in den Taschen, selbst nicht auszurasten. Sich jetzt zu streiten würde alles nur noch schlimmer machen.

„Ich treibe mich nicht herum, Mama.“ Ihre Stimme klang belegt vor lauter Anstrengung, Ruhe zu bewahren. „Ich habe einen Freund, ja, Moritz heißt er. Ich hätte ihn dir gerne mal vorgestellt, aber in dieses Haus darf man ja keinen Jungen bringen.“ Fadia schluckte. „Wir machen nichts, was wir nicht dürfen, wir sind einfach nur gut befreundet. Das Kondom wollte ich gleich wieder wegwerfen, nachdem Jil gegangen war, aber dann habe ich es einfach vergessen.“ Sie drehte sich mit dem Schreibtischstuhl hin und her und wartete ab. Fadia wusste nichts mehr zu sagen. „Pubertät ist, wenn die Eltern schwierig werden“, hatte sie neulich irgendwo gelesen. Wo, wusste sie nicht mehr, aber da war was dran, stellte sie nüchtern fest. Sie hatte sich nie selbst als pubertär empfunden, aber nach der Reaktion ihrer Mutter zu schließen, war sie es wohl doch.

„Du erinnerst dich, was dein Vater gesagt hat?“, unterbrach die Stimme der Mutter die Stille im Zimmer. Rhetorische Frage mit kunstvoller Pause, stellte Fadia fest. Ihre Gedanken machten sich gerade auf eine seltsame Art und Weise selbständig, fiel ihr auf, aber sie konnte nichts dagegen tun.

„Ich muss es ihm sagen, dass du gegen sein Verbot mit einem Jungen zusammen bist. Du hast es dir selbst zuzuschreiben, was jetzt passiert.“

Als ihre Mutter zu weinen begann, packte Fadia die Angst. Die Situation schien wirklich ernst zu sein und lief Gefahr, außer Kontrolle zu geraten. Aber ihr Baba würde sie doch nicht wirklich nach Marokko schicken. Das konnte sich Fadia trotz allem nicht vorstellen. Es würde ein riesiges Theater geben, schlimmer als bei ihren bisherigen kleinen Kindervergehen, aber dann hätte er sie wieder lieb und würde bestimmt sogar eines Tages Moritz akzeptieren. Moritz war ein hübscher Junge, schmal, aber nicht mager und nur wenige Zentimeter größer als Fadia. Seine blonden Haare waren kurz geschnitten und manchmal ein wenig verstrubbelt. Dann gefielen sie Fadia am besten. Er achtete darauf, ordentlich gekleidet zu sein und vor allem: Moritz konnte sehr charmant sein, wenn er wollte.

„Du bist ein richtiger Schwiegersohn-Typ", zog Fadia ihn von Zeit zu Zeit auf. Moritz wickelte wirklich jeden um den Finger, wenn er es darauf anlegte. Er würde das bestimmt auch mit ihrem Vater schaffen.

„Bitte nicht, Mama, ich sage es ihm selbst. Ich bringe es ihm schonend bei und wenn er Moritz erst mal kennengelernt hat, dann wird er ihn auch mögen", versuchte Fadia die Situation zu retten.

Ihre Mutter nahm ein Taschentuch aus der Schürzentasche und putzte sich lautstark die Nase. „Wir haben keine Geheimnisse voreinander, dein Vater und ich", sagte sie dann in strengem Ton. „Ich will versuchen, alles möglichst harmlos darzustellen, aber ich kann dir nichts versprechen. Es gibt genügend Verwandte und Bekannte, die schon lange auf ihn einreden, dass er nicht konsequent genug mit seiner Tochter ist. Dass er dich nicht entsprechend unserer Kultur erzieht, dass du viel zu viele Freiheiten hast für ein marokkanisches muslimisches Mädchen."

Das war Fadias Stichwort. Plötzlich packte sie die Wut erneut und vertrieb ihre Angst. Sie konnte und wollte ihren Ärger jetzt nicht mehr unterdrücken.

„Aber ich bin kein marokkanisches Mädchen, ich bin in Bremen geboren", sagte sie ein wenig zu laut. Sie sprang auf, stand nun in voller Größe vor ihrer Mutter und sah ihr zornig in die Augen. „Ich bin gerade so muslimisch, wie Alisa katholisch ist, wir sind so geboren, mehr aber nicht. Was soll das denn sein, ‚unsere Kultur'? Ihr seid ebenso altmodisch wie Alisas Eltern, bei Jil ist das ganz anders." Fadia bemerkte nicht, dass sie sich gerade um Kopf und Kragen redete, sie kam langsam in Fahrt.

Breitbeinig, die Hände in den Taschen ihrer Jeans, stand sie da. Fadia wusste genau, dass ihre Mutter das nicht ausstehen konnte. „Du benimmst dich wie ein Straßenjunge", sagte sie dann meist. „Kannst du dich nicht endlich wie ein Mädchen verhalten?" Doch jetzt war sie an der Reihe, Fadia gab ihrer Mutter keine Möglichkeit, zu Wort zu kommen.

„Wir leben alle hier, wir gehen in die gleiche Schule, wir haben die gleichen Freunde. Was soll das denn sein, ‚unsere Kultur'? Wenn einer Bomben schmeißt oder mit dem LKW in den Weihnachtsmarkt fährt, ist das ‚unsere Kultur', wie sie immer sagen? Wenn ein paar nordafrikanische Männer Mädchen begrapschen, ist das ‚unsere Kultur'? Das ist doch alles Quatsch. Du kochst anderes Essen als die Mütter der anderen, das ist aber auch der ganze Unterschied. Lass mich doch mit dieser doofen Kultur in Ruhe, ich bin Fadia und ich lebe im 21. Jahrhundert. Früher war alles anders, ich weiß, aber nicht besser, wie die Erwachsenen immer sagen. Weder in Marokko noch in Bayern noch hier in Norddeutschland. Und meine Kultur mache ich mir lieber selbst."

Vielleicht hätte Fadias Mutter es sich noch einmal anders überlegt und es bei der Drohung, den Vater zu informieren, belassen. Aber Fadia hatte sich in Fahrt geredet, war dabei immer lauter geworden und beide hatten nicht gehört, wie die Haustür geöffnet wurde und Manzir die Treppe hochkam. Plötzlich stand der Vater mit hochrotem Kopf im Zimmer. Er musste schon einige Zeit auf dem Flur Fadias Reden zugehört haben.

„Was ist hier los?", brüllte er. „Wie sprichst du von unserer Kultur? Ich habe dir viel zu viel durchgehen lassen. Wie kannst du es wagen, solches Zeug zu erzählen?"

Fadias Mutter, die nicht mitbekommen hatte, wie ihr Mann ins Zimmer trat, erschrak dermaßen, dass ihr das Kondom, das sie immer noch in der Hand gehalten hatte, auf den Boden fiel.

Das Geschrei verstummte, Manzir bückte sich nach dem Kondom, hob es auf und Fadia glaubte kurz, ihr Vater bekäme einen Herzinfarkt. Dann warf er seiner Tochter einen Blick zu, wie sie es noch nie gesehen hatte.

„Du weißt noch, was ich dir gesagt habe?" Er sprach gezwungen ruhig, aber Fadia konnte den unterdrückten Zorn hören und blieb stocksteif stehen. „Sollte ich dich je mit einem Jungen erwischen, verheirate ich dich nach Marokko. Das habe ich gesagt. Und was tust du? Was jetzt geschieht, hast du dir selbst zuzuschreiben."

Er schob seine Frau aus dem Zimmer und knallte die Tür hinter sich zu. Fadia, die kurz davor stand, in Panik zu geraten, machte einen Satz zur Tür und schloss ab. Nicht, dass er noch auf die Idee käme, sie einzuschließen. Im Moment traute sie ihrem Vater so ziemlich alles zu.

Fadia blieb den Rest des Tages in ihrem Zimmer. Erst als im Haus alles still geworden war, ging sie in die Küche und holte sich etwas zu essen. Am nächsten Morgen stand sie, nachdem sie den Wecker einige Male ruhiggestellt hatte, schließlich auf, duschte, zog sich an, trank ihren Kaffee im Stehen und ging zur Schule. Das war das übliche Morgenritual. Gerade noch rechtzeitig aufstehen und dann im Eiltempo alles erledigen, um nicht zu spät zu kommen. Morgens war sie allein zu Hause, denn die Eltern waren schon bei der Arbeit, wenn Fadia aufstehen musste.

In der Pause standen die drei Mädchen wie meistens mit Moritz und Ahmed zusammen und Fadia berichtete kurz, was sich am Abend zuvor ereignet hatte. Sie beschlossen, erst einmal abzuwarten. Vermutlich würden sich die Wogen schnell wieder glätten. Sie kannten das alle, dass es wegen irgendetwas, das ihnen als unwichtig, den Eltern dagegen als

Katastrophe galt, großes Theater gab, und nach kurzer Zeit ging doch alles wieder seinen üblichen Gang. Falls etwas Unerwartetes passieren sollte, würde Fadia die anderen benachrichtigen, und dann könnte man weitersehen.

Moritz, der immer ziemlich ruhig war – was Fadia nur selten störte, denn meistens fand sie es sogar ganz süß –, blieb heute besonders still. Erst als es zum Ende der Pause und zum Beginn der nächsten Doppelstunde läutete, zog er Fadia in eine ruhige Ecke.

„Fadia, was ist mit uns? Können wir uns denn überhaupt noch sehen, ohne dass dein Vater Wind bekommt und Ärger macht?“ Er schwieg und sah seine Freundin ängstlich an. Als Fadia nicht antwortete, sondern nur schweigsam vor sich hinstarrte, sagte Moritz leise: „Ich halte das nicht aus, wenn dein Vater dich nach Marokko schickt. Wenn du willst, trenne ich mich von dir.“

„Hast du sie nicht mehr alle?“, fuhr ihn Fadia an, plötzlich wieder zum Leben erwacht. Moritz beobachtete sie halb erschrocken, halb erleichtert und wartete. Doch es kam nichts mehr, Fadias Blick verlor sich in der Ferne. Es dauerte eine Weile, bis sie zurückfand, dann begann sie mit brüchiger Stimme: „Moritz, ich …“ Seine sonst so coole Freundin lehnte sich an seine Brust und weinte.

Moritz wusste nicht, was er tun sollte. Er hielt Fadia in den Armen und haderte mit sich selbst, weil er sich so hilflos fühlte und nicht den Mut aufbrachte, einfach mit ihr durchzubrennen. Warum nur war er so ängstlich und schüchtern und tat sich so schwer damit, Entschlüsse zu fassen? Fadia war da ganz anders, obwohl sie doch sogar ein halbes Jahr jünger war als er.

„Moritz“, sagte Fadia, als sie endlich ihre Fassung wiedergefunden hatte, „wir trennen uns auf keinen Fall. Wir müssen einfach in nächster Zeit ein wenig aufpassen und dürfen uns nicht in der Öffentlichkeit zusammen zeigen, damit die alten Marokkaner, die meinen Vater kennen, sich nicht weiter die Mäuler zerreißen. Aber sonst wird sich nichts ändern, verstehst du?“ Sie klang zuversichtlicher, als sie in Wirklichkeit war.

Moritz nickte. Ihm wurde immer noch ganz schlecht vor Angst bei dem Gedanken daran, dass Fadias Vater gedroht hatte, sie nach Marokko zu schicken und dort zu verheiraten. Aber ihm wollte um nichts in der Welt einfallen, was er dagegen tun konnte. Sein Hirn schien geradezu vernagelt zu sein.

„Mein Vater beruhigt sich schon wieder, warte nur ab. Der geht immer hoch wie eine Rakete und bald ist alles wieder gut.“ Fadia sprach mehr sich selbst Mut zu als Moritz. Sie wollte einfach nicht glauben, dass ihr Vater es mit seiner Drohung ernst gemeint haben könnte, auch wenn ganz tief in ihrem Inneren eine leise Stimme sie warnte, die einfach nicht still zu bekommen war.

In den folgenden Wochen sprach Fadias Vater nur noch das Nötigste mit ihr. Ihre Mutter verhielt sich, als wäre nichts geschehen. Das Leben ging weiter.

Fadia traf sich wie immer an den freien Nachmittagen mit ihren Freundinnen, am Wochenende gingen sie gemeinsam ins Kino oder feierten mit anderen aus der Klasse. Bei solchen Gelegenheiten konnten sich auch Fadia und Moritz treffen, ohne dass ihr Zusammensein weiter auffiel. So glaubten sie jedenfalls.

Dann kamen endlich die Sommerferien. Moritz und Ahmed fuhren mit zwei Klassenkameraden nach Dänemark. Sie wollten mit dem Zug bis Kolding fahren und von dort aus mit den Rädern auf die Insel Fünen. Einen genauen Plan hatten sie nicht, aber Zelten am Strand und Lagerfeuer standen genauso auf ihrer Liste wie die Disco in Odense. Sollte es ihnen zu langweilig werden, würden sie einfach mit den Rädern in den Zug nach Kopenhagen steigen. Alisa hatte versucht, die Erlaubnis zu bekommen mitzufahren, aber ihre Eltern hatte es verboten.

„Ich glaube fast, Ahmed ist das ganz recht, dass ich nicht mitkomme. Er hat irgendwas von Jungsurlaub gefaselt, als ich ihm gesagt habe, dass ich nicht mitdarf, und dann schnell das Thema gewechselt", erzählte Alisa, als sie Fadia von ihrem Vorstoß bei den Eltern berichtete. Dabei hörte sie sich ein wenig beleidigt an, schien es Fadia.

„Im Grunde habe ich sowieso nicht daran geglaubt, dass sie es mir erlauben. Alisa und Ahmed ohne Tugendwächter in Dänemark, was da nicht alles passieren kann – ganz im Gegensatz zu Bremen", lachte sie.

„Tut mir leid für dich", sagte Fadia, die auch vor dem großen Streit, der inzwischen schon fast sechs Wochen zurücklag und immer mehr an Schrecken verlor, nie auf die Idee gekommen wäre, ihre Eltern um Erlaubnis zu bitten, mit Moritz gemeinsam in die Ferien fahren zu dürfen. „Aber ganz ehrlich – eigentlich bin ich auch froh, dass du bleibst und ich nicht ganz allein bin während der Ferien."

Jil wollte ihre Brieffreundin in Danzig, einer der Partnerstädte Bremens, besuchen, die sie bei einem kurzen Besuch mit der Schule im vergangenen Jahr dort kennengelernt hatte, und erst in der zweiten Ferienhälfte wieder zurückkommen. Auch Fadia und Alisa waren damals in Polen gewesen. Sie hatten beide noch keine festen Freunde gehabt und so war die Klassenfahrt für ihre Eltern in Ordnung.

Seit Ahmed und Moritz in ihr Leben getreten waren, schien plötzlich alles anders geworden zu sein. Fadias Vater drehte völlig durch und Alisa bekam dauernd Geschichten von Mädchen zu hören, die die Schule abbrechen mussten, weil sie mit sechzehn Jahren schwanger geworden waren.

Alisa saß auf Fadias Bett und trank eisgekühlte Cola. Es regnete und heiß war es auch nicht, aber es war schließlich Sommer und dazu gehörten nun mal kalte Getränke. Fadia saß auf ihrem Schreibtischstuhl und malte Dreiecke und Quadrate in ein Schulheft, das sie im nächsten Schuljahr nicht mehr brauchen würde. Auch sie hatte ein Glas Cola mit Eiswürfeln vor sich stehen. Sie wollten heute Pläne machen, um die freie Zeit der Sommerferien möglichst gut auszunutzen.

„Wenn du nicht wärst, würde ich meine Patentante Kai besuchen", sagte Alisa. „Ihr gehört ein kleines Haus in einem Vorort von Hannover, und ich könnte bestimmt eine Weile bei ihr wohnen. Ich muss hier mal raus, meine Eltern werden mit jedem Tag altmodischer. Ich kann das Gerede langsam echt nicht mehr hören, schließlich leben wir im Jahr 2019 und kennen uns bestens mit Verhütung aus. Außerdem muss heute auch eine Schwangerschaft nicht automatisch das Ende aller Pläne bedeuten."

Fadia nickte. „Ich hoffe nur, dass wir uns an den ganzen Ärger mit unseren Eltern erinnern, wenn wir einmal selbst Kinder haben. Oder wird man automatisch so, wenn man älter ist, egal, wie man vorher drauf war? Was meinst du?"

„Nein, meine Tante Kai ist völlig anders", widersprach Alisa. „Mit der kann ich über alles reden – auch über Ahmed und mich –, ohne dumme Ratschläge zu bekommen. Von meiner Mutter dagegen muss ich mir dauernd Geschichten anhören, die sie vermutlich schon von ihrer eigenen Mutter zur Abschreckung vorgesetzt bekommen hat."

Eine Weile blieb es still und die beiden Mädchen hingen ihren Gedanken nach. Dann lachte Alisa plötzlich. „Ich habe es mal bei meinem Vater versucht, in der Hoffnung, er wäre nicht so stur wie meine Mutter und er würde mich unterstützen. ‚Du warst doch auch mal jung', begann ich. Weiter bin ich gar nicht gekommen. ‚Lass mich mit diesen Frauenangelegenheiten in Ruhe, besprich das mal lieber mit deiner Mutter.' Das war alles, was er dazu zu sagen hatte."

Fadia drehte sich ein paarmal mit dem Bürostuhl um die eigene Achse. „Da hilft nur durchhalten. Noch zwei Jahre, dann werden wir achtzehn, dann können wir machen, was wir wollen."

Alisa und Fadia verbrachten die meiste Zeit während der ersten Ferienwoche zusammen. Schwimmbad, Kino, Eiscafé oder durch die Kaufhäuser ziehen – es gab vieles, womit man sich die Zeit vertreiben konnte.

„Vielleicht hätten wir uns einen Ferienjob suchen sollen“, sagte Alisa in der zweiten Ferienwoche bei einem Blick in ihren Geldbeutel, als sie eine Jeans nicht kaufen konnte, in die sie sich Hals über Kopf verliebt hatte. Noch fast fünf weitere schulfreie Wochen lagen vor ihnen, aber die Finanzierung dieser Zeit würde wohl schwierig werden.

„Wäre eine Option“, stimmte Fadia zu. „Nächstes Jahr machen wir das. Erst drei Wochen arbeiten und dann drei Wochen lang die Sommerferien mit gefülltem Konto so richtig genießen.“

Aber auch mit wenig Geld hätte sich die schulfreie Zeit normalerweise sehr gut aushalten lassen, doch seit Ende des Schuljahres hatte sich die Stimmung zwischen Fadia und ihren Eltern wieder verschlechtert. Manchmal übernachtete Alisa zwar bei Fadia und sie redeten die halbe Nacht, aber dass Fadia über Nacht bei Alisa blieb, erlaubte ihr Vater nicht mehr. Früher hatten die Mädchen an den Wochenenden und in den Ferien abwechselnd mal bei der einen, mal bei der anderen geschlafen. Fadia musste sich außerdem jedes Mal, wenn sie das Haus verließ, abmelden, dauernd fragten die Eltern, wo sie mit Alisa gewesen sei und was sie den Nachmittag über gemacht hätten. Fadia kam sich manchmal vor wie eine Gefangene und überlegte ernsthaft, einfach von zu Hause wegzugehen. Nur wusste sie weder wohin noch womit und außerdem hoffte sie immer noch, ihr Vater hätte nur eine Art Virus eingefangen, würde bald wieder gesund werden und alles wäre wie zuvor.

Die Hälfte der Ferien war bereits um, Alisa und Fadia erwarteten in der kommenden Woche Jil zurück und freuten sich schon auf die Unternehmungen zu dritt, als sich plötzlich alles änderte und Fadias Welt an einem wunderschönen Sommerwochenende im Juli zusammenbrach.

Fadia hatte Alisa, die über Nacht bei ihr gewesen war, nach Hause begleitet, war dann, wie von der Mutter aufgetragen, einkaufen gegangen und kam nun mit zwei vollen Taschen bepackt nach Hause. Nach dem Mittagessen wollten die beiden Mädchen ins Freibad gehen, aber aus diesem Plan sollte nichts werden.

Schon von Weitem sah Fadia, dass Besuch gekommen war. Das Auto ihres Onkels Aziz, der mit seiner Familie am anderen Ende der Stadt wohnte, stand vor der Tür. Fadia hoffte, dass ihr Cousin Hamid mitgekommen wäre, den sie gerne mochte, aber nur selten traf. Vielleicht könnten sie und Alisa ihn am Nachmittag mit ins Freibad nehmen. Er verstand sich gut mit Alisa und es war immer lustig, wenn sie, was selten genug vorkam, gemeinsam etwas unternahmen.

Sie brachte die Einkäufe in die Küche, räumte alles weg und ging dann ins Wohnzimmer, um den Besuch zu begrüßen. Und wirklich, neben ihrem Onkel Aziz saß Hamid auf der Couch und bediente sich eifrig aus der Schale mit weiß und pink glasierten Keksen, die auf dem kleinen Tisch vor ihm stand. Noch ein weiterer Mann war außer dem Vater im Zimmer, den Fadia jedoch nicht kannte. Er sah nur kurz auf, als sie das Zimmer betrat, und starrte dann wieder stumm vor sich hin. Ein komischer Vogel, sie würde Hamid gleich fragen, was es mit ihm auf sich hatte. Fadia begrüßte alle höflich und noch bevor sie fragen konnte, sagte ihr Vater: „Deine Mutter ist mit Tante Amina einkaufen gegangen. Mach uns Tee."

Seine Stimme hörte sich merkwürdig an, fand Fadia. Sie nickte. Warum die Mutter wohl mit der Tante einkaufen gegangen war? Sie selbst hatte doch bereits alles mitgebracht, was die Mutter ihr am Morgen aufgetragen hatte. Aber vielleicht fehlte doch noch etwas, vielleicht blieben die Gäste zum Essen oder die Tante brauchte etwas zum Anziehen und ließ sich von ihrer Schwägerin dabei beraten? Egal, warum sollte sie sich den Kopf darüber zerbrechen.

„Hamid, kommst du mit in die Küche?", fragte sie ihren Cousin.

Der wollte aufstehen, doch sein Vater hielt ihn am Arm fest.

„Du bleibst hier, Junge, hast du mich verstanden?", sagte er in bedrohlichem Ton.

Fadia wunderte sich. Eine komische Stimmung war zwischen den Männern im Zimmer, daher war sie froh, sich entfernen zu können.

Als sie kurze Zeit später mit dem Tee ins Zimmer zurückkam, zappelte Hamid unruhig auf dem Sofa herum, die Männer saßen schweigend da und Onkel Aziz und der Fremde musterten sie mit kritischen Blicken. Fadia fühlte sich begutachtet, ihr wurde unheimlich und sie wollte sich am liebsten sofort in ihr Zimmer zurückziehen.

„Ich gehe nach oben, Vater", sagte sie. „Braucht ihr noch etwas?"

Manzir schwieg und schüttelte nur den Kopf. Fadia kam es vor, als hätte er ein schlechtes Gewissen und als wagte er es nicht, ihr in die Augen zu sehen. Was die wohl ausbrüten?, überlegte sie und wollte gerade das Zimmer verlassen, als die Stimme ihres Onkels sie zurückhielt.

„Fadia", sagte Aziz in strengem Ton, der keine Widerrede duldete, „du kommst ein paar Tage mit zu uns. Deine Tante Amina ist krank und braucht Hilfe. Pack ein paar Sachen zusammen und komm dann wieder herunter, wir fahren schon bald."

„Aber das geht nicht", antwortete Fadia, „wir wollen heute Nachmittag ins Freibad, Alisa und ich."

„Deine Tochter ist schlecht erzogen", sagte Aziz zu Fadias Vater, als wäre sie nicht anwesend. „Ein Mädchen widerspricht den Männern nicht. Hast du ihr das denn nicht beigebracht?" Dann sah er Fadia an, der es bei seinem Blick kalt den Rücken hinunterlief. „Du musst noch viel lernen in der nächsten Zeit", sagte er nur und schlürfte dann seinen Tee, als wäre damit alles gesagt.

„Aber …" Fadia versuchte es noch einmal, doch nun unterbrach sie der Vater mit strengem Ton.

„Geh nach oben und pack alles zusammen, was du brauchst. Du hast doch gehört, was Onkel Aziz gesagt hat. Tante Amina ist krank und braucht dich."

Fadia wagte nicht, noch einmal zu widersprechen, und ging aus dem Zimmer. Aus dem Augenwinkel sah sie, wie Hamid aufstand, aber er kam ihr nicht nach, wie sie gehofft hatte, sondern schlug den Weg zur Gästetoilette ein. In ihrem Zimmer schloss Fadia die Tür hinter sich, warf sich aufs Bett und versuchte mühsam, sich zu beherrschen, um nicht vor Zorn zu heulen. Warum musste sie die nächsten Tage bei ihrer Tante verbringen? Schließlich konnte sich doch Hamid um seine Mutter kümmern. Der wohnte ja sowieso bei ihr. Sie hatte Ferien und sie wollte mit Alisa ins Freibad gehen und nächste Woche mit Jil und Alisa ins Kino. Sie hatten bereits jede Menge Pläne für die nächsten Tage geschmiedet und nun sollte sie bei den Verwandten Haushaltshilfe spielen? So ein verdammter Mist! Das Leben war einfach absolut ungerecht. Aber Fadia wusste nicht, wie sie sich drücken sollte, und griff nach dem Telefon, um Alisa wenigstens Bescheid zu sagen. Doch bevor sie sich mit ihrem Fingerabdruck anmelden konnte, kam eine WhatsApp von Hamid.

Was für ein Idiot! Schickte von unten eine Nachricht, anstatt einfach zu ihr nach oben zu kommen. Nun ärgerte sich Fadia auch über den Cousin, obwohl der ja eigentlich nichts für die ganze Sache konnte. Trotzdem wollte sie sehen, was er von ihr wollte. Warum er ihr eine Message schickte, obwohl er nur wenige Meter von ihr entfernt war.

„Pack ein paar Sachen zusammen", las sie. Das hatte sie ja nun schon von Onkel Aziz gehört, warum schrieb er das?

„Pack nur ein, was du für die nächste Zeit dringend brauchst", kam schon die nächste Nachricht, „und hau sofort ab. Verschwinde, ohne dich noch mal im Wohnzimmer sehen zu lassen. Sie wollen dich nach Marokko bringen, du sollst dort heiraten."

Fadia hatte noch nicht wirklich begriffen, was sie da las, als noch eine WhatsApp von Hamid kam: „Steig durchs Fenster, komm nicht hier unten vorbei, lass dich nicht mehr sehen und beeile dich. Verschwinde! Jetzt sofort! Viel Glück."

Die laute Stimme von Aziz tönte bis zu ihr nach oben.

„Hamid, bist du ins Klo gefallen oder wo treibst du dich herum? Komm sofort zu uns ins Zimmer!"

Die Tür der Gästetoilette klappte zu.

„Hier bin ich doch. Was ist denn los?", hörte sie die Stimme ihres Cousins. Dann wurde die Tür zum Wohnzimmer geschlossen und es war still im Haus.

Fadia hatte zuerst geglaubt, Hamid wollte sie veräppeln. Als aber eine Nachricht die andere jagte und der Ton, in dem sie verfasst waren, so gar nicht nach einem dummen Witz klang, wurde sie doch besorgt. Sie konnte und wollte nicht glauben, was Hamid da schrieb, aber etwas mahnte sie, seine Warnung ernst zu nehmen. Ihr Vater war wirklich ziemlich komisch gewesen, als sie zu den Männern ins Zimmer kam, fiel ihr jetzt auf. Außerdem hatte Onkel Aziz einen Fremden mitgebracht, das tat er sonst nie. Darauf konnte sie sich keinen Reim machen. Dass ihre Mutter mit der Tante einkaufen ging, war, soweit sich Fadia erinnern konnte, auch noch nie vorgekommen, und Onkel Aziz hatte sie auf eine Art angesehen, dass ihr ganz mulmig geworden war. Aber da sie ihn sowieso nicht leiden konnte, hatte sie sich nichts dabei gedacht. Außerdem dramatisierte Hamid gerne und sie konnte sich noch immer nicht vorstellen, dass die Situation wirklich so brenzlig war, wie der Cousin glaubte. Aber etwas musste er aufgeschnappt haben, denn wie sollte er sonst darauf kommen, ihr so einen Schwachsinn zu schreiben? Aus dem Alter, in dem sie versucht hatten, sich gegenseitig Angst einzujagen, nur um sich dann köstlich darüber zu amüsieren, wenn der oder die andere darauf hereingefallen war, waren sie schon seit Längerem heraus. Sie würde erst einmal Alisa anrufen, beschloss Fadia, und mit ihr beratschlagen, wie ernst die Lage war.

Da ging im Erdgeschoss erneut eine Tür auf und Fadia hörte Aziz mürrisch fragen: „Wo bleibt sie denn, verdammt noch mal, sie sollte doch nur ein paar Sachen einpacken! Wenn sie nicht in fünf Minuten hier unten steht, fertig angezogen und mit gepackten Sachen, dann gehe ich sie höchstpersönlich holen."

„Ich sehe mal nach", erklang da die Stimme ihres Vaters. Sie hörte, wie er aufstand, und wusste nicht, was sie machen sollte. Am besten wartete sie ab, was er ihr zu sagen hätte. Er würde sie ja wohl nicht mit Gewalt aus dem Zimmer zerren.

„Onkel, setz dich wieder", tönte da die hellere Stimme von Hamid ein wenig zu laut. „Ich habe jüngere Beine als du, ich gehe nach oben und sehe nach, wo Fadia bleibt."

„Du bleibst hier", rief Aziz wütend, doch Hamid tat, als hätte er nichts gehört, und war schon auf dem Weg zur Treppe, noch bevor ihn sein Vater festhalten konnte.

„Hamid, wenn du das jetzt vermasselst, dann weißt du hoffentlich, was dir blüht", schrie Aziz seinem Sohn hinterher und plötzlich wurde Fadia der Ernst der Lage endgültig klar. Das war kein Spiel, das die Männer da trieben. Es gab keinen Grund, so aufgeregt und zornig zu sein, nur weil ein Mädchen, das für seine Tante den Haushalt führen sollte – für seine Tante, die krank war und momentan mit der Mutter shoppen, dieser Widerspruch ging Fadia erst in diesem Moment auf –, ein paar Minuten zu lange brauchte, um ihre Sachen zusammenzupacken. Es gab keinen Grund zur Eile, solange die beiden Frauen noch nicht zurück waren, es sei denn, ihre Mutter wusste gar nicht, worum es ging, und die Tante hatte sie nur aus dem Haus locken sollen, und Aziz wollte gar nicht auf ihre Rückkehr warten. Es gab auch keinen Grund, Hamid Prügel anzudrohen, nur weil er zu seiner Cousine ins Zimmer ging. Und warum war ihr Vater die ganze Zeit so einsilbig und schweigsam gewesen? So war er sonst in Anwesenheit seines Bruders Aziz nie.

Fieberhaft begann sie zu packen, stopfte wahllos Klamotten in ihren Rucksack, der glücklicherweise im Zimmer herumlag und nicht, wie die Mutter immer forderte, ordentlich aufgeräumt im Schrank im Keller verstaut war.

Die Tür ging auf und Hamid trat ins Zimmer.

„Es ist verdammt ernst“, flüsterte er. „Alles, was ich dir geschrieben habe, stimmt. Du musst sofort zum Fenster raus. Schaffst du es da runter?“

Fadia nickte. Wie in Trance ging sie zum Fenster, warf den Rucksack in den Garten – das Wohnzimmer, in dem die Männer saßen, befand sich glücklicherweise auf der anderen Seite des Hauses. Daran dachte Fadia allerdings in diesem Moment nicht. Plötzlich funktionierte sie wie eine Maschine, die Hamid angestellt hatte. Ihr Kopf war leer, er fühlte sich an wie ein großer dicker Wattebausch.

„Hamid, wo bleibst du? Nun bring das Mädchen endlich runter, sonst komme ich nach oben und hole euch“, schrie Aziz, mittlerweile ziemlich aufgebracht.

„Wir schreiben uns“, rief Hamid leise hinter Fadia her, die bereits am Spalier nach unten in den Garten kletterte. Sie muss schon öfter den Weg durchs Fenster genommen haben, dachte Hamid, während er die Kletterbewegungen seiner Cousine beobachtete. Er winkte noch einmal, ließ das Fenster geöffnet, damit kein Verdacht auf ihn selbst fiele, verließ das Zimmer und knallte die Tür hinter sich zu.

„Sie muss sich noch umziehen und hat mich rausgeschmissen“, rief er nach unten. „Aber sie kommt gleich.“ Mit diesen Worten trampelte er die Treppe hinunter und versuchte, möglichst viel Lärm zu machen, damit niemand hörte, wie Fadia das Haus und den Garten verließ.

Kapitel 2

Damaris plante, in Deutschland zur Schule zu gehen und ihren Abschluss nachzuholen. Danach wollte sie studieren und einen richtigen und wichtigen Beruf ergreifen. All das tun, was sie früher einmal vorhatte, was dann aber nicht mehr möglich gewesen war, weil sie Nadim heiratete, bald schon ihre zwei Töchter Samira und Elin zur Welt brachte, und weil sie, kaum waren die Mädchen aus dem Gröbsten heraus, mit ihrer Familie von heute auf morgen die Heimat verlassen musste.

Es gab wieder einmal Umsturzgerüchte in Saudi-Arabien und ihr Vater musste befürchten, ins Gefängnis zu kommen oder Schlimmeres. Die ganze Familie, fürchtete er, müsse um ihre Freiheit und sogar ihr Leben bangen, und deshalb ließen sie alles zurück und machten sich auf den Weg nach Europa, wo ihr Vater sie alle in Sicherheit glaubte. Genau verstand Damaris damals nicht, was geschehen war. Sie kannte die Hintergründe nicht, hatte sich nie um Politik gekümmert, solange sie selbst sich sicher fühlte in ihrem schönen Zuhause, und niemand hatte es für nötig befunden, einer jungen Frau die Politik zu erklären. Politik war Männersache; die Frauen hatten sich mit den Konsequenzen abzufinden.

Ihr Land befinde sich im Umbruch und niemand könne wissen, was geschehen würde, erklärte ihr Nadim mit wenigen Worten. Es sei nicht ausgeschlossen, dass sich die Verhältnisse eines Tages ändern und ihr Vater wieder in Amt und Würden und die ganze Familie in ihr bisheriges Leben zurück könnte. Mehr brauchte eine Frau nicht zu wissen.

Seit der Flucht waren viele Monate vergangen. Damaris kamen sie vor wie Jahre und sie hatte keine Ahnung, wo sich ihre Familie befand. Und noch etwas war seither geschehen: Auch ihr eigenes Leben befand sich im Umbruch, auch sie hatte sich in der Zwischenzeit völlig verändert. Selbst wenn sich alles zum Guten ändern sollte in ihrer Heimat, sie konnte nicht mehr zurück, nicht nach Saudi-Arabien und nicht zu ihrer Familie.

Damaris war in einer vollkommenen Familie aufgewachsen. So hatte sie es jedenfalls als Kind und auch noch als Jugendliche empfunden. Sie war ein wildes Mädchen gewesen, dem der Vater fast alles durchgehen ließ.

„An ihr ist mir ein Sohn verloren gegangen", schmunzelte er nur, wenn die Mutter wieder einmal über das schwer zu bändigende Kind klagte. Damaris ging gerne zur Schule, lernte leicht und hatte viel Spaß mit ihren Freundinnen. Aus dem Wildfang wurde eine hübsche junge Frau, die lernte, sich so zu verhalten, wie sich das für ein Mädchen in ihren Kreisen gehörte. Es fiel ihr nicht leicht, ihre langen schwarzen Haare, die ihr ganzer Stolz waren, unter dem Schleier zu verbergen, der zur Abaya, einer Art Mantel, der bis zum Boden reicht, gehörte. Seit sie zwölf Jahre alt war, musste sie sich, sobald sie das Haus verließ, von Kopf bis Fuß verhüllen. Damaris dachte sich nichts dabei, es gehörte eben zum Erwachsenwerden dazu und solange sie sich zu Hause kleiden konnte, wie sie wollte, fand sie nichts dabei. Lediglich um die Haare tat es ihr leid.

Mit sechzehn Jahren sollte sie heiraten. Das stand fest und Damaris hatte nichts dagegen einzuwenden. Im Gegenteil, sie fand es aufregend und je näher ihr sechzehnter Geburtstag kam, umso mehr wartete sie auf diese große Veränderung in ihrem Leben. Fast alle Mädchen wurden mit sechzehn Jahren verheiratet, manche sogar schon früher, manche wenig später, mit diesem Wissen war Damaris aufgewachsen. Es gehörte einfach zum Leben dazu wie das Wetter. Es gab nur wenige Frauen, die sich dem gesellschaftlichen Druck nicht beugten, und von denen erzählte man sich, dass mit ihnen irgendetwas nicht stimmte und dass sie deshalb kein Mann haben wollte.

Am Vorabend des Geburtstages rief die Mutter Damaris zu sich in ihr persönliches Wohnzimmer, in dem sie niemand stören würde, und eröffnete ihrer Tochter, es sei nun so weit, sie sei eine Frau und es wäre an der Zeit, sich nach einem Ehemann umzusehen. Damaris nickte eifrig und war gespannt, was nun folgen würde. Sie hatte zwar davon gehört, dass es Länder gab, in denen die Eltern nichts mit der Wahl des Bräutigams zu tun hatten, aber in Saudi-Arabien war es nicht üblich, dass ein Mädchen sich selbst auf die Suche machte. Wie sollte sie auch? Mädchen und Jungen wuchsen getrennt auf und hatten keine Gelegenheit, sich zu treffen und sich kennenzulernen. Außerdem, davon war Damaris überzeugt, wussten ihre Eltern mit Sicherheit besser als sie selbst, wer zu ihr passte, wer ihr ein gutes Leben ermöglichen und ein guter Ehemann und Vater für ihre Kinder sein konnte. Sie hatten schließlich selbst schon ein langes Leben hinter sich gebracht, hatten genug Erfahrungen gesammelt, um für ihre Tochter die bestmögliche Auswahl zu treffen.

„Setz dich zu mir und höre gut zu."

Damaris, die an der Tür stehengeblieben war, setzte sich neben ihre Mutter auf die weichen Kissen, die großzügig im Zimmer verteilt lagen.

„Wir haben uns umgesehen", begann ihre Mutter, „und dein Vater hat beschlossen, dass du selbst die Auswahl treffen sollst."

Damaris wunderte sich, sie war sogar ein bisschen erschrocken. Wie sollte das denn gehen? Sie kannte keine Jungen in ihrem Alter und erst recht keine erwachsenen Männer, die infrage kamen.

Noch bevor sie etwas erwidern konnte, fuhr die Mutter fort: „Keine Angst, wir lassen unser einziges Kind nicht allein auf die Männerwelt los, aber dein Vater meint, die Zeiten änderten sich und als moderne Eltern sollten wir dir zumindest die Auswahl zwischen ein paar passenden Kandidaten überlassen. Dein Vater und ich wurden damals einfach füreinander bestimmt, wir trafen uns zum ersten Mal bei der Hochzeit. Wir haben Glück gehabt, wir passten gut zusammen und haben uns bald lieben gelernt. Aber das ist nicht immer so, es kann auch schiefgehen. Wenn die Eltern nicht die richtige Wahl treffen, machen sie manchmal zwei Menschen für ein ganzes Leben unglücklich. Eine Ehe hält für immer, das weißt du!" Sie sah auf und Damaris nickte. Selbstverständlich wusste sie das.

Die Mutter fuhr fort. „Wenn eine Ehe einmal geschlossen ist, kann man nicht mehr zurück. Und dein Vater und ich, wir wünschen uns beide, dass du glücklich wirst und uns viele Enkelkinder schenkst. Deshalb sollst du selbst entscheiden." Sie machte eine Pause und Damaris wurde immer aufgeregter und wartete gespannt darauf, was nun kommen würde.

„Zu deiner Geburtstagsfeier morgen werden vier junge Männer kommen, von denen wir wissen, dass sie dir alle ein gutes Leben garantieren können. Du selbst sollst dir den aussuchen, mit dem du schließlich die Ehe eingehen willst."

Damaris war überrascht und wusste nicht genau, wie sie das finden sollte. Sie selbst sollte entscheiden? Was, wenn sie die falsche Entscheidung traf? Ihre Eltern wussten doch bestimmt viel besser als sie selbst, welcher Mann zu ihr passte. Aber zugleich war es auch eine aufregende Vorstellung, die Wahl zu haben. Und schließlich hatten die Eltern ja schon vorab eine Auswahl getroffen; es war also nicht allein ihre Verantwortung, den Richtigen zu finden. Egal, welcher ihr am besten gefiel, er war durch die strenge Prüfung ihres Vaters gegangen, der nur einen der Besten für seine Tochter akzeptieren würde.

Damaris war kein schüchternes Mädchen. Aus dem schwer zu bändigenden Kind, über das die Mutter häufig geklagt hatte, war eine selbstbewusste junge Frau geworden, die ihre Möglichkeiten, aber auch ihre Grenzen sehr gut kannte. Während der Geburtstagsfeier unterzog sie die vier potenziellen Ehemänner einer genauen Prüfung, beriet sich am folgenden Tag mit ihren Freundinnen, die auch eingeladen gewesen waren, und traf schließlich eine Entscheidung: Nadim, ein schlanker junger Mann, einen halben Kopf größer als Damaris, der meist ernst dreinblickte, aber auch sehr charmant sein konnte, sollte es sein, mit dem sie ihr Leben verbringen wollte.

„Ist er nicht süß?", fragte sie die anderen, die ihr neidvoll zustimmten.

Dies war einer der letzten gemütlichen Mädchen-Abende, die Damaris mit ihren Freundinnen verbrachte, doch daran dachte damals keine von ihnen.

Die Hochzeit, die bald darauf folgte, war ein rauschendes Fest, das Damaris in vollen Zügen genoss. Sie wurde erst nervös, als die Zeit näher rückte, zu der es sich für das Brautpaar gehörte, sich von den Gästen zu verabschieden und sich in die gemeinsame Wohnung zurückzuziehen.

Die Mutter hatte mit ihr über das Leben als Ehefrau gesprochen und auch mit ihren Freundinnen hatte sich Damaris ausgemalt, was da auf sie zukam. Aber alles war ziemlich verschwommen geblieben. Eine Mischung aus Aufregung, freudiger Erwartung und ängstlicher Nervosität begleitete sie, als sie zu Nadim ins Auto stieg. Die Gäste winkten ihr zu, die Mutter weinte, dann fuhren sie um eine Straßenbiegung und Damaris konnte nicht weiter verfolgen, was hinter ihr geschah. Still saß sie da und sah versonnen und nervös durch das Fenster auf die beleuchteten Straßen Riads.

Sie war jetzt allein mit Nadim, der nun ihr Ehemann war, und ein Ehemann war eine Art Besitzer. Sie gehörte zu ihm, ja, sie gehörte ihm, für immer und bis ans Ende ihres Lebens. Wenn es gut lief, durfte sie selbst bestimmen, wie sie ab jetzt ihre Zeit, wenn Nadim außer Haus war, verbringen wollte, aber sie brauchte für alles die Zustimmung ihres Ehemannes. An die Stelle des Vaters war jetzt Nadim getreten und Damaris wurde immer ängstlicher. Bis sie mit Nadim ins Auto gestiegen war, war alles einfach nur aufregend gewesen, ein Abenteuer, eine große Veränderung in ihrem Leben. Aber was dies letztendlich bedeutete, darüber hatte sie nicht wirklich nachgedacht. Das würde sich jetzt zeigen.

Den Vater und seine Ideen kannte sie. Er wollte, dass sie zur Schule ging, lernte, vielleicht sogar eines Tages studierte, aber wollte ihr Ehemann das auch? Warum hatte sie sich nur darüber bisher keine Gedanken gemacht? Jetzt hatte er das Sagen und wenn er nicht wollte, dann hatte auch ihr Vater keine Möglichkeit, seine Pläne für Damaris' Zukunft durchzusetzen. Jetzt, am Abend der Hochzeit, jetzt, da es zu spät war, fielen Damaris plötzlich alle möglichen Geschichten ein, die sie gehört hatte, über Männer, die vor der Hochzeit liebevoll und zuvorkommend gewesen waren und die sich schlagartig veränderten, nachdem die Ehe geschlossen und die Frau ihr Eigentum geworden war.

Damaris sah Lichter links und rechts der Straße vorbeifliegen. Sie hatte keine Ahnung, wo sie sich befanden. Was, wenn Nadim ihren Vater getäuscht hatte und sie nun an einen unbekannten Ort brachte? Was, wenn sie ihre Eltern nie wiedersah? Damaris schüttelte den Kopf, um diese Gedanken zu vertreiben. Was war nur los mit ihr?

Nadim sah kurz von seinem Smartphone auf, mit dem er sich, seit sie losgefahren waren, intensiv beschäftigte.

„Damaris? Ist alles in Ordnung mit dir?", fragte er.

Sie nickte nur. Bestimmt hatte Nadim noch Vorbereitungen zu treffen für den Empfang der frischgebackenen Ehefrau in seinem Haus und war deshalb so in sein Handy vertieft. Aber es war ihr auch ganz recht, dass sie noch eine Weile ihren Gedanken nachhängen konnte, bevor sie in ihr neues Leben trat.

Erst einmal steht mir die Hochzeitsnacht bevor, versuchte sich Damaris zu beruhigen und begab sich damit vom Regen in die Traufe. Von Beruhigung keine Spur, im Gegenteil. Damaris glaubte zu wissen, was sie erwartete, aber ganz sicher war sie sich doch nicht. Es sollte wunderschön sein, unbeschreiblich, erzählten sich die Mädchen untereinander, aber zugleich war die Vorstellung, sich einem fast unbekannten Mann *hinzugeben*, wie sie das nannten, sich ihm auszuliefern, ihm zu überlassen, was mit ihr in den kommenden Stunden geschehen würde, auch durchaus furchterregend, wenn sie ehrlich war.

Damaris hatte Glück. Nadim, der es noch immer kaum fassen konnte, die Tochter eines so wohlhabenden und angesehenen Mannes zur Frau bekommen zu haben – warum die Wahl des hohen Staatsbeamten ausgerechnet auf ihn gefallen war, hatte ihm niemand erklärt –, bemühte sich sehr, ihr einfühlsam und zärtlich zu zeigen, was er von seiner Ehefrau erwartete. Sie würde damit klarkommen, stellte Damaris ernüchtert und beruhigt zugleich fest, als Nadim schließlich neben ihr eingeschlafen war, aber von wunderschön und unbeschreiblich keine Spur. Dieser nackte Männerkörper machte ihr zwar keine Angst, aber sie konnte ihm auch nicht viel abgewinnen. Ihre Freundinnen fühlten sich viel besser an, wenn sie sich gegenseitig in den Arm nahmen und kuschelten, was sie gerne machten, wenn sie gemeinsam DVDs ansahen.

Ein leises Bedauern durchzog Damaris. Die fast täglichen Treffen mit ihren Freundinnen waren jetzt vorbei, denn sie war nun eine verheiratete Frau und kein Schulmädchen mehr, das nachmittags mit den Mitschülerinnen Soaps ansah und dabei kuschelte. Sie schüttelte den Schatten schnell ab. Sie war jetzt selbst eine Frau, eine Ehefrau, wie sie sie aus den Filmen kannte, und da kuschelte man eben nicht mehr mit den Freundinnen, sondern gab sich dem Ehemann hin. Vielleicht, ja bestimmt, änderte sich ihr Gefühl im Lauf der Zeit, und sie würde lernen, das zu genießen, was Nadim mit ihr machte. Eines Tages würde sie Nadims Körper auch nackt schön finden, schließlich fand sie ihren Mann ja immer noch sehr süß, solange er seinen schicken Anzug trug. Sie brauchte einfach Zeit, alles war noch so neu und fremd für sie.

„Ich muss nur Geduld haben, dann kommt auch die Liebe eines Tages“, redete sie sich gut zu. Schließlich hatte es bei den Eltern auch geklappt, erinnerte sie sich an die Worte ihrer Mutter.

Schon wenige Monate nach der Hochzeit wurde Damaris schwanger und brachte in den folgenden Jahren kurz hintereinander zwei Kinder zur Welt, zwei Mädchen, die sie auf Wunsch Nadims Samira und Elin nannten. Damit fand der Plan, ihren Schulabschluss zu machen, mit dem sie vielleicht eines Tages studieren könnte, ein schnelles Ende. Grundsätzlich hatte Nadim, der in einer großen Im- und Exportfirma, die seinem Vater gehörte, als Juniorchef arbeitete, gar nichts dagegen, eine gebildete Frau an seiner Seite zu haben, mit der er sich austauschen und mit der er auch vor anderen angeben könnte, aber Kinder gingen vor. Nadim hoffte sehr auf einen Sohn und auch wenn sich nach Samira und Elin zunächst kein Nachwuchs mehr einstellen wollte, so hieß es für Damaris, ein Leben als Hausfrau und Mutter zu führen und abzuwarten, was die Zukunft bringen würde.

Anfangs vermisste Damaris manchmal die Schule und oft ihre Freundinnen, aber schon bald füllten Samira und Elin ihr Leben vollständig aus. Außerdem waren mittlerweile auch ihre ehemaligen Mitschülerinnen verheiratet und so gab Damaris den Traum von Studium und Beruf auf und widmete sich ganz der kleinen Familie.

Das Zusammenleben mit Nadim verlief ohne große Höhen und Tiefen. Damaris mochte ihn, aber mehr entwickelte sich nicht zwischen den beiden und immer öfter langweilte sie die alltägliche Routine. Morgens ging Nadim in die Firma, die er mit seinem Vater gemeinsam führte, abends traf er sich häufig mit Freunden und war mit ihnen in Riad unterwegs, während Damaris das Haus nur noch selten und für kurze Zeit verließ. Wirklichen Gefallen an den nächtlichen Übungen im Ehebett und am männlichen Körper überhaupt fand sie nicht. Manches Mal, wenn ihr Mann sie in den Armen hielt, träumte sie sich in die weichen Umarmungen ihrer Freundinnen zurück, die sich so ganz anders anfühlten. Aber schnell verbot sie sich diese Gedanken dann, weil sie meinte, ihren Mann damit zu betrügen, und schließlich wollte sie ihm trotz allem eine gute und treue Ehefrau sein.

Fast über Nacht änderte sich alles.

Ein guter Freund ihres Vaters, der eine verantwortungsvolle Position im saudischen Königshaus innehatte, spielte ihm die Kopie eines internen Aktenvermerks zu, aus dem hervorging, dass der bisher angesehene Staatsbeamte bei der nächstbesten Gelegenheit der Bestechlichkeit und Untreue beschuldigt und verhaftet werden sollte, und riet ihm dringend, das Land zu verlassen. Damaris' Vater schien wichtigen Personen in die Quere gekommen zu sein und wer störte, wurde eben aus dem Weg geräumt. Die immer wieder aufkommenden Umsturzgerüchte boten eine gute Gelegenheit, unliebsame Menschen loszuwerden.

Mit den Eltern verließen auch Nadim und sie selbst mit Samira und Elin, die inzwischen vier und drei Jahre alt waren, überstürzt das Land, weil Damaris' Vater befürchtete, durch sein Verschwinden geriete die ganze Familie in Gefahr.

Alles musste schnell gehen. Sie flogen zunächst in die Türkei, schlugen sich zur Küste durch und fuhren von dort mit einem nicht sehr vertrauenerweckenden, dafür aber überfüllten Boot über das Meer nach Griechenland.

Damaris wollte am liebsten vergessen, was sie auf dieser Überfahrt erlebt hatte. Als sie die griechische Insel Lesbos bereits sehen konnten, kenterte das Boot. Glücklicherweise trugen sie Rettungswesten. Damaris hielt krampfhaft Samira und Elin in ihren Armen mit einer Kraft, die sie sich selbst nie zugetraut hätte. Sie erinnerte sich an Nadim neben sich im Wasser, wie er ihr die Kinder abnehmen wollte, sie aber nicht in der Lage war loszulassen. Dann verlor sie ihn aus den Augen.

Damaris hatte später keine Ahnung, wie lange sie so im Wasser getrieben waren, bevor sie das Bewusstsein verlor. Irgendwo am Strand zwischen anderen durchnässten und erschöpften Menschen kam sie wieder zu sich. Was in der Zwischenzeit geschehen war, daran konnte sie sich nicht erinnern. Die kleinen Mädchen saßen neben ihr im Sand und ihr Weinen zwang sie aus der friedlichen Ohnmacht zurück, in der sie gerne geblieben wäre. Nachdem sie sich einigermaßen erholt und die Situation begriffen hatte, suchte sie panisch nach Nadim und den Eltern, konnte sie aber nirgends finden. Andere Gestrandete erzählten, dass ein Schiff gekommen sei und die Besatzung einen Teil der Schiffbrüchigen aus dem Wasser gezogen und mitgenommen hätte. Dann sei ein Polizeiboot aufgetaucht und hätte die Retter verjagt, noch bevor diese alle im Wasser treibenden Menschen hatten finden und an Bord nehmen können. Einige von ihnen wurden von den Polizisten ins Boot geholt und mitgenommen und wieder andere schwammen an Land. Einer der Schwimmer hatte Damaris und die beiden Kleinen, die untrennbar aneinander geklammert im Wasser trieben, an der Rettungsweste gepackt und zum Strand geschleppt.

Sie musste schon lange dort gelegen haben, denn in der Zwischenzeit waren mehrere Ertrunkene angeschwemmt, von den anderen Überlebenden aufgesammelt und an eine abgelegene Stelle des Strandes gebracht worden. Damaris nahm all ihren Mut zusammen, als man ihr das erzählte, weil sie überall nach ihren Eltern und ihrem Mann fragte, und näherte sich Schritt für Schritt den Toten. Aber weder Nadim noch ihre Eltern befanden sich unter den Ertrunkenen. Obwohl Damaris annehmen musste, dass viele Leichen noch gar nicht angeschwemmt worden waren, sondern irgendwo auf dem Meer trieben, war sie erst einmal getröstet. Sie hatte ihren Mann und ihre Eltern unter den Toten nicht gefunden, also war die Wahrscheinlichkeit groß, dass das Rettungsschiff oder vielleicht sogar das Polizeiboot sie aufgesammelt hatte, redete sie sich gut zu. Doch auch wenn ihr diese Hoffnung blieb, so befand sie sich momentan mit den beiden Kindern allein unter unbekannten Menschen und musste versuchen, in dieser für sie gänzlich neuen Situation zu bestehen.

Auf dem Boot hatte sie mit niemandem gesprochen, sondern war lediglich still und verängstigt, eingezwängt unter viel zu vielen Menschen, zwischen Nadim und ihren Eltern gesessen und hatte gebetet, dass die Überfahrt schnell und gut vorübergehen sollte. So richtig hatte das Beten wohl nicht geholfen, schien es ihr jetzt. Obwohl man ja nie wissen konnte, was ohne ihre Gebete noch Schlimmeres geschehen wäre. Immerhin war sie am Leben, immerhin hatte sie wenigstens Samira und Elin bei sich und bestimmt befand sich der Rest der Familie auf dem Schiff, das zu Hilfe gekommen war. Auch wenn Damaris keine Ahnung hatte, wie sie es anstellen sollte, so glaubte sie doch fest daran, die anderen über kurz oder lang finden zu können und wieder mit ihnen vereint zu sein.

Damaris zog sich und den Kindern die Rettungswesten aus. Es fiel ihr schwer, sich davon zu trennen, weil alle drei den orangenen Westen ihr Leben verdankten. Aber sie konnten jetzt nichts mehr damit anfangen und so warf sie den unnötigen Ballast zu den anderen. Es hatte sich bereits ein kleiner orangefarbener Berg gebildet.

Dann kamen wie aus dem Nichts trockene Menschen auf die Schiffbrüchigen zu, die sich zuerst um die Kinder und dann um den Rest der Überlebenden kümmerten. Einige verteilten Decken, Brot und heiße Suppe aus großen Warmhaltekannen, andere entzündeten ein großes Feuer, woran die Gestrandeten ihre nassen Kleider trocknen konnten. Damaris setzte sich mit den Mädchen an die Feuerstelle und sah in die Flammen. Ganz langsam kam die Erinnerung an das Geschehene zurück und sie spürte, wie sie zu zittern begann. Vor Kälte, aber auch vor Entsetzen über das, was sie erlebt hatte.

Erst als Samira und Elin, die sich schneller erholten als sie selbst und sich schon bald neugierig nach den anderen Kindern umsahen, nach ihrem Baba und den Großeltern fragten, wurde Damaris die Last der Verantwortung, die nun auf ihren Schultern ruhte, bewusst. Sie war jetzt die Einzige, die die Kinder beschützen konnte, und deshalb musste sie mit einem Schlag endgültig erwachsen werden. Bis vor wenigen Stunden hatte sie ihre Mädchen-Traumwelt trotz der Rolle als Ehefrau, die sie ziemlich gut ausfüllte, noch nicht vollständig hinter sich gelassen. Bis der Schiffbruch ihr Leben völlig auf den Kopf stellte, hatte sie sich in allem gerne und ohne darüber nachzudenken auf Nadim und die Eltern verlassen, sich unter deren Schutz und Verantwortung sicher gefühlt, und nun war mit einem Mal alles anders. Jetzt war sie selbst diejenige, die Verantwortung für die Kinder und auch für sich selbst trug, bis sie irgendwann ihre Familie wiederfinden würde.

Damaris fühlte sich durch diese neue und ungewohnte Aufgabe verängstigt und überfordert, aber zugleich war da auch ein seltsames Gefühl in ihr, eine fast freudige Anspannung in Erwartung dessen, was die Zukunft für sie bringen würde. Sie musste, aber sie durfte auch plötzlich selbständig entscheiden, was zu tun war, welches die nächsten Schritte für sie und ihre Kinder wären. Das fühlte sich auf eine bestimmte Art auch aufregend an. Dieser Gedanke machte ihr sofort ein schlechtes Gewissen und Damaris schüttelte ihn schnell ab. Sie war eine Frau, die nun ganz allein für sich selbst und ihre Kinder sorgen sollte. Das konnte eine Frau nicht auf Dauer, erst recht nicht in ihrem Alter. Davon war Damaris überzeugt, so hatte sie es ihr Leben lang gehört und erfahren. Ältere Frauen wie ihre Mutter hatten wenigstens schon viele Jahre ihren Männern dabei zugesehen, wie sie Verantwortung für die Familie trugen, und konnten sich im Notfall daran orientieren. Aber grundsätzlich waren Frauen einfach nicht dazu gemacht, allein für das Wohlergehen ihrer Familie einzustehen. Damaris würde alles daran setzen, so schnell wie möglich ihren Mann Nadim und die Eltern wiederzufinden, um die Verantwortung an sie ab- und sich und die Mädchen in ihren Schutz begeben zu können.

Die Schiffbrüchigen wurden in das Flüchtlingslager Moria auf der Insel Lesbos gebracht. Damaris blieb mit ihren Töchtern den Winter über dort und sie glaubte nun zu wissen, wie die Hölle beschaffen war. Das Lager in Moria war überfüllt; auf einem von Mauern und Stacheldraht umgebenen verschlammten Gelände lebten die Bewohner in Zelten, die auf dem nackten Boden standen. Es gab kaum Kleidung zum Wechseln, kein warmes Wasser, nur schlechte und unzureichende Verpflegung. Die Toiletten und Duschen waren verschmutzt und konnten nur nach stundenlangem Anstehen benutzt werden. Drogen, Prostitution, Verzweiflung, Selbstmordversuche – nichts von allem hatte Damaris in ihrem bisherigen Leben kennengelernt.

Von Nadim und ihren Eltern bekam sie während der fast sechs Monate, die sie im Lager verbrachte, keine Nachricht.

Dann wurden Damaris und die Kinder gemeinsam mit anderen Familien aufs Festland verlegt und schließlich durfte sie mit Samira und Elin nach Deutschland weiterreisen. Damaris ließ alles mit sich geschehen, ohne nach den Gründen zu fragen. Es konnte kaum schlimmer kommen und in Deutschland, so erzählte man sich, wäre alles besser.

Kapitel 3

Kai suchte nach einem passenden Bettbezug. Nicht zu unruhig sollte das Muster sein, aber doch bunt und lebhaft. Es sollte Lebensfreude vermitteln, das schien ihr angekündigter Gast momentan ziemlich nötig zu haben.

Selbstverständlich hatte sie sofort zugesagt, als Alisa sie vor wenigen Minuten anrief und um Hilfe bat. Alisa war ihre Nichte und zugleich ihr Patenkind und sie hatten schon immer einen guten Draht zueinander.

Es war ein Zufall, der Kai vor vielen Jahren ebenfalls aus Bayern weg Richtung Norden in die Nähe ihres Bruders und damit auch in Alisas Nähe führte. Ein schöner Zufall, auch wenn sie nach wie vor nur wenig Kontakt zu Heiner hatte, der wesentlich jünger war als sie. Mein *kleiner* Bruder. Kai musste schmunzeln. Wenn man seine Einstellung und sein Verhalten als Maßstab nahm, war er mindestens zwanzig Jahre älter als sie selbst. Arme Alisa.

Heiner war der Jüngste unter den Geschwistern. Ihre Eltern hatten im Zehnjahrestakt Nachwuchs in die Welt gesetzt, ob gewollt, wie sie das immer behauptet hatten, oder ungewollt, wie Kai vermutete, würde für immer offen bleiben, da beide Eltern bereits tot waren. Monika, die Älteste, hatte es nicht aus Bayern weggezogen. Sie lebte nun schon seit vielen Jahren mit ihrem Mann im Haus der Eltern. Drei Kinder hatten sie dort großgezogen, die mttlerweile ihr eigenes Leben führten und zu denen Kai, wie zu ihrer Schwester Monika, kaum Kontakt hatte.

Kai hatte in Göttingen studiert und war zunächst dort auch hängengeblieben. Nach einigem Zögern war Heiner nach dem Studium in München mit seiner Frau nach Bremen gezogen, weil ihm dort eine gute Stelle in einem Ingenieurbüro angeboten wurde. An seinem vierzigsten Geburtstag, den Heiner groß feierte, hatte Kai sich in eine Kollegin ihres Bruders verliebt und diese sich in sie. Es hatte am gleichen Abend gefunkt, sie waren eine Zeitlang an den Wochenenden zwischen Bremen und Göttingen gependelt, dann fand Kai eine Stelle in Hannover. Sie kauften sich ein Häuschen in Garbsen, von wo aus Sabine täglich zur Arbeit nach Bremen fuhr. Fünf Jahre hatte ihre Beziehung gehalten, dann trennten sie sich. Ohne großes Drama, ohne neue Liebe als Trennungsgrund, es hatte einfach nicht mehr funktioniert. Kai übernahm das Haus und Sabine lebte seither wieder in Bremen.

Kai schüttelte die Vergangenheit ab. Die beste Freundin ihres Patenkindes brauchte vorübergehend einen Unterschlupf und auch wenn Tante und Nichte sich nur in unregelmäßigen Abständen trafen, so standen sie sich doch sehr nahe. Schon seit längerer Zeit meldete sich Alisa immer dann bei Kai, wenn sie nicht mehr weiterwusste. Wenn es Probleme in der Schule gab, neuerdings Konflikte mit dem Freund oder Ärger mit den Eltern – immer kam Alisa mit ihren Fragen und Problemen zu ihr. Kai war froh, dass Alisa ihr vertraute und sich Hilfe holte. Sie selbst hatte damals alles mit sich allein ausgemacht. Hatte niemanden, wollte aber auch niemanden, wenn sie das aus heutiger Sicht ganz ehrlich betrachtete. Gut war das nicht.

Auch heute Abend hatte Kai wieder einen mehr oder weniger dramatischen Pubertätskonflikt mit wem auch immer erwartet, als sich Alisa am Telefon meldete. Auf das Anliegen, das ihre Nichte dann vorbrachte, war Kai ganz und gar nicht vorbereitet.

„Meine beste Freundin ist von zu Hause abgehauen. Kann sie bei dir übernachten?“

Ohne weiter nachzudenken, hatte Kai zugestimmt. Sie konnte das Mädchen schließlich nicht die Nacht auf der Straße verbringen lassen und alles andere würden sie morgen besprechen.

„Klar, mein Gästezimmer ist frei, das weißt du ja."

„Kannst du Fadia am Bahnhof in Wunstorf abholen? Bitte. Sie ist völlig durch den Wind und ich weiß nicht, ob sie sonst wirklich bei dir ankommt."

Mit dem letzten Zug würde Fadia noch heute Nacht ankommen, sie selbst müsse zu Hause bleiben, damit niemand Verdacht schöpfe, erklärte Alisa, nachdem Kai sie mit Mühe so weit beruhigt hatte, dass sie ihr von Anfang an erzählen konnte, was geschehen war.

Kai wählte einen Bettbezug mit buntem, aber doch nicht zu buntem Muster. Vermutlich nicht unbedingt der Geschmack einer Sechzehnjährigen, aber doch auch nicht wirklich altmodisch, überlegte sie. Doch darauf kam es im Grunde auch nicht an. Das Mädchen hatte momentan wirklich andere Probleme als das Muster eines Bettbezugs.

„Verdammt noch mal!", rief Kai laut. Niemand hörte sie, denn sie bewohnte das kleine Haus seit Sabines Auszug allein und hatte deshalb auch genügend Platz, um in einem Notfall wie heute spontan eine Unterkunft bieten zu können.

„Verdammt noch mal!" Dieses Mal schrie sie noch lauter und hätte gerne etwas an die Wand geworfen, etwas kaputt geschlagen, verhedderte sich aber im Bettbezug, den sie gerade über die leichte Steppdecke ziehen wollte, und bremste sich so selbst aus.

„Das kann doch nicht wahr sein!", brüllte sie nun, dadurch erneut verärgert, noch lauter. Wild schüttelte sie die Bettdecke, aber der Bezug wollte nicht so fallen, wie er sollte.

„Das gibt es doch nicht!", schrie sie weiter und meinte damit ein wenig auch den widerspenstigen Bettbezug, aber eben nur ein klein wenig. „In welchem Jahrhundert leben wir eigentlich?"

Da fiel er endlich, wie er sollte, und sie knöpfte ihn am Fußende zu. Ein Knopf fehlte, stellte sie fest, aber es musste auch so gehen. Das Mädchen hatte schließlich andere Sorgen als einen fehlenden Knopf an einem nicht mehr ganz modernen Bettbezug.

Während Kai die Bettdecke noch einmal aufschüttelte, sah sie plötzlich ein Mädchen auf dem Bett sitzen: Es ist lange her, aber wenn man in Jahrhunderten denkt, auch wieder nicht so lange.

Sie selbst sitzt da. Sie ist neun Jahre alt und wie so oft ist sie zu spät von ihrer besten Freundin, bei der sie den Nachmittag verbracht hat, nach Hause gekommen, und erwartet, deshalb getadelt zu werden. Sie besitzt keinen Hausschlüssel und hat sich angewöhnt, wenn sie zu spät dran ist, nicht zu klingeln, sondern die gewöhnlich unverschlossene Kellertür zu benutzen. Manchmal gelingt es ihr, sich von der Mutter unbemerkt nach oben in ihr Zimmer zu schleichen. Ist sie erst einmal dort, dann lässt sich nicht mehr feststellen, seit wann. Ob sie sich verspätet oder einfach nur in ihrem Zimmer die Zeit vergessen hat.

Obwohl sie niemanden hörte oder sah, während sie durchs Treppenhaus nach oben ging, spürt sie an diesem Tag eine komische Spannung in der Luft. Alles ist still, erst als sie die Tür ihres Zimmers hinter sich schließt und sich aufs Bett setzt, hört sie durch die Wand aus dem Raum nebenan Gemurmel. Da fällt es ihr wieder ein. Monika, ihre große Schwester, ist heute zu Besuch gekommen. Sie ist zehn Jahre älter als Kai und wohnt nicht mehr bei den Eltern. Sie möchte Lehrerin werden und studiert an der Pädagogischen Hochschule in Regensburg. Für Kai ist es immer ein besonderes Ereignis, wenn die Schwester zu Hause ist.

„Deine Schwester ist krank und braucht Ruhe.“ Mit diesen Worten hielt die Mutter Kai zurück, als sie nach der Schule sofort in Monikas Zimmer stürmen wollte, nachdem sie den alten verrosteten Käfer auf dem Parkplatz vor dem Haus gesehen hatte.

„Setz dich, es ist Zeit zum Mittagessen!“

Kais Vater saß bereits am Tisch. Seine Mittagspause war knapp bemessen und so setzte sie sich wortlos an ihren Platz. Kaum durfte sie aufstehen, ging sie nach oben. Leise öffnete sie die Tür zum Zimmer ihrer großen Schwester, um sie nun endlich doch zu begrüßen, fand sie aber schlafend. Dann eben nicht. Sie ging nach nebenan in ihr eigenes kleines Zimmer, machte rasch und ohne viel Engagement die Hausaufgaben und verzog sich dann, ohne sich abzumelden, wie es eigentlich von ihr erwartet wurde, zu ihrer besten Freundin, die in der Nachbarschaft wohnte.

Das Gemurmel nebenan will nicht enden. Kai hat Hunger, mag aber das Zimmer nicht verlassen. Die Spannung, die in der Luft liegt, fühlt sich bedrohlich an. Sie spürt eine unbestimmte Angst und hofft, Hunger hin oder her, noch eine Weile im Schutz ihrer Zimmer-Höhle bleiben zu können. Kai versucht zu verstehen, was nebenan gesprochen wird, aber die Unterhaltung wird gedämpft geführt und so kommt nichts Konkretes bei ihr an. Hauptsächlich scheint ihre Mutter zu reden; Monika hört sie nur hin und wieder ein paar Worte sagen. Dann meint sie plötzlich, die große Schwester weinen zu hören, was darauf folgt, hört sich aber in keiner Weise nach Trost an. Eher wie eine Mischung aus Wut und Verletztheit. Dann scheint die Mutter ebenfalls zu weinen.

Kai kann sich keinen Reim auf die Situation machen, hat aber auch keine Lust mehr, weiter zu lauschen. Sie legt sich aufs Bett und nimmt ihr Fünf-Freunde-Buch, das sie gerade liest. Die Geschichte ist wieder einmal besonders spannend, aber so konzentriert wie sonst ist sie heute nicht. Normalerweise taucht Kai beim Lesen ganz in die fremde Welt ein, hört und sieht nicht, was um sie herum geschieht. Heute bleibt ein Ohr an der Wand zum Zimmer ihrer Schwester. Sie weiß nicht, was unheimlicher ist: dass die vier Kinder und der Hund mit größter Wahrscheinlichkeit gleich in der Höhle auf der Insel eingeschlossen werden oder dass sie nicht weiß, was da nebenan vor sich geht.

Plötzlich rührt sich etwas. Die Tür zum Flur wird geöffnet, Schritte nähern sich ihrer eigenen Tür. Kai tut so, als wäre sie völlig vertieft in ihr Buch, und merkte nicht, dass die Mutter das Zimmer betritt. Zugleich schielt sie zur Tür und sieht, dass ihre Mutter verheulte Augen hat. Sie hat also richtig gedeutet, was da jenseits der Wand vor sich ging. Nun bekommt sie richtig Angst. Was hat das zu bedeuten? Kranksein heißt gewöhnlich, man liegt ein paar Tage mit einer schlimmen Erkältung im Bett. Das ist anfangs nicht schön – später genießt Kai dann das Frühstück am Bett, den Orangensaft auf dem Nachttisch und die neuen Bücher, die sie gegen die Langeweile bekommt –, aber auch kein Grund zum Heulen. Jedenfalls nicht für die anderen. Was für eine Krankheit kann das sein? Was ist nur los mit ihrer großen Schwester? Wird sie sterben?

Die Tür wird geschlossen, Kai kann nun nicht mehr so tun, als wäre sie nicht da. Sie schaut auf und tut ein wenig erschrocken.

„Wo kommst du denn so plötzlich her?", fragt sie.

Die Mutter nimmt sich den einzigen Stuhl, den es in dem kleinen Zimmer gibt, stellt ihn vors Bett und setzt sich.

„Leg das Buch weg, ich muss dir etwas sagen."

Kai nimmt die Hülle eines Kaugummistreifens, der ihr als Lesezeichen dient, legt ihn an die richtige Stelle und deponiert das Buch auf dem Nachttisch. Dann setzt sie sich im Schneidersitz aufs Bett. Scheinbar erwartungsvoll, in Wahrheit aber eher ängstlich, sieht sie die Mutter an und wartet, was nun kommen wird.

Leicht scheint ihr das Gespräch nicht zu fallen, es dauert, bis die Stille unterbrochen wird.

„Kai, wir bekommen noch ein Kind", sagt die Mutter dramatisch und mit unheilvollem Unterton.

Kai fällt aus allen Wolken. Ein Kind? Eine kleine Schwester oder ein kleiner Bruder? Damit hat sie nun überhaupt nicht gerechnet. Ganz sicher ist sie sich auf Anhieb nicht, wie sie das findet. Zwar hat sie sich immer eine Zwillingsschwester gewünscht, aber ein so viel jüngeres Geschwisterchen – lässt sich denn damit überhaupt etwas anfangen oder stört das nicht eher?

Aber ganz egal, wie gut sie das findet, dieser Weltuntergangston, mit dem ihre Mutter die Nachricht überbringt, passt einfach nicht.

„Jedes Kind ist ein Geschenk Gottes", so hat sie bisher immer zu hören bekommen und über Gottes Geschenke hat man sich schließlich zu freuen. Oder etwa nicht? Wo genau diese Geschenke herkommen, weiß Kai allerdings nicht.

„Wenn zwei Menschen sich ganz fest lieb haben, dann können sie ein Kind bekommen." Das war alles, was sie auf ihre Nachfrage zur Antwort erhielt.

„Es ist das Schönste in einer Ehe überhaupt, wenn so ein neuer Mensch entsteht", hat die Mutter gesagt. Mit glänzenden Augen hat sie in jeden Kinderwagen, an dem sie vorbeiging, geschaut, und nun sitzt sie vor Kais Bett und kämpft gegen die Tränen.

„Wir bekommen noch ein Kind", setzt sie erneut an und schluckt ein paarmal, bis sie weitersprechen kann. „Wir bekommen noch ein Kind, aber nicht ich, sondern deine Schwester."

Nun versteht Kai gar nichts mehr.

„Wenn zwei Menschen sich ganz fest lieb haben." Es gibt aber keinen zweiten Menschen, der zu ihrer Schwester gehört. Nach der herrschenden Logik, wie sie Kai geläufig ist, sind zwei Menschen, die sich ganz fest lieb haben, verheiratet, und man trifft sie nur noch im Doppelpack an.

„Deine Schwester wird nun ihr ganzes Leben lang weinen müssen", fährt die Mutter fort und weint selbst auch schon wieder.

Ob dieser Satz wirklich genauso gefallen war, wusste Kai heute nicht mehr, aber sie hatte ihn als Quintessenz der Ankunft dieses Kindes abgespeichert, das doch eigentlich ein Geschenk Gottes sein sollte, mit dem aber offensichtlich etwas nicht in Ordnung war. Nicht einmal ihrer besten Freundin hatte sie damals davon erzählt, bis es sich irgendwann nicht mehr vermeiden ließ.

Kai schüttelte das Bett noch einmal auf, fast, als wollte sie die Erinnerung abschütteln.

Es war Zeit, zum Bahnhof zu fahren, um das fremde Mädchen abzuholen, das aus einer Welt zu kommen schien, die auf eine ähnliche Art und Weise auch einmal die ihre gewesen war.

Erst als Kai vor den Gleisen stand und auf die Ankunft des Zuges wartete, fiel ihr ein, dass sie vergessen hatten, ein Erkennungszeichen zu verabreden. Die *Bravo* oder etwas derartiges wäre doch ganz witzig gewesen, ging es ihr durch den Kopf und sie lachte laut über die Idee. Wie Alisa ihrer Freundin die alte Tante wohl beschrieben hatte? Nicht zu groß, nicht zu klein, nicht zu dick, aber auch nicht dünn. Durchschnitt eben, dachte Kai. Es gab Zeiten, da hatte sie das geärgert, inzwischen fand sie sich in Ordnung, wie sie war. Kurze Haare, mittlerweile mehr grau als graumeliert, Jeans, eine Unisexjacke. Noch immer wurde sie manchmal aus der öffentlichen Toilette geschickt: „Sie sind hier falsch, für Männer ist es nebenan." Als junges Mädchen, das nie ein solches sein wollte, hatte sie das genossen; als junge Frau hatte sie sich darüber aufgeregt, heute lachte sie nur noch und kümmerte sich nicht weiter darum.

Egal, sie würden sich schon finden, es war nach 21 Uhr und ein gewöhnlicher Wochentag. So viele junge Mädchen würden im kleinen Wunstorf wohl kaum aus dem Zug steigen, dass ein Erkennungszeichen nötig wäre. Schon gar keine muslimischen Mädchen. Eine Jugendliche mit Kopftuch war auf dem fast leeren Bahnhof kaum zu übersehen, überlegte Kai und sah ungeduldig auf die Anzeigentafel über dem Bahnsteig.

Zehn Minuten Verspätung.

Wäre ja auch ein Wunder, wenn nicht, dachte sie.

Obwohl das, wenn sie ehrlich war, so gar nicht stimmte. Schon gar nicht nachts, da passten eigentlich fast immer die angegebenen Zeiten. Außerdem, wann war sie denn selbst zuletzt mit dem Zug gefahren?

„Bitte Vorsicht bei der Einfahrt!“, tönte die Stimme aus dem Lautsprecher. Das ging nun doch schneller als erwartet oder war sie schon wieder so in Gedanken, dass sie die Zeit vergessen hatte?

Drei weiße Augen in der Ferne, die sich schnell näherten. Dann war der Zug da. Nur wenige Reisende stiegen aus, alles war sehr übersichtlich, aber ein Mädchen mit Kopftuch konnte Kai nicht entdecken. Ob sie es nicht geschafft hatte? Hatten sie Alisas Freundin doch noch erwischt, bevor sie Bremen verlassen konnte? Kai wurde es plötzlich ganz kalt, sie musste sofort ihre Nichte anrufen und fragen, was geschehen war.

„Sind Sie Alisas Tante?“, hörte sie da eine Stimme hinter sich.

Kai drehte sich um. Unerschrocken hielt ihr eine burschikose junge Frau mit prall gefülltem Rucksack auf den Schultern die Hand hin. Kein Kopftuch weit und breit.

„Ich bin Fadia“, stellte sie sich vor.

Das Mädchen wirkte weder ängstlich noch eingeschüchtert. Durch den Wind, wie Alisa sagte, schien sie auch nicht zu sein, aber wer konnte schon wissen, wie es in ihrem Inneren aussah.

Die Beine steckten in Jeans mit maschinell gefertigten Löchern – früher haben wir das selbst gemacht, erinnerte sich Kai, aber modern war es damals auch –, die Füße in festen knöchelhohen Boots. Über einem karierten Männerhemd trug sie einen schwarzen Kapuzenhoodie, die winddichte warme Jacke hatte sie oben auf dem Rucksack festgeschnallt, denn die Sommernacht war milde.

„Kai, Alisas Tante“, stellte sich Kai vor und schwieg. Erst einmal musste sie den Ärger über sich selbst verdauen.

Ein Mädchen mit Kopftuch hatte sie erwartet, klein, eingeschüchtert – ein muslimisches Opferlamm.

Verdammte Axt, welche Vorurteile und Klischees kamen da zutage? Was steckte da wohl noch alles in ihr, was sie sonst gegenüber anderen lautstark verurteilte und anklagte? Fadia hatte sie kalt erwischt.

Kai riss sich zusammen.

„Ja, ich bin Alisas Tante", begann sie noch einmal. „Wollen wir uns nicht gleich von Beginn an duzen? Wir werden ja wohl ein paar Tage zusammenbleiben, das macht es einfacher. Für mich jedenfalls", fügte sie nach einer kleinen Pause hinzu. Hoffentlich war das nun nicht bereits der nächste, dieses Mal offensichtliche Fauxpas. Das Mädchen war schließlich um die vierzig Jahre jünger als sie selbst. Sie könnte Fadias Großmutter sein. Vermutlich hörte sich das ziemlich anbiedernd an, aber sie fühlte sich einfach wohler ohne das umständliche Gesieze.

Ich bin alt, dachte sie. Heute siezen sich ja sogar die jungen Leute untereinander.

Aber Fadia zuckte mit keiner Miene. Sie nickte nur. „Das finde ich auch besser", stimmte sie zu. „Sollen wir mal los?"

Kai kam wieder zu sich und ging Richtung Ausgang, Fadia blieb auf gleicher Höhe neben ihr.

Warum bin ich nur so unsicher?, überlegte Kai. Ich bin doch die Erwachsene, mir will keiner etwas anhaben, ich sollte die Initiative ergreifen und dem Mädchen zeigen, dass ich ihr Schutz bieten kann.

Kai hatte keine Ahnung, wie alles weitergehen würde. Im ersten Schock hatte sie einfach zugesagt, Alisas Freundin bei sich aufzunehmen und vor ihrer Familie zu verstecken. Aber das konnte nur eine vorübergehende Notlösung sein, lange würden sie das beide nicht durchhalten. Egal, Fadia war gerade erst angekommen und befand sich vermutlich in einer Art Schockzustand. Vielleicht wirkte sie deshalb so ruhig und unberührt von der ganzen Situation.

Schweigend gingen die beiden zum Auto, schweigend stiegen sie ein, schweigend fuhren sie zu Kai nach Hause.

„Ich zeige dir erst mal dein Zimmer", sagte Kai, während sie die Haustür aufschloss. Fadia hatte die ganze Fahrt über still aus dem Fenster in die Dunkelheit gestarrt und sagte auch jetzt nichts.

„Hast du Hunger? Hast du denn überhaupt etwas gegessen heute Abend?"

Fadia schüttelte den Kopf und als Kai sie fragend ansah, weil sie nicht wusste, auf welche ihrer Fragen sich das Kopfschütteln bezog, sagte Fadia nur leise „Weder noch".

Kai ging vor ihrem Gast die Treppe hoch in den ersten Stock und öffnete die Tür zum Gästezimmer.

„Hier kannst du vorerst wohnen", sagte sie. „Das Badezimmer ist gleich nebenan."

Fadia stellte den Rucksack ab und stand unschlüssig im Zimmer.

„Richte dich erst mal ein. Wenn du Lust hast, setzen wir uns noch auf die Terrasse, vor dem Schlafengehen. Komm einfach nach unten, wenn du so weit bist."

Kai ging aus dem Zimmer und schloss die Tür hinter sich. Im Wohnzimmer angekommen, öffnete sie die beiden Flügeltüren nach draußen. Es war ein milder Abend und sie besaß eine überdachte Veranda mit offenem Kamin und gemütlichen Gartenmöbeln. Sie zündete ein Feuer an, holte eine Flasche Wein und eine Tüte Chips, belegte schnell ein paar Brote mit Käse – vielleicht bekam das Mädchen ja doch Hunger, wenn es ruhiger wurde – und machte es sich gemütlich. Kai fand es immer schon beruhigend, in die Flammen zu sehen, und sie hoffte, das Feuer hätte auf Fadia eine ähnliche Wirkung.

Zehn Minuten und einige WhatsApps später kam Fadia die Treppe herunter und setzte sich zu Kai, die die Szene plötzlich von außen betrachtete: Zwei Frauen sitzen vor dem Kamin – die jüngere hat es sich auf einer kleinen Couch bequem gemacht, die ältere sitzt in einem Sessel – und schauen in die Flammen. Die eine im ersten Drittel ihres Lebens, die andere im letzten. Die eine auf der Flucht, die andere längst angekommen. Was würde sich daraus ergeben? Könnte sie Fadia wirklich die Hilfe bieten, die die junge Frau brauchte?

Kai besann sich auf ihre Rolle als Gastgeberin.

Auf die Frage „Kaffee, Tee, Wein, Bier, Wasser?“ sah Fadia kurz erstaunt hoch und entschied sich dann für ein Bier. Durfte man einer Sechzehnjährigen überhaupt Bier anbieten? Fadias Blick hatte Kai verunsichert. Das Mädchen schien es nicht gewöhnt zu sein, alkoholische Getränke angeboten zu bekommen. Oder lag es gar nicht am Alter, sondern an ihrer Kultur?

Da war es schon wieder. Kai ärgerte sich. Sie wusste doch gar nichts über Fadia, nichts über ihre Eltern, nichts über ihre *Kultur.*

Alisa hatte lediglich gesagt, ihre Eltern würden Fadia nach Marokko bringen lassen, um sie dort zu verheiraten, und schon brachen sämtliche, längst abgelegt geglaubten Klischees über Kai herein.

Nicht alle Marokkaner sind Muslime, nicht alle Muslime trinken keinen Alkohol, nicht alle Eltern, die ihre Töchter zur Heirat zwingen, weil sie Angst vor dem Geschwätz der Nachbarn bei einer unehelichen Schwangerschaft haben – auch heute noch, man sollte es nicht glauben, aber das Mittelalter nahm kein Ende –, glauben an Allah und sind religiös.

Sie könnte die Reihe fortsetzen. Es fände sich bestimmt noch jede Menge unverarbeiteter Vorurteile in ihr, wenn sie genauer hinschaute, aber das wollte Kai jetzt nicht. Hier und heute ging es weder um ihre Vorurteile noch um *alle* was auch immer. Es ging um Fadia und von diesem Mädchen, das mit ihr vor dem Kamin saß, wusste sie so gut wie nichts. Alisa war am Telefon so aufgeregt gewesen, dass Kai bald aufgehört hatte, weitere Fragen zu stellen, und nur zusagte, Fadia vom Bahnhof abzuholen und ein paar Tage bei sich unterzubringen. Alles andere konnten sie auch später klären. Heute war Donnerstag, morgen würde Alisa über das

Wochenende zu Besuch kommen; das sollte niemandem auffallen, denn das machte sie in letzter Zeit hin und wieder, wenn auch selten. Außerdem waren Sommerferien, genau die richtige Zeit also, ihre alte Patentante zu besuchen. Dann wollten sie gemeinsam Kriegsrat halten und überlegen, wie es weitergehen würde.

Kai war froh, nicht allein mit Fadias Problemen zu sein, aber es war ihr auch klar, dass sie die Erwachsene war, auch wenn sie das in Gesellschaft junger Menschen manchmal vergaß. Sie könnten gemeinsam nach Lösungen suchen, aber sie war es, die entscheiden musste, wie es weiterging, und sie war es, die letztendlich handeln musste. Möglicherweise hatte sie sich zu viel zugemutet. Kai war nicht sicher, ob sie wirklich in der Lage war, diesem Mädchen, das da bei ihr vorübergehend Unterschlupf gefunden hatte, zu helfen. Aber sie hatte sich in die Sache hineinziehen lassen, nun musste sie sich auch einmischen. Doch heute Abend würde sie nicht mehr darüber nachdenken. Sie goss Wein in das leere Glas und prostete Fadia zu. Die junge Frau hob die Bierflasche, schien unsicher, ob sie anstoßen sollte oder nicht, da nahm Kai ihr die Entscheidung ab. Es klirrte leise in der stillen Nacht.

„Vielen Dank, dass ich bei Ihnen … ich meine, dass ich bei dir ein paar Tage bleiben kann."

Fadia hörte sich jetzt doch ein wenig schüchtern an. Vielleicht ließ die Wirkung des Schocks langsam nach?

„Ich wusste nicht, wohin, ich wollte nur weg. Moritz, mein Freund, ist im Moment nicht in Bremen. Aber zu ihm wäre ich auch nicht gegangen. Bisher weiß niemand in meiner Familie, wer mein Freund ist und wo er wohnt, und ich glaube, es ist jetzt auch besser, wenn das so bleibt. Zu Alisa konnte ich erst recht nicht. Dort werden sie mich bestimmt als Erstes suchen."

Während Fadia sprach, holte das Geschehene sie immer mehr ein. Nach dem ersten Schrecken und der Panik, in die sie verfiel, als Hamid sie zur Flucht drängte, war der Ernst der Situation in den Hintergrund getreten. Sie hatte sich völlig auf den Augenblick konzentriert und funktionierte nur noch. Es war wie ein Film, der ablief, in dem sie die Hauptrolle spielte. Alles war zu einer Art Abenteuer geworden, das in Wirklichkeit nicht sie selbst, sondern eine andere durchlebte.

Nun wurde ihre Stimme brüchig und sie begann zu weinen. Alles war gesagt, sie saß, nachdem sie sich wieder beruhigt hatte, nur stumm da und brütete vor sich hin.

Kai erhob sich aus ihrem Sessel, legte ein paar Holzscheite aufs Feuer, das schon ziemlich heruntergebrannt war, und setzte sich neben Fadia auf die Couch. Nicht zu nahe, sie wollte sie nicht bedrängen, aber doch nahe genug, um dem Mädchen Nähe anzubieten. Fadia schien zu verstehen. Sie sah Kai an, rückte nicht beiseite, sondern blieb einfach sitzen. Dann nahm sie die Bierflasche, als ob sie sich daran festhalten müsste, und blickte ins Feuer.

Am nächsten Morgen rief Kai in der Volkshochschule an, wo sie Kurse organisierte und auch selbst welche anbot. Sie nahm sich den Tag frei, denn sie wollte Fadia nicht allein lassen. Ihr Gast schlief lange und nach einem späten und ausgiebigen Frühstück fuhren die beiden ins Stadtzentrum, um einzukaufen. Fadia besorgte sich als ersten Schritt ins neue Leben eine SIM-Karte für ihr Smartphone. Prepaid. Noch einmal schaltete sie das Handy mit der alten Karte ein, notierte sich die wichtigsten Nummern aus den Kontakten in ein kleines Notizbuch, nahm dann die Karte heraus und steckte sie in den Geldbeutel. Fadia hoffte, dass die Karte allein nicht zu orten und sie nun nicht mehr auffindbar wäre. Vorsichtshalber würde sie die Karte aber Alisa mitgeben, wenn die Freundin am Sonntag wieder zurück nach Bremen fuhr. Wegwerfen wollte sie sie nicht. Mein halbes Leben ist da drauf, ging es ihr durch den Kopf.

Fadia hatte keine Ahnung, wie es mit ihr weitergehen sollte. Völlig kopflos war sie nach ihrer Flucht aus dem Fenster zu Alisa gelaufen, ohne darüber nachzudenken, dass man sie doch zuallererst bei der besten Freundin suchen würde. Doch Alisa hatte nach dem ersten Schrecken sofort richtig reagiert.

„Los, komm mit!" Mit diesen Worten zog sie Fadia aus dem Haus und die beiden Mädchen gingen zu Fuß zu *ihrem* Café, das mehrere Busstationen entfernt war, weil Alisa meinte, an der Haltestelle zu warten, wäre zu gefährlich. Im Café angekommen, überlegten sie, was weiter geschehen sollte. Gemeinsam suchten sie nach Möglichkeiten, wie Fadia nun vorgehen könnte. Jil und ihre Ideen fehlten, dennoch wurden die Einfälle immer abenteuerlicher und irgendwann begannen sich ihre Gedanken im Kreis zu drehen. Da musste Alisa plötzlich an ihre Patentante denken. Genau, das war es doch.

„Stopp", unterbrach sie die ziellose Diskussion. „Ich weiß, was wir machen. Erst einmal."

Fadia sah sie erwartungsvoll an.

„Ich habe dir doch von meiner Tante Kai erzählt, die ich gerne in den Ferien besucht hätte. Sie wohnt in der Nähe von Hannover. Mit dem Zug schaffst du das in einer guten Stunde. Sie war lange mit einer Frau zusammen und die beiden haben ein kleines Haus außerhalb der Stadt gekauft. Vor zwei Jahren haben sie sich getrennt und nun lebt Kai dort allein. Sie hat also genügend Platz und deine Familie weiß bestimmt nichts von ihr. Niemand wird auf die Idee kommen, dich dort zu suchen, Fadia."

„Aber sie kennt mich doch gar nicht", warf Fadia ein. „Wie lange soll ich denn dort bleiben? Was ist mit der Schule? Und ..."

„Lass uns doch erst mal nur an heute Nacht denken und an die nächsten Tage", unterbrach Alisa die Freundin. „Im Moment sind doch noch Ferien."

„Wird deine Tante denn überhaupt mitmachen?", fragte Fadia dann und dachte an ihre Tante Amina, die mit ihrer Mutter einkaufen gegangen war, um den Männern den Weg freizumachen.

„Kai macht das auf jeden Fall.“ Alisa klang überzeugter, als sie in Wirklichkeit war. Aber sie verstand sich gut mit Kai und war ziemlich sicher, sie überreden zu können, Fadia wenigstens eine oder besser ein paar Nächte bei sich zu verstecken.

Dann suchten sie im Netz die Bahnverbindung heraus, Alisa rief ihre Tante an und schon kurz danach stieg Fadia in den Zug.

Kai und Fadia kauften Getränke und was sie sonst noch brauchten für ein Wochenende zu dritt, setzten sich dann eine Weile in ein Straßencafé und warteten, bis es Zeit war, Alisa vom Bahnhof abzuholen.

„Jil ist noch nicht zurück aus Polen“, unterbrach Fadia plötzlich die Stille. „Sonst käme sie bestimmt auch mit nach Hannover. Jil hat immer tausend Ideen, schade, dass sie nicht dabei sein kann.“

„Ich glaube, das ist ganz gut so, es ist sicherer, wenn nur Alisa kommt“, überlegte Kai. „Es ist am unauffälligsten, wenn sie allein einen Tantenbesuch macht.“ Kai sah auf die Uhr. „Lass uns gehen, sonst kommen wir zu spät.“

Gerade noch rechtzeitig kamen die beiden am Bahnhof an und nahmen Alisa direkt am Gleis in Empfang. Alles war scheinbar wie immer, Tante und Nichte hatten sich länger nicht gesehen und freuten sich beide über den Wochenendbesuch. Dann fiel Alisa ihrer Freundin um den Hals, die ein wenig unsicher neben den beiden gestanden hatte und aussah, als fühlte sie sich überflüssig.

„Alles ruhig in Bremen“, sagte Alisa dann. „Dein Vater hat heute Vormittag bei uns zu Hause angerufen und gefragt, ob du bei mir übernachtet hast. Gut, dass außer mir gerade niemand da war. ‚Nein, Fadia ist nicht bei mir‘, sagte ich zu ihm, ‚das haben Sie ihr doch verboten. Vielleicht können Sie mir mal erklären, warum eigentlich?‘ Da hat er einfach aufgelegt.“ Alisa amüsierte sich köstlich über ihre Antwort, Fadia sah kommentarlos hinter dem ausfahrenden Zug her und Kai fragte: „Bist du immer so frech? Du solltest im Moment lieber vorsichtig sein, Alisa."

„Ups." Alisa verging das Lachen. „Daran habe ich gar nicht gedacht. Du hast recht, ich bin ab jetzt immer ganz brav. Versprochen. Aber lustig war es doch." Alisa grinste vor sich hin.

Kai lud die Mädchen zu ihrem persönlichen Lieblingsgriechen ein und erst nachdem sie alle Nachtisch bestellt hatten, erinnerte Kai an den Grund des Zusammentreffens.

„Mit vollem Magen ist gut Kriegsrat halten."

„Meine Tante liebt schlaue Sprüche", sagte Alisa zu Fadia, „ob sie stimmen oder nicht. Ich jedenfalls könnte jetzt eher eine Verdauungspause gebrauchen."

„Nichts da", antwortete Kai streng. „Wäre es dir lieber gewesen, wenn wir uns mit dem Thema den Appetit verdorben hätten?"

Alisa nickte. „War nicht so ernst gemeint. Stimmt schon, es wird Zeit, dass wir uns überlegen, wie es weitergeht."

Fadia sagte nichts. Sie schien in ihrem Stuhl geschrumpft zu sein, vielleicht wollte sie unsichtbar werden oder gleich ganz verschwinden.

„Wie ich das verstanden habe, kannst du auf keinen Fall zurück, Fadia, oder meinst du, deine Eltern lassen vielleicht doch noch mit sich reden? Ich könnte es ja mal versuchen."

Beide Mädchen schüttelten synchron die Köpfe.

„Da ist nichts zu machen", sagte Alisa. „Bei dem Thema ist einfach alles aus. Noch schlimmer als bei mir zu Hause."

Kai nickte, sie kannte die Ansichten von Heiner und seiner Frau Mechthild nur zu gut. Da hatte sich nicht viel geändert seit ihrer eigenen Jugend.

„Dann muss es sehr schlimm sein. Warum Heiner nie über mein Lesbischsein meckert und dich immer zu mir kommen lässt, wenn du Lust hast, mit deinen Jungsgeschichten aber derartige Probleme hat, verstehe ich einfach nicht."

Alisa zuckte mit den Schultern. „Keine Ahnung. Ich bin seine Tochter, vielleicht macht das den Unterschied?"

Mit einer Handbewegung wischte Kai das Thema vom Tisch. Es gab jetzt Dringenderes zu besprechen als die altmodische Weltsicht ihres Bruders.

„Fadia, wie siehst du das denn? Hast du eine Idee, wie es für dich weitergehen kann?"

Fadia schrumpfte noch mehr, falls das überhaupt möglich war. „Keine Ahnung", war alles, was sie herausbrachte.

Kai wartet eine Weile und als nichts mehr kam, meinte sie: „Keine Ahnung ist nicht wirklich viel."

Bevor sie weitersprechen konnte, brachte der Kellner den Nachtisch und Fadia stürzte sich auf die willkommene Unterbrechung, als hätte sie seit Tagen nichts zu essen bekommen.

„Kann ich", begann sie dann zaghaft mit vollem Mund, „kann ich nicht einfach noch eine Weile bei dir bleiben?" Sie sah von ihrem Teller auf, schluckte und wartete ängstlich auf eine Antwort.

„Kannst du." Kai sah Fadia in die Augen und versuchte, ihren Blick festzuhalten und damit das erneute Schrumpfen zu verhindern. „Aber was ist nach dieser Weile?"

„Keine Ahnung", sagte Fadia zum zweiten Mal und fühlte sich schrecklich. Sie musste nachdenken, sie musste überlegen, wie es weitergehen konnte. Schließlich war es ihr Leben und ihr Problem und nicht Kais. Aber ihr Kopf war völlig blockiert und mehr als „keine Ahnung" gab ihr Gehirn einfach nicht her.

„Fadia", begann Kai ruhig, aber sehr bestimmt, und Alisa war in diesem Moment unendlich froh, dass es diese Patentante gab, die die Verantwortung für die völlig aus der Bahn geratene Situation übernahm, „Fadia, du kannst gerne noch länger bei mir wohnen, aber nicht einfach so."

Fadia, die sich inzwischen wieder ihrem Nachtisch gewidmet hatte und mit dem Löffel hingebungsvoll auf dem Teller kratzte, obwohl es da schon lange nichts mehr zu holen gab, sah erschrocken auf.

Kai lachte. „Nein, ich will keine Miete von dir, so habe ich das nicht gemeint. Ich brauche kein Geld, es ist Platz genug da und ein wenig Leben in der Bude schadet mir nicht. Im Gegenteil. Aber man wird dich vermissen. Deine Eltern werden dich suchen und wenn die Ferien zu Ende sind, fehlst du in der Schule – ein Mensch kann nicht einfach so verschwinden. Wir müssen das Jugendamt informieren."

Ein zweistimmiges „Nein!" tönte Kai entgegen.

„Auf keinen Fall", sagt Alisa.

„Sie werden meinen Eltern doch verraten, wo ich bin." Fadia klang panisch.

„Auf jeden Fall kannst du wieder in ganzen Sätzen sprechen." Kai lachte, aber dann wurde sie gleich wieder ernst. „Vielleicht habt ihr recht. Aber wenn ich dich einfach so hier behalte, bekomme ich die Polizei auf den Hals wegen Kindesentzug oder so was in der Art. Glaube ich jedenfalls." Sie überlegte eine Weile. „Ich habe eine Idee. Eine Studienfreundin von mir arbeitet im Frauenhaus in Göttingen. Vielleicht weiß sie, was man in Fällen wie deinem am besten unternimmt. Mehr können wir heute nicht mehr tun. Lasst uns zum gemütlichen Teil des Abends übergehen."

Fadia schwieg weiter vor sich hin und Alisa versuchte angestrengt, ein belangloses Gespräch in Gang zu bringen. Schon bald bezahlte Kai, sie fuhren nach Hause und noch bevor Kai fragen konnte, ob die Mädchen Lust hätten, Feuer im Kamin zu machen, verabschiedeten sie sich ins Bett. Es war noch früh, aber Kai konnte verstehen, dass die beiden jetzt unter sich sein wollten.

Gleich am nächsten Morgen, während die Mädchen noch schliefen, rief Kai ihre Freundin an. Es war zwar Samstag, aber es handelte sich schließlich um einen Notfall und gute Freundschaften hielten so etwas aus. Kai bekam die Adresse einer Beratungsstelle für von Zwangsheirat betroffene Frauen in Hannover und eine Notrufnummer. „Du solltest noch heute oder spätestens morgen dort anrufen und einen Beratungstermin vereinbaren", meinte die Freundin. „Mit Entführung Minderjähriger ist nicht zu spaßen."

Jetzt wurde es Kai doch etwas mulmig. Aber wie sollte jemand so schnell Fadias Aufenthaltsort feststellen?

„Mach dir keinen Kopf", sagte sie laut zu sich selbst. „Die Situation ist ernst, aber nicht hoffnungslos", murmelte sie dann vor sich hin. Platt, aber manchmal doch sehr hilfreich, so ein schlauer Spruch, sollte Alisa sie ruhig damit aufziehen. Dann rief sie bei der Notrufnummer an und vereinbarte einen Termin für Montagnachmittag. Vormittags leitete sie einen Deutschkurs in der Volkshochschule, sie konnte sich nicht schon wieder vertreten lassen. Anschließend würde sie dann Fadia abholen und mit ihr wieder zurück ins Stadtzentrum zur Beratungsstelle fahren. Ganz schön zeitaufwendig, sie würde wohl den gesamten Nachmittag damit verbringen, aber was blieb ihr sonst übrig? Sie konnte Fadia doch nicht hängen lassen.

Kai erinnerte sich, wie auch ihr einmal geholfen wurde, als sie nicht mehr weiterwusste. Als sie in Fadias Alter war, hatte sie sich Hals über Kopf in einen Jungen aus ihrer Klasse verliebt. Glaubte sie jedenfalls. Alle hatten einen Freund damals und sie wollte dazu gehören. Dann blieben ihre Tage aus und sie wusste nicht mehr weiter. Aus heutiger Sicht längst kein so schwerwiegendes Problem wie Fadias, aber für sie bedeutete es damals das Ende. Ein uneheliches Kind – dazu noch als Sechzehnjährige – war einfach undenkbar. Auch wenn das Kind ihrer großen Schwester inzwischen zur Familie gehörte, auch wenn es sich nicht bewahrheitet hatte, dass Monika nur noch weinen würde, so saß diese Erfahrung doch tief. Die Einstellung ihrer Mutter zum Kinderkriegen, das wusste Kai genau, hatte sich in der Zwischenzeit kein bisschen verändert. Wie oft bekam sie zu hören „Ich vertraue dir", was im Klartext hieß: „Lass dich ja mit keinem Jungen ein!" Immer wieder diese Hinweise auf Mädchen, die die Schule nicht zu Ende machen konnten, weil sie schwanger geworden waren. Nein, ihre Mutter durfte auf keinen Fall etwas erfahren. Kai wusste nicht mehr weiter, auch sie hatte damals, wie jetzt Fadia, „keine Ahnung", was geschehen sollte. Eine Lehrerin, der sie sich schließlich in ihrer Not anvertraute, besorgte einen Schwangerschaftstest – das war dann schon alles. Der Test war negativ und bald darauf bekam sie ihre Tage. Nie hätte sie gewagt, selbst in der Apotheke nach dem Test zu fragen, nicht einmal auf die Idee war sie in ihrer Panik gekommen. Kurze Zeit später hatte ihr Freund eine andere und sie das Interesse an Jungen verloren. Der Lehrerin blieb sie ewig dankbar. Das war nun schon viele Jahre her und jetzt war es an der Zeit, ihre Hilfe wiedergutzumachen.

Den Samstag verbrachten die drei ziemlich entspannt. Fast hatten sie den Grund ihres Zusammenseins vergessen. Sie fuhren ins Einkaufszentrum, ließen sich ein Eis in Luigis Eiscafé schmecken, grillten im Garten und saßen anschließend am Kamin vor dem offenen Feuer. Als plötzlich Ruhe einkehrte und die Stimmung zu kippen drohte, holte Kai eine Flasche Wein, goss für jede ein Glas ein, ohne lange nachzufragen, und begann Geschichten aus ihrem Leben zu erzählen. Sie saßen bis spät in die Nacht am Feuer und als sie es herunterbrennen ließen und schlafen gingen, herrschte gute Stimmung. Auch Fadia schien den Abend genossen und ihre Sorgen vorübergehend vergessen zu haben.

Am Sonntag wurde ausgeschlafen und nach einem ausgiebigen Frühstück musste Alisa schon bald zum Bahnhof. Als sich die Mädchen voneinander verabschiedeten, bemerkte Kai, wie Fadia wieder zu schrumpfen begann. Keine leichte Aufgabe, die ich mir da aufgehalst habe, dachte sie etwas besorgt. Aber eine Frau muss eben tun, was eine Frau tun muss!

Am Montag nach dem Unterricht kam Kai um die Mittagszeit nach Hause, um Fadia abzuholen. Sie brachte frische Brötchen mit, um sich und vor allem Fadia vor dem, was sie erwartete, zu stärken, doch das Mädchen brachte gerade mal ein halbes davon hinunter. Dann war es Zeit, zur Beratungsstelle zu fahren. Kai nahm gewöhnlich die S-Bahn nach Hannover, das ging schneller und ersparte ihr die Parkplatzsuche, aber heute fürchtete sie, sie könnten zufällig in eine Polizeikontrolle geraten, wie sie in den U- und S-Bahn-Stationen in letzter Zeit häufiger gemacht wurden. Wie sollte sie erklären, dass sie mit einem wildfremden Mädchen unterwegs war. Oder – worst case, aber nicht ganz unwahrscheinlich – Fadias Eltern hatten ihre Tochter als vermisst gemeldet und sie wurde schon gesucht. Kai war noch nie in eine Kontrolle geraten, aber sie wollte heute lieber übervorsichtig sein, als das geringste Risiko einzugehen.

Nachdem sie ins Auto gestiegen waren, gab Fadia keinen Ton mehr von sich. Angespannt saß sie neben Kai und starrte aus dem Fenster.

„Hast du eigentlich etwas, womit du dich ausweisen kannst?" Erst jetzt fiel Kai ein, dass Fadia mit Sicherheit Papiere brauchte, spätestens, wenn das Jugendamt ins Spiel kam. Bei ihrer überstürzten Flucht aus dem Fenster hat Fadia möglicherweise nicht daran gedacht, alles Notwendige mitzunehmen. Aber da tönte es leise vom Sitz neben Kai: „Ja, ich habe meinen Pass dabei."

Kai atmete erleichtert aus, dann herrschte wieder Stille im Auto. Schließlich waren sie da und ein Parkplatz fand sich heute erstaunlich schnell in einer Nebenstraße. Fünf Minuten später saßen sie bereits im Wartezimmer der Beratungsstelle.

Fadia begann erneut zu schrumpfen und sah hilfesuchend zu Kai, als die Tür zum Wartezimmer geöffnet wurde und eine Frau sie ansprach: „Bist du Fadia?"

Fadia nickte.

„Dann komm mal mit mir in mein Büro."

Kai, die Fadias Blick verstanden hatte, fragte: „Darf ich mitkommen?"

„Aber selbstverständlich", antwortete die Frau freundlich, „das sollten Sie sogar."

Das „Büro" entpuppte sich als ein hübsch eingerichtetes Zimmer mit Schreibtisch, Spielecke für Kinder und einer gemütlich wirkenden Sitzgruppe. Große, schwarz-weiße Fotos an den Wänden zeigten die Porträts von Frauen, die optimistisch in die Welt blickten. Die Beraterin setzte sich in einen Sessel und bat Fadia und Kai, auf der Couch gegenüber Platz zu nehmen. Fadia ließ sich betont cool in die Polster fallen, Kai setzte sich scheinbar entspannt neben sie, mit genügend Abstand, um zu signalisieren: „Du bist die Person, um die es geht, und du musst für dich sprechen und entscheiden", aber doch nahe genug, um ihr zu bedeuten: „Du bist nicht allein. Ich bin da, keine Sorge."

Die freundliche Frau stand noch einmal auf, holte Kaffee für Kai und sich selbst und eine Cola für Fadia, die diese eigentlich gar nicht wollte. Die eigentlich gar nichts wollte, außer aufstehen und das Büro verlassen und zurück in Kais Haus, um sich im Bett zu verkriechen oder in die Flammen im offenen Kamin zu starren. Aber nun waren sie da und Fadia wusste, dass sie sich nicht einfach tot stellen konnte, sondern etwas geschehen musste. Ihr Leben musste weitergehen und sie selbst wusste nicht wie, und deshalb musste sie sitzenbleiben und hoffen, dass die fremde Frau eine Lösung für sie fand.

Als alle versorgt waren, ließ sich die Beraterin mit etwas zu viel Schwung in den Sessel fallen und Fadia vergaß kurz ihre Sorgen und grinste.

„So, dann kann es jetzt losgehen." Die Beraterin hörte sich energisch und zugleich zufrieden an. Kai, die die Szene genau beobachtet hatte, vermutete, dass hier nichts ohne Absicht geschah. Sie wartete gespannt, wie es weitergehen würde.

„Mein Name ist Selin", begann die Frau im Sessel das Gespräch. „Wenn ihr einverstanden seid, können wir uns gerne duzen."

Selin war nicht jung und nicht alt, ihr Geburtsjahr lag wohl irgendwo in der Mitte zwischen denen von Fadia und Kai. Zuerst erzählte sie ein wenig über sich selbst. Sie stammte aus einer Gastarbeiterfamilie, die in den Siebzigern aus der Türkei gekommen war. Selin selbst wurde in Deutschland geboren, kannte aber aus dem Heimatdorf ihrer Eltern, wo sie als Kind und Jugendliche regelmäßig die Ferien verbrachte, ungefähr die Situation, in der Fadia steckte. Zumindest konnte sie sich sehr gut einfühlen, auch wenn sie aus einer anderen Generation und ihre Familie aus einem kleinen Dorf in der Türkei stammte und nicht aus Nordafrika wie Fadias Eltern.

Kai konnte beobachten, wie Fadia langsam auftaute, und auch Selin schien das zu bemerken. Sie erzählte nun von ihrer Arbeit in der Beratungsstelle, verschwieg nicht die Schwierigkeiten und Misserfolge, legte aber den Schwerpunkt auf die erreichten Erfolge.

Sie ist gut, dachte Kai. Hoffentlich hat sie auch gute Lösungen.

Dann war Fadia an der Reihe. Zögernd begann sie mit ihrer Geschichte, wurde im Lauf der Zeit immer offener und ruhiger und erzählte bald flüssig, was geschehen war. Selin hörte einfach zu, unterbrach sie nicht und wartete erst einmal, nachdem Fadia verstummte. Als dann wirklich nichts mehr kam und klar war, dass Fadia zu Ende berichtet hatte, stellte Selin noch ein paar Fragen, dann blieb auch sie still.

Fadia schrumpfte schon wieder und sah ängstlich und verzweifelt aus in Erwartung dessen, was gleich kommen würde.

„Ich kann auf keinen Fall nach Hause zurück", brach es plötzlich aus ihr heraus, noch bevor Selin überhaupt den Mund geöffnet hatte, um zu sprechen. „Ich gehe nicht nach Marokko und ich heirate nicht irgendeinen alten Sack. Vorher bringe ich mich um."

Selin nickte.

„Es gibt immer bessere Lösungen, als sich umzubringen", sagte sie dann. „Niemand hier will dich nach Hause zurückschicken oder gar nach Marokko oder zu irgendwelchen alten Säcken."

Ein kleines Grinsen schlich sich in Fadias Gesicht.

„Wir müssen nur eine Alternative dazu finden." Selin machte eine kleine Pause und beobachtete Fadia genau. Als sie erkannte, dass die Mundwinkel des Mädchens auf der Couch schon wieder gefährlich nach unten gingen und sogar zu zittern begannen, fuhr sie fort: „Diese Alternative werden wir finden, glaube mir. Aber in der Ruhe liegt die Kraft.“

Fadia sah zu Kai, die fing ihren Blick auf und beide konnten sich das Lachen nicht verkneifen. Fadia schien sich gefangen zu haben und blickte Selin erwartungsvoll an.

„Schlaue Sprüche sind eigentlich meine Spezialität“, klärte Kai die leicht irritierte Beraterin auf. „Entschuldige bitte.“

Selin nickte. „Manchmal passt es einfach und wenn es noch so abgedroschen ist. Jetzt wollen wir mal sehen, wie wir weiter vorgehen. Fangen wir doch einfach mit dem Hier und Jetzt an.“

Fadia sagte nichts, ihr war nicht klar, worauf Selin hinaus wollte.

„Du bist minderjährig, Fadia“, begann die Beraterin, „das heißt, deine Eltern können laut Gesetz über dich bestimmen, also müssen wir erst einmal die Zeit bis zu deinem achtzehnten Geburtstag überbrücken. Solltest du dann immer noch in Gefahr sein, was ja durchaus sein kann, auch wenn vor dem Gesetz dann nur noch du selbst für dich verantwortlich bist, dann kommst du einfach wieder, und wir finden neue Wege.“

Fadia nickte. Sie wirkte schon etwas hoffnungsvoller, fand Kai. Selin machte ihre Arbeit wirklich gut.

„Du bekommst so schnell es geht einen Platz in einer Wohngruppe für Mädchen und junge Frauen. Die Adresse ist geheim und du musst selbst mit dafür sorgen, dass sie auch weiterhin geheim bleibt. Das ist ganz wichtig.“

Fadia nickte wieder.

„Das ist nicht leicht, Fadia.“ Selin sah das Mädchen ernst an. Sie wusste genau, was sie Fadia zumutete, aber es ging nun mal nicht anders. „Niemand darf erfahren, wo du dich aufhältst. Nicht deine Familie, aber auch nicht deine Freundinnen, nicht einmal deine beste Freundin und auch nicht dein Freund. Selbstverständlich dürft ihr euch irgendwo anders treffen, aber sobald du jemanden zu dir in die Wohnung kommen lässt, sobald du jemandem die Adresse verrätst, bist du raus!"

Fadia sah Selin mit großen Augen an.

„Nur so können wir verhindern, dass ihr von euren Familien gefunden werdet."

Fadia saß bewegungslos neben Kai. Langsam erkannte sie das Ausmaß ihrer Situation. Bisher war da nur Panik gewesen, gepaart mit einem Fünkchen Hoffnung: Wenn ich mich still verhalte, dann geht es vorbei, und dann ist alles wieder wie zuvor. Aber nun wurde ihr klar, dass nichts vorbeiginge, dass es nie wieder so sein würde wie noch vor wenigen Tagen. Sie musste sich über eine lange Zeit hinweg verstecken, Jahre vielleicht. Und sie musste ihr Leben um dieses Versteckspiel herum neu organisieren. Sie durfte nicht zurück zu Alisa und Jil, sie konnte nicht zurück zu Moritz. Zwar wäre es möglich, die anderen ab und zu zu treffen, aber eben nur selten und nicht einfach so wie bisher jeden Tag in der Schule und dann gleich wieder am Nachmittag. Alles musste ab jetzt geplant werden, alles war gefährlich, alles wurde kompliziert. Würden Alisa und Jil und vor allem Moritz das aushalten? Würden sie über eine so lange Zeit zu ihr halten? Alisa bestimmt, da war sich Fadia sicher. Jil? Vermutlich auch. Aber Moritz? Sie war noch nicht lange genug mit ihm zusammen, um einschätzen zu können, wie er in dieser extremen Situation reagieren würde. Moritz war so süß. „Ich halte das nicht aus, wenn dein Vater dich nach Marokko schickt. Wenn du willst, trenne ich mich von dir."

Fadia erinnerte sich gut an diesen Satz und würde ihn wohl nie vergessen. Das war so lieb von Moritz gewesen, ihr das anzubieten, aber ihr Freund war zugleich eben auch schüchtern und ängstlich. Was, wenn er auch nicht aushalten konnte, dass sie die nächsten Monate oder vielleicht sogar die nächsten Jahre immer in der Gefahr lebte, von ihrer Familie gefunden zu werden, und sich deshalb verstecken musste? Wenn er es nicht ertragen könnte, dass sie beide sich für lange Zeit nur selten und unter schwierigen Bedingungen sehen konnten?

Fadia riss sich zusammen. Sie hörte, dass Selin sprach, und hatte nichts davon mitbekommen. Sie musste aber zuhören, sie musste wissen, was Selin erklärte, es war schließlich ihr Leben, um das es hier ging. Ab jetzt musste sie für sich selbst geradestehen, musste die gesamte Verantwortung für sich allein tragen. Da war plötzlich niemand mehr, der hinter ihr stand, es gab keine Eltern mehr, die für sie entschieden – was sie oft genug geärgert hatte –, die aber auch ausbügelten, was sie selbst verbockt hatte, und die für sie da waren, wenn sie keinen Ausweg mehr sah. Sie war jetzt erwachsen. Wie oft hatte sie sich das gewünscht und jetzt bedauerte sie es plötzlich, hatte Angst davor, erwachsen sein zu müssen, jetzt sofort.

„Alles besser als Marokko, alles besser als ein alter Sack!"

Das sollte nun ihr persönlicher schlauer Spruch sein, ihr Lebensmotto, beschloss Fadia. Sie setzte sich auf und nahm einen Schluck von der Cola, die mittlerweile warm geworden war. Dann sah sie Selin entschlossen an. „Entschuldigung, ich habe nicht zugehört, können Sie vielleicht noch mal …" Fadia brachte es nicht fertig, die Beraterin zu duzen, auch wenn diese es angeboten hatte. Sie fand sie nett und sie vertraute ihr, aber die Situation war ganz anders als mit Kai.

Selin nickte. Fadias Abwesenheit war ihr nicht entgangen, aber sie wollte der jungen Frau die Zeit lassen, die sie brauchte, um selbst zurückzufinden.

„Bevor wir uns an die Feinheiten machen, müssen wir noch ein grundsätzliches Problem lösen", sagte Selin.

Fadia hörte jetzt konzentriert zu.

„Wir haben momentan nichts frei. Weder in der Mädchenwohngruppe noch im Frauenhaus. Ein konstantes Problem. Es kommen einfach zu viele, die Hilfe brauchen, und wer so weit ist, auf eigenen Füßen stehen zu können, findet meist lange keine Wohnung. Wir können doch die Frauen nicht auf die Straße setzen, nur weil die Wohnungssuche zu lange dauert." Sie brach ab und versuchte Fadias Blick einzufangen, doch die starrte vor sich hin auf den kleinen Couchtisch.

„Du wirst den nächsten freien Platz bekommen, Fadia, aber ich kann dir nicht sagen, wann das sein wird."

Kai erkannte die aufkommende Panik in Fadias Augen.

„Du kannst so lange bei mir wohnen", warf sie deshalb schnell ein. „Selin und ich haben das gerade schon besprochen, aber du warst irgendwo ganz anders."

Fadia wusste, sie müsste jetzt etwas sagen, aber sie brachte kein Wort heraus. Sie war Kai so unendlich dankbar, aber dieses Wechselbad der Gefühle, das sie seit Tagen durchlebte, brachte sie an den Rand des Erträglichen. In ihrem Hals saß ein dicker Kloß, der es ihr unmöglich machte, auch nur einen Ton von sich zu geben.

Selin verstand gut, was in der jungen Frau vor sich ging, Erfahrung mit ähnlichen Fällen wie Fadias besaß sie genug. Sie stand auf und öffnete das Fenster, dann ging sie in die Teeküche und füllte ungefragt dreimal Espresso aus der Maschine in bunte kleine Tassen. Sie ließ sich Zeit, damit Fadia zur Ruhe kommen konnte. Selin suchte nach Schokolade, fand eine durchsichtige Tüte mit einzeln verpackten Täfelchen im Hängeschrank über der Spüle, nahm eine Handvoll davon und legte sie zu den Espressotassen auf ein kleines Tablett. Dann brachte sie alles ins Beratungszimmer, stellte die Tassen auf den Tisch, legte die Schokolade in die Mitte, trug das Tablett zurück in die Küche und schloss, nachdem sie wieder ins Zimmer getreten war, die Tür zum Flur.

„Nervennahrung." Selin lachte und setzte sich.

„Ist das okay für dich, wenn du bei Kai bleibst, bis wir dich unterbringen können?", wandte sie sich an Fadia, nachdem sie ihre Tasse in einem Zug geleert hatte.

Fadia nickte heftig, brachte aber noch immer keinen Ton heraus.

„Gut, dann hätten wir das Grundsätzliche ja geklärt. Machen wir uns an die Arbeit." Selin beugte sich nach vorne, schob ihre Tasse beiseite, um Platz für den Notizblock zu schaffen, und begann zu schreiben.

Jugendamt, Schule, Vormundschaft, Unterhalt … Fadia kam es so vor, als nähme die Liste der Dinge, die abgehakt werden mussten, gar kein Ende. Als sie fertig waren, schwirrte ihr Kopf und sie hätte niemandem erklären können, was sie denn nun alles beschlossen und in die Wege geleitet hatten. Auch was noch auf sie zukam, war für Fadia unüberschaubar.

Aber alles besser als Marokko. Alles besser als ein alter Sack.

Kapitel 4

Ein Flugzeug brachte Damaris, Samira und Elin gemeinsam mit anderen Geflüchteten von Athen nach München.

Griechenland wurde mit den zahlreichen Menschen, die dort Schutz suchten, nicht mehr fertig und musste entlastet werden. Deshalb wurden hin und wieder – viel zu wenige – Menschen aus griechischen Flüchtlingslagern in andere europäische Länder umgesiedelt, wo über ihren Asylantrag entschieden werden sollte. Von München aus wurden die Schutzsuchenden auf Städte in ganz Deutschland verteilt. Damaris erhielt ein Bahnticket nach Hannover und die Adresse einer Flüchtlingsunterkunft, in der sie sich melden sollte.

Nachdem die Außengrenzen Europas immer undurchdringlicher geworden waren und nur noch wenige Schutzbedürftige Deutschland auf eigene Faust erreichten, gab es genügend Platz, und Damaris bekam ein großes Zimmer für sich und die Kinder, das sie mit niemandem sonst teilen mussten. Darin stand ein breites Bett, das für alle drei ausreichend Platz bot, ein Tisch mit vier Stühlen, die alle unterschiedlich aussahen, und ein großer Schrank mit Spiegeltür. Außerdem gab es ein Sofa und einen kleinen Abstelltisch, auf dem die vorherigen Bewohner einen alten Röhrenfernseher hinterlassen hatten. Küche, Waschräume und Toiletten befanden sich am Ende des Flures auf demselben Stockwerk und wurden von allen Bewohnern gemeinsam genutzt.

Als vor einigen Jahren sehr viele Menschen gleichzeitig auf der Flucht nach Deutschland kamen, bot sich ein leerstehendes ehemaliges Finanzamt als Notlösung an. Aus der Notlösung war im Lauf der Zeit eine dauerhafte Einrichtung geworden. Die Zimmer wurden frisch gestrichen und auf den Etagen wurden Toiletten, Gemeinschaftsduschen und jeweils eine Küche eingebaut. Das Gebäude mit seinen vielen Stockwerken und Fluren wirkte auf Damaris unüberschaubar groß. Die Gänge waren grau und unzureichend ausgeleuchtet, selbst tagsüber blieb der alte Bau düster und unheimlich. Je nachdem, wo man sich gerade aufhielt, wechselten die Gerüche, die in der Luft lagen, von einem Extrem ins andere. Einladende Düfte aus der Küche wurden vom Uringeruch aus den Toiletten verdrängt, ein billiges, aber scharfes Putzmittel verströmte den Geruch nach Hundekot, der sich wiederum mit kaltem Zigarettenrauch mischte, der unter den Zimmertüren hindurch in den Flur zog. Über allem lag eine unangenehme Mischung aus Rasierwasser und dem Geruch der Angst. Angst hatten sie hier alle, denn niemand wusste, wie es mit dem eigenen Leben weitergehen würde, viele hatten Familienangehörige im Krieg zurücklassen müssen und fürchteten sich Tag und Nacht vor schlechten Nachrichten.

Außer Damaris und ihren Mädchen lebten nur wenige Familien in der Unterkunft.

„Frauen ohne Männer gibt es außer Ihnen hier keine!“, sagte die Frau im Büro gleich bei der Zuweisung des Zimmers, obwohl Damaris gar nicht danach gefragt hatte.

Den größten Anteil der Bewohner stellten alleinstehende Männer jeden Alters und Damaris fürchtete sich vor ihnen. Sie war es nicht gewöhnt, ohne den Schutz von Nadim anderen Männern zu begegnen, und sie hatte in Moria und im Flüchtlingslager auf dem griechischen Festland schlimme Geschichten von Vergewaltigungen und erzwungener Prostitution gehört. Sie selbst hatte Glück gehabt. Ein alter Mann, der auf der Flucht seine ganze Familie verloren hatte und sich einsam fühlte, schloss sich der kleinen Familie an und stellte Damaris und die Mädchen unter seinen Schutz. Zuerst in Moria, dann waren sie gemeinsam aufs Festland gekommen und er hatte weiterhin auf sie aufgepasst. Er hatte es auch geschafft, dass die drei zu den wenigen Glücklichen gehörten, die nach Deutschland weiterreisen durften. Damaris war sehr traurig, als sie ihren Beschützer zurücklassen musste, aber der alte Mann hatte sie gedrängt, auf jeden Fall die Chance zu nutzen, auch wenn nicht zu übersehen war, wie sehr er selbst darunter litt, ein zweites Mal „seine Familie" zu verlieren.

In Deutschland war Damaris auf sich allein gestellt und sie fühlte sich äußerst schutzlos unter den zahlreichen Männern, die in der Unterkunft lebten. Einsam, traumatisiert und perspektivlos hingen sie den ganzen Tag gelangweilt herum, saßen in der Küche, lehnten in den dunklen Gängen an der Wand, standen in Grüppchen in den Fluren und versuchten die Zeit totzuschlagen. Manche suchten nur das Gespräch, andere wurden aggressiv und aufdringlich, manchmal wechselte beides ohne Vorankündigung. Damaris fürchtete sich vor ihnen, unabhängig davon, wie sie ihr begegneten. Allein als Frau unter Männern war sie niemals sicher, das war Basiswissen, mit dem ein Mädchen aufwuchs, und das hatte sich auf der Flucht immer wieder bestätigt.

Vor allem nachts hatte Damaris Angst, das Zimmer zu verlassen. Die Kinder boten ihr Schutz, aber sie konnte sie doch nicht aus dem Schlaf reißen, nur weil sie selbst kurz zur Toilette musste und sich auf dem dunklen Flur fürchtete. Für Samira und Elin hatte sie glücklicherweise in der großen Kammer mit den vielen gespendeten Sachen neben Kinderkleidern auch ein Töpfchen gefunden, einen kleinen rosa VW-Käfer mit Deckel. Sie selbst versuchte, die Nacht über durchzuhalten; den Gedanken an einen Eimer schob sie schnell beiseite, weil es sie zu sehr ekelte.

Auch tagsüber fühlte sich Damaris einzig in ihrem Zimmer in Sicherheit, bemerkte aber bald, dass dieser Rückzug auf Dauer keine Lösung war. Sie wurde ruhelos und ungeduldig mit den Kindern und fiel von einem Stimmungstief ins nächste. Angst, Langeweile, Unsicherheit, Einsamkeit wechselten sich ab, kein negatives Gefühl ließ sie aus. Damaris wurde bald klar, dass sie unter Menschen musste, wenn sie nicht untergehen wollte.

Den Asylantrag hatte sie gleich nach ihrer Ankunft mit Hilfe der Sozialarbeiterin gestellt, die ihr in den ersten Tagen in der Unterkunft bei allem half, was dringend getan werden musste, und nun hieß es, nach Wegen zu suchen, wie sie ihre Familie wiederfinden konnte. Damaris glaubte fest daran, dass ihr Mann Nadim und ihre Eltern überlebt hatten und sie sie nur finden musste. Auch wenn die Ehe ihr nicht Glück und Liebe gebracht hatte, wie Damaris es sich ausgemalt und wie ihre Mutter es versprochen hatte, so brauchte sie doch Nadim. Ohne ihren Mann war eine Frau nicht vollständig, ohne Nadim hatten die Mädchen keinen Vater und sie keine Sicherheit.

Noch mehr aber als Nadim brauchte sie ihren Vater. Ohne ihn konnte sie keine ausreichenden Gründe vorweisen, um in Deutschland bleiben zu dürfen. Schließlich war es bei der Flucht um ihn gegangen. Er sollte in Riad der Korruption und der Unterstützung der Rebellion angeklagt werden, weil er irgendjemandem im Wege stand. So hatte er es jedenfalls seiner Familie erklärt. Eifersucht und Neid auf seine politische Karriere steckten dahinter, so sagte er. Damaris fragte nicht nach, es stand ihr nicht zu und es war auch keine Zeit gewesen für weitere Erklärungen. Alle Beweise, die es gab, trug der Vater bei sich. Er hatte alle Unterlagen, von denen er glaubte, dass er sie brauchen könnte, um für sich und seine Familie Asyl in Europa zu beantragen, mehrfach in Folie eingeschweißt und während der Reise direkt an seinem Körper getragen. Sie musste ihren Vater finden. Sie allein konnte keine ausreichenden Gründe vorweisen, dass sie in Deutschland bleiben musste, dass man sie auf keinen Fall zurückschicken durfte.

Es gab auch Zeiten, da war Damaris gar nicht mehr sicher, ob sie wirklich in diesem fremden Land bleiben wollte. Sie kannte niemanden, sie beherrschte die Sprache nicht, sie war ganz allein mit ihren beiden Kindern. Was wollte sie denn überhaupt hier in Deutschland? Doch ihr Zuhause in Saudi-Arabien gab es nicht mehr. Allein, ohne Vater oder Ehemann, durfte eine Frau dort nicht leben. Sie müsste schnellstmöglich einen anderen Mann finden, der sie heiratete, oder ein entfernter Verwandter würde die Vormundschaft übernehmen und über ihr weiteres Leben bestimmen. Wenn ihr Vater recht hatte, und das hatte er bisher immer gehabt, dann wären sie, Samira und Elin außerdem wegen seiner Flucht weiterhin in Lebensgefahr. Sie musste also in Deutschland bleiben, ob sie wollte oder nicht. Es gab keine andere Möglichkeit und um bleiben zu können, musste sie ihre Familie finden.

„Es muss etwas geschehen", sagte Damaris laut zu sich selbst. Sie hatte Samira und Elin in die Spielgruppe gebracht, die vormittags für die Kinder, die noch nicht zur Schule gingen, in der Unterkunft eingerichtet worden war. An den meisten Tagen legte sie sich, zurück in ihrem Zimmer, wieder ins Bett, um die Zeit bis zum Mittagessen in der Kantine zu verschlafen. Nachmittags saßen die Mädchen vor dem alten Fernseher, während sie selbst aufräumte und saubermachte. Viel gab es in dem einen Zimmer nicht zu tun und meist setzte sie sich, sobald sie fertig war, zu Samira und Elin und sah mit ihnen Kinderfilme an. Manchmal erzählte sie Geschichten von früher – arabische Kinderbücher, aus denen sie hätte vorlesen können, gab es nicht in der Unterkunft – oder sie spielte mit ihnen.

Heute war etwas anders als sonst, eine Art Aufbruchstimmung lag in der Luft, so kam es ihr vor. Wie so oft hatte sie in der Nacht nicht schlafen können und immer und immer wieder über alles nachgedacht. Wie sie die Familie finden sollte, wie es mit dem Asylverfahren weitergehen würde, wie sie endlich aus ihrer Lethargie aufwachen und den Mädchen wieder eine richtige Mutter sein könnte.

„Es muss etwas geschehen!", sagte sie noch einmal zu der Frau, die sie aus der Spiegeltür des alten Schrankes ansah, in dem sie ihre wenigen Kleider und die der beiden Mädchen aufbewahrte.

„Du musst rausgehen aus der Unterkunft! Du musst unter Menschen, du darfst nicht immer allein in diesem Zimmer hocken! Du musst zurück ins Leben, Damaris, und deinen kleinen Mädchen zeigen, dass das Leben auch anderes zu bieten hat als Flucht und gefährliches Wasser, Lager, Angst und Langeweile."

Mit dem gefassten Entschluss kam auch die Energie zurück. Damaris ging kurz entschlossen nach unten ins Büro der Sozialarbeiterin, die ziemlich gut Arabisch sprach, wo sie zwischen Tür und Schreibtisch stehenblieb. Sie nahm allen Mut zusammen. „Bitte, können Sie mir dabei helfen, andere Frauen kennenzulernen? Ich fühle mich so allein." Mehr brachte sie nicht heraus, noch ein Wort mehr und sie würde in Tränen ausbrechen. Damaris schluckte und sah zu Boden.

Die Frau, die mindestens so alt war wie ihre Mutter, erhob sich, kam um den Schreibtisch herum und sah sie an. Sie schien kurz zu überlegen.

„Damaris?", fragte sie dann. „Ist das nicht Ihr Name? Leider kann ich mich an Ihren Familiennamen nicht erinnern, es kommen so viele Menschen zu mir. Aber Damaris, das konnte ich mir merken. Damaris heißt doch die Eintretende, das ging mir gleich durch den Kopf, als Sie ankamen. ‚Das passt gut', dachte ich mir damals, ‚wo sie doch jetzt eintritt in ein völlig neues Leben.'"

Damaris nickte. „Das stimmt", sagte sie. „Leider habe ich Ihren Namen vergessen. Es tut mir leid."

„Aber das macht doch nichts. Ich heiße Alteruthemeyer, das kann sich niemand merken." Sie zeigte auf den Stuhl, der vor dem Schreibtisch stand, und Damaris nahm Platz und wartete. Frau Alteruthemeyer holte aus einem schon in die Jahre gekommenen Aktenschrank einen bunten Flyer heraus und reichte ihn Damaris.

„Sehen Sie sich das doch einmal an. Im Gemeindehaus St. Michael trifft sich einmal wöchentlich, immer am Donnerstag, der *Internationale Frauenkreis*. Keine Angst, es ist nichts Christliches, das Gemeindehaus bietet einfach die besten

Räumlichkeiten für ein Treffen und wird von der Gemeinde kostenlos zur Verfügung gestellt. Leider befindet es sich nicht direkt in unserer Nachbarschaft, aber mit der U-Bahn erreichen Sie St. Michael in etwa dreißig Minuten. Den Fahrplan finden Sie auf dem Flyer."

„Was ist das für ein Treffen?", fragte Damaris ängstlich, die nicht wusste, was sie dort erwartete.

„Nichts Besonderes eigentlich. Genau weiß ich das auch nicht, Damaris. Meines Wissens treffen sich dort Frauen unterschiedlicher Nationalitäten, vor allem geflüchtete Frauen aus verschiedenen Unterkünften, aber auch einige andere, um ein wenig Abwechslung zu haben und um andere Frauen kennenzulernen. Gehen Sie doch einfach mal hin, Sie müssen nichts befürchten. Wenn es Ihnen dort nicht gefällt, können Sie sofort wieder gehen."

Damaris nickte, das hörte sich gar nicht schlecht an.

„Es gibt dort übrigens auch eine Kinderbetreuung während des ganzen Nachmittags", fiel der Sozialarbeiterin noch ein.

Damaris erhob sich. „Vielen Dank, Frau Alt…", sie zuckte entschuldigend mit den Schultern und sah die Frau, die inzwischen wieder auf ihrem Bürosessel hinter dem Schreibtisch saß, entschuldigend an.

„Alteruthemeyer", lachte die Sozialbetreuerin. „Machen Sie sich nichts draus."

„Ich werde es gleich diese Woche einmal versuchen." Mit diesen Worten verließ Damaris das Büro und ging zurück in ihr Zimmer. Sie war froh und stolz, dass sie einen Anfang gemacht hatte, und sie war gespannt darauf, was sie im Gemeindehaus St. Michael erwartete.

Es war eine lustige Gruppe, stellte Damaris schon bei ihrem ersten Besuch fest. Vor der Tür des Gemeindehauses traf sie eine andere Frau, die das gleiche Ziel hatte, und gemeinsam suchten sie nach dem Raum in dem großen Gebäude, in dem sich der *Internationale Frauenkreis* heute wie jeden Donnerstagnachmittag traf. Bald hörten sie Gelächter und Musik und gingen nun einfach dem Lärm nach. Damaris wollte klopfen, als sie vor der Tür des Raumes standen, aus dem die unterschiedlichsten Geräusche kamen, doch die andere Frau öffnete einfach; ihr Klopfen hätte sowieso niemand hören können. Ihre Begleiterin entdeckte sofort eine Bekannte im Raum und ging auf sie zu. Damaris blieb am Eingang stehen, an der einen Hand Samira, an der anderen Elin, und beobachtete das Geschehen. Ungefähr zwanzig Frauen saßen um einen großen Tisch und redeten in verschiedenen Sprachen durcheinander. Sie versuchten sich gegenseitig zu übertönen, immer wieder lachten manche laut. In einer Ecke des Raumes tönte Musik aus einer kleinen Box und mehrere Frauen übten dazu einen Tanz ein. Es war ziemlich laut und Damaris überlegte noch, wie sie sich bemerkbar machen sollte, als Samira und Elin sie in den Raum hineinzogen. Sie hatten andere Kinder entdeckt, die mit Bauklötzen, Autos und Puppen spielten oder einander durch den Saal jagten. Dorthin wollten sie jetzt auch. Als sie in der Kinderecke ankamen, sprach ein etwa sechzehnjähriges Mädchen die drei Neuankömmlinge an.

„Hallo, ich bin Karolin. Seid ihr heute zum ersten Mal hier?“

Als keine Antwort kam, versuchte sie es auf Englisch und dieses Mal nickte Damaris, aber sie brachte keinen Ton heraus. Sie hatte alle Kraft und allen Mut aufgebraucht, um überhaupt hierher und in diesen Raum zu kommen.

Karolin winkte eine kleine, freundlich lachende Frau zu sich. Sie war ungefähr so alt wie Damaris’ Mutter, vielleicht auch schon etwas älter, und Damaris fasste sofort Vertrauen zu ihr.

„Rosa, kannst du dich bitte um diese Frau kümmern, sie ist zum ersten Mal hier. Ich sehe nach ihren beiden Mädchen“, bat Karolin.

Samira und Elin hatten sich bereits zu anderen Kindern auf den Boden gesetzt und bauten gemeinsam mit ihnen an einer Legostadt.

Damaris versicherte sich noch einmal mit einem Blick auf die Mädchen, auf Karolin und auf die geschlossene Tür, dass Samira und Elin in Sicherheit waren, und wandte sich dann der Frau zu, die Karolin Rosa genannt hatte.

„Hallo", sagte diese, „ich heiße Rosa und organisiere hier jeden Donnerstagnachmittag dieses Treffen. Setz dich doch zu mir und ich erzähle dir ein wenig, was wir hier machen."

Dankbar und noch immer schweigsam ging Damaris mit Rosa in die kleine Teeküche, die sich in einem Nebenraum befand. Hier war die Geräuschkulisse gedämpfter und außer ihnen waren nur zwei weitere Frauen im Raum, die Geschirr in eine Spülmaschine räumten.

„Setz dich doch erst mal", sagte Rosa. „Wir duzen uns hier alle, das ist dir doch recht?", fragte sie und begann dann laut zu lachen. Damaris mochte dieses Lachen. Es war warm und einladend und sie fühlte sich gleich ein wenig besser.

„Jedenfalls, wenn wir uns auf Deutsch unterhalten. Manche der Frauen sind ja schon sehr lange da und andere nutzen unser Treffen, um ihre Sprachkenntnisse zu verbessern. Ich habe ganz vergessen, dass wir beide gerade Englisch sprechen", sagte Rosa. „Da fällt das mit dem Duzen ja nicht wirklich ins Gewicht."

Damaris war ein wenig verwirrt, aber sie konnte endlich wieder sprechen.

„Mein Name ist Damaris", sagte sie. „Ich komme aus Saudi-Arabien und bin allein mit meinen zwei kleinen Töchtern in einer Unterkunft hier in Hannover. Ich fühle mich sehr einsam und deshalb möchte ich fragen, ob ich an diesem Treffen teilnehmen darf."

„Na, klar darfst du. Du musst auf jeden Fall wieder herkommen", sagte Rosa. „Dafür ist die Gruppe doch da." Dann berichtete sie Damaris von Ausflügen in andere Städte und Besuchen in Museen, die sie manchmal gemeinsam unternahmen, sprach ein wenig über die anderen Frauen – woher sie kamen, wie lange sie bereits in Deutschland waren, was sie für Pläne hatten – und schließlich erzählte sie auch von sich selbst. Wie sie vor vielen Jahren mit ihrem Mann aus Sibirien gekommen war, um in Deutschland als Biologin zu arbeiten, sie erzählte von ihren Söhnen, die schon erwachsen waren und nicht mehr zu Hause lebten, und von den Gurken in ihrem Garten, die in diesem Jahr besonders gut wuchsen.

Als die Musik plötzlich lauter wurde, stand Rosa auf.

„Komm mit, Damaris, wir tanzen alle zusammen. Das macht großen Spaß. Du kannst aber auch nur zusehen, wenn dir das lieber ist."

Damaris ging mit Rosa in den Saal und war plötzlich mittendrin, tanzte und lachte mit den anderen Frauen und wusste hinterher gar nicht mehr, wie es dazu gekommen war. So gut hatte sie sich schon sehr lange nicht mehr gefühlt.

Schließlich wurde es Zeit, den Rückweg anzutreten. Die Frauen räumten gemeinsam auf, stellten die Tische, die zum Tanzen zur Seite geschoben worden waren, wieder in die Mitte des Raumes, verteilten die Stühle um die Tische und verstauten das Spielzeug in einem großen abschließbaren Schrank. Damaris freute sich schon auf den nächsten Donnerstag, während sie sich mit zwei müden, aber glücklichen Kindern auf den Weg nach Hause machte.

Noch drei andere Frauen wohnten in derselben Unterkunft, stellte sich heraus, als sie gemeinsam zur nächsten U-Bahn-Station gingen. Alle sprachen sie Englisch und Damaris nahm ihren ganzen Mut zusammen und erzählte von ihrer Angst vor den Blicken und Sprüchen der Männer im Wohnheim. Die anderen Frauen nickten nur. Sie alle machten die gleichen Erfahrungen. Als Frau allein unterwegs zu sein, war nirgendwo leicht. Nicht auf der Flucht, nicht in der Unterkunft, aber auch nicht draußen in der Stadt. Nicht unter Männern, die wie sie ebenfalls auf der Flucht waren, aber auch nicht unter denen, in deren Land sie gekommen waren, um Schutz zu finden. Nicht in jedem Fall war es offensichtlich, was ein Mann beabsichtigte. Immer gab es welche, die es gut meinten und helfen wollten, und solche, die in Wahrheit hinter ihrer Freundlichkeit böse Absichten versteckten und oft ganz plötzlich gefährlich wurden. Wie sollte eine Frau erkennen, wem sie trauen durfte? Das konnte keine von ihnen beantworten und sie verabredeten, dass sie aufeinander achten wollten. Damaris fühlte sich gleich besser, auch wenn ihr klar war, dass nicht immer eine von den anderen da wäre, wenn sie sie brauchte. Es gäbe auch weiterhin Situationen, in denen sie auf sich gestellt war. Dennoch war sie froh, ihre Ängste und Sorgen ausgesprochen zu haben und zu wissen, dass da noch andere in der gleichen Situation waren wie sie, die ihr, wann immer möglich, helfen würden.

Damaris setzte alle Hebel in Bewegung, um Nadim und ihre Eltern zu finden.

„Das dauert. Sie müssen Geduld haben", sagte man ihr.

Diesen Satz bekam sie ständig zu hören. Wenn sie nach dem Stand ihres Asylverfahrens fragte, wenn sie Schuhe für die Kinder brauchte oder noch schlimmer, Kleidung für sich selbst. Wenn sie sich nach einem Arzttermin, nach der Möglichkeit, einen Deutschkurs zu besuchen oder eine Wohnung außerhalb der Unterkunft zu bekommen, erkundigte, immer hieß es: „Sie müssen Geduld haben."

Aber Damaris hatte keine Geduld. Vor allem wollte sie raus aus dem düsteren Gebäude, wollte einen sicheren Ort für sich und die Mädchen, wollte nachts nicht mehr durch die – hoffentlich – leeren Flure hetzen, nicht mehr den Blicken und immer häufiger auch den Berührungen irgendwelcher Männer ausgesetzt sein. Sie lebten nun schon bald drei Monate in der Unterkunft und da sich noch immer kein Mann zeigte, zu dem sie gehörte, wurden manche der alleinstehenden Männer mit jedem Tag aufdringlicher. Damaris wusste, dass sie genau wie sie selbst Angst vor der Zukunft hatten, dass sie sich langweilten und ihre Familien vermissten. Aber gab das jemandem das Recht, sie zu belästigen?

Eines Abends kam sie aus der Küche und war mit einer Kanne frischgekochtem Tee auf dem Weg zurück in ihr Zimmer, wo Samira und Elin auf sie warteten. Plötzlich trat ein junger Mann auf sie zu und verstellte ihr den Weg. Sie verstand zwar seine Sprache nicht, aber es war klar, was er von ihr wollte. Er drängte sie in eine Ecke und versuchte sie zu berühren. Dies war nicht das erste Mal, dass ihr so etwas geschah, aber anstatt wie sonst einfach beschämt wegzulaufen, in der Hoffnung, niemand hätte bemerkt, was ihr passierte, blieb sie stehen, hielt ihm die Teekanne, aus der es noch dampfte, direkt vor die Nase und schrie ihn an: „Du Brut des Teufels, willst du wohl deine Hände von einer verheirateten Frau lassen?"

Der junge Mann erstarrte, sah Damaris erschrocken an und als sich die Tür des nächstgelegenen Zimmers einen Spalt breit öffnete und jemand nachsehen wollte, wer da solchen Lärm verursachte, lief er weg.

Zurück in ihrem eigenen Zimmer begann Damaris zu zittern. Was hatte sie da nur getan? Sie hatte einen Mann beschimpft und angeschrien und sie war sogar kurz davor gewesen, den heißen Tee über ihn zu gießen. Damaris war mehr über sich selbst erschrocken als über die Absichten des Mannes, den sie abgewehrt hatte, und über die Gefahr, in der sie gewesen war. Männer nahmen sich nun einmal, was sie wollten, so hatte sie es von Kindheit an gelernt und daran geglaubt, dass das so vorherbestimmt und richtig war. Wenn Männer Frauen nach ihren Wünschen und ihrer Meinung fragten, so war das lediglich ein Entgegenkommen und musste hoch angerechnet werden. Wie kam es, dass sie plötzlich alles infrage stellte? Dass sie nach dem Recht solcher Handlungen fragte? Wie kam es, dass sie wütend geworden war, sich wehrte und nun im Nachhinein sogar Stolz empfand, den Angreifer in die Flucht geschlagen zu haben?

Sie hatte sich verändert und dieser Prozess war noch lange nicht beendet, wurde ihr in diesem Augenblick klar. Sie war nun schon fast zehn Monate lang auf sich allein gestellt und sorgte ohne männliche Unterstützung für die Kinder und sich selbst. Anfangs war sie erstaunt darüber gewesen, dass sie das konnte, ja, dass sie sogar sehr gut darin war, im

Kümmern und Verantwortung-Übernehmen. Natürlich benötigte sie in vielen Dingen Hilfe und Unterstützung von Menschen wie Frau Alteruthemeyer oder Rosa in dieser für sie völlig neuen Welt, aber das brauchten die Männer auch. Je mehr Damaris erkannte, welche Fähigkeiten sie besaß, wie stark sie war, wie selbständig sie leben und für ihre Kinder sorgen konnte, umso mehr drängte sich ihr die Frage auf, woher Männer eigentlich das Recht nahmen, über Frauen zu bestimmen. Solange sie sich wehrlos gefühlt hatte, solange sie daran geglaubt hatte, von Natur aus schwach und als Frau allein hilflos dem Leben ausgeliefert zu sein, so lange hatte sie die fortwährende Bevormundung nicht infrage gestellt. Manchmal war es ja auch bequem, sich nicht kümmern zu müssen und einfach den Vater und später Nadim machen zu lassen. Aber oft war sie auch unglücklich gewesen, wenn über ihren Kopf hinweg bestimmt wurde. Das erkannte sie jetzt deutlich. Damals hatte sie es allerdings als unabänderlich und naturgegeben hingenommen. Nun sah sie es anders.

Damaris wartete auf ein Lebenszeichen ihrer Familie. Sie fragte immer wieder beim Deutschen Roten Kreuz nach, das Kontakte zum Roten Halbmond pflegte, und ließ sich von einer Mitarbeiterin der Caritas, die regelmäßige Sprechstunden in der Unterkunft bot, um den Geflüchteten bei ihren alltäglichen Problemen und Sorgen zu helfen, in sämtliche Internet-Suchportale eintragen. Sie war nicht die Einzige, die suchte, doch nur ganz selten gab es Erfolgsmeldungen von Menschen, die sich auf der Flucht verloren und dann wiedergefunden hatten. Damaris fragte immer wieder nach, bekam immer wieder zu hören „Das dauert. Sie müssen Geduld haben" und wurde dabei immer ungeduldiger.

Als sie an einem Donnerstagnachmittag etwas verspätet im Gemeindehaus St. Michael ankam, herrschte große Aufregung unter den anwesenden Frauen. Etwas war geschehen, aber nur Rosa wusste Genaueres und sie wartete, bis alle Frauen anwesend waren.

„Nesrin kommt nicht mehr", berichtete Rosa dann, nachdem auch die Nachzüglerinnen eingetroffen waren. „Ich soll euch von ihr grüßen und es tut ihr sehr leid. Ihr wisst ja, sie war jedes Mal dabei und hat sich immer sehr wohlgefühlt mit uns allen."

Da nicht alle verstanden hatten, übersetzten die Frauen gegenseitig und es wurde vorübergehend ziemlich laut im Saal. Dann verstummten die Gespräche und die Frauen sahen Rosa fragend an.

„Warum kommt sie denn nicht mehr?", rief schließlich Solmaz, als die erwartete Erklärung ausblieb. „Sie hat doch beim vorletzten Treffen erzählt, sie hätte ihren Mann ausfindig gemacht, von dem sie seit einem halben Jahr getrennt war. Sie war so glücklich und wollte uns alles ausführlich erzählen."

Rosa nickte traurig. „Genau deshalb kommt sie nicht mehr. Die beiden haben sich, aber das wisst ihr ja, unterwegs auf der Balkanroute verloren. Vor ungefähr einem Monat hat Nesrin nun herausgefunden, dass ihr Mann in Düsseldorf untergebracht war. Sie hat mit ihm Kontakt aufgenommen, er bekam innerhalb von wenigen Tagen die Erlaubnis, bei seiner Frau wohnen zu dürfen. Am vergangenen Freitag kam er in Hannover an. Am Dienstag war Nesrin mit ihm bei mir im Büro und er erklärte, dass seine Frau nicht mehr an unseren Versammlungen teilnehmen darf. ‚Jetzt bin ich wieder da, jetzt hat Nesrin ihren Mann wieder. Sie braucht euch nicht mehr.' Ich habe versucht, ihm zu erklären, dass Nesrin hier Freundinnen gefunden hat, die ihr in der schweren Zeit ohne ihn geholfen haben, und dass sie diese jetzt nicht wieder verlieren will. Aber ich konnte nichts bewirken. Er blieb dabei, Nesrin darf nicht mehr kommen." Rosa schwieg und keine der Frauen sagte ein Wort.

„Warum lässt sie sich das einfach so gefallen? Warum lässt sie sich von ihrem Mann verbieten, hierherzukommen?", unterbrach Karolins Stimme aus der Kinderecke heraus die Stille.

„Was soll sie machen?“ So hoffnungslos hatte Rosas Stimme noch nie geklungen, fand Damaris. „Solange Nesrin mit ihm zusammenlebt, wird er bestimmen, was sie zu tun und zu lassen hat.“

Dieser Zwischenfall machte Damaris schwer zu schaffen. Zwar kannte sie Nesrin kaum, aber diese Geschichte glich ihrer eigenen. Auch sie suchte nach ihrem Mann. Nesrin hatte ihren gefunden und durfte sich nun nicht mehr mit den anderen Frauen treffen. Könnte ihr das auch so passieren? Sie hatte sich an die Nachmittage mit den Frauen gewöhnt. Manchmal waren sie traurig oder nachdenklich, schließlich hatte jede von ihnen Schlimmes erlebt und fast alle sorgten sich um die Zukunft. Aber meistens war es lustig mit den anderen und sie fühlte sich rundum wohl, solange sie mit ihnen zusammen war. Die gemeinsamen Nachmittage gaben ihr das Gefühl zurück, das sie vor der Heirat im Kreis ihrer Freundinnen gehabt und lange Zeit vermisst hatte. Sie wollte diese Gemeinschaft nicht wieder aufgeben. Sie konnte sich auch nicht mehr vorstellen, andere für sich entscheiden zu lassen. Das wurde Damaris plötzlich klar. Sie fühlte sich sehr gut damit, selbst bestimmen zu können, was wichtig für sie war und was nicht, was getan werden musste und wie. Sie konnte tun und lassen, was sie wollte und wie sie es wollte, ohne jemanden fragen zu müssen, und sie spürte genau, da sie darüber nachdachte, wie sehr sie diese neugewonnene Freiheit genoss. Genau so wollte sie leben: selbst über ihr Leben bestimmen, selbst verantwortlich sein. Sie war erwachsen geworden, und sie wollte erwachsen bleiben. Für das, was zu tun war, brauchte sie keinen Mann.

Während der letzten Jahre hatte Nadim über ihr Leben bestimmt, dann war er ihr verlorengegangen, aber sie vermisste ihn nicht, ganz im Gegensatz zu Vater und Mutter. Sie spürte eine große und schmerzhafte Lücke, wenn sie sich an die Eltern erinnerte, vor allem die Mutter fehlte ihr sehr. Wenn sie an Nadim dachte, dann war da, wenn überhaupt, gerade einmal ein stecknadelkopfgroßes Loch. Damaris fühlte sich schlecht. Nadim war ihr Mann, er hatte sie gut behandelt und sie als Mutter seiner Kinder respektiert. Er hatte ein Recht darauf, dass sie ihn vermisste und wieder bei sich haben wollte. Aber Damaris erinnerte sich auch an ihre Enttäuschung, als das versprochene Glück der Ehe und die Liebe ausgeblieben waren. Zwar wusste sie nicht, wie sich diese Liebe anfühlte, aber sie spürte, dass sie mit Nadim etwas anderes verbunden hatte, etwas, das sie nicht mehr brauchte. Sie hatte immer geglaubt, es wäre einfach so, dass eine Frau ohne Mann nicht leben konnte und dass es deshalb nur recht und billig war, dass die Männer bestimmten, wie das Leben ihrer Frauen verlief. Inzwischen wusste sie es besser. Sie lebte gut ohne Mann und sie wusste auch, es konnte noch viel besser werden, wenn sie erst einen sicheren Aufenthalt in Deutschland hatte. Wenn sie die Sprache lernen, zur Schule gehen und später einen Beruf ausüben durfte. Das alles stand ihr nun plötzlich offen, auch ohne Mann.

Beim nächsten Gedanken, der sich ihr aufdrängte, erschrak sie. Stünde ihr das alles denn auch noch offen, wenn sie ihren Mann zurückhätte? Wenn Nadim wieder da wäre und mit ihr und den Kindern als Familie leben wollte? Nesrin war genauso selbständig gewesen wie sie selbst und musste sich jetzt von ihrem Mann verbieten lassen, weiterhin ins Gemeindehaus zu kommen. Würde Nadim das auch tun? Damaris glaubte nicht, dass er ihr untersagen würde, sich mit den anderen Frauen zu treffen, aber er würde sich wünschen, dass sie zu Hause bliebe und sich nur um ihn und die Kinder kümmerte. So wie damals nach der Hochzeit, als sie ihre Freundinnen wegen Nadim zuerst nur noch sehr selten und später gar nicht mehr getroffen hatte.

„Du brauchst sie doch nicht mehr, du hast ja jetzt mich“, hatte Nadim damals gesagt und sie widersprach ihm nicht. Wäre es heute anders? Würde sie sich nicht, sobald er wieder an ihrer Seite wäre, seinen Wünschen beugen? Einfach so, weil er ihr Mann war und das von ihr erwarten durfte?

Inzwischen kannte Damaris Frauen aus den unterschiedlichsten Ländern und immer wieder begegnete sie sich selbst in jenen, die wie sie allein unterwegs waren. Stark und mutig waren sie geworden, seit sie auf sich gestellt waren, obwohl alle viel Schlimmes unterwegs erlebt hatten. Stark und mutig waren sie geworden, als sie festgestellt hatten, dass sie auch allein alles stemmen konnten, was nötig war, um zu überleben. Sie mussten stark und mutig sein, aber jetzt erst durften sie es auch. Nun war eine dieser Frauen nicht mehr da. Nesrin durfte nicht mehr stark und mutig sein, weil ihr Mann zurück war.

Wie war das mit ihr selbst? Wie war das mit Damaris?

Sie war stark, das wusste sie mittlerweile. Sie war selbständig, sie war mutig und erwachsen, aber war sie stark genug, sich auch neben einem Ehemann als selbständig und erwachsen zu beweisen? Wäre sie stark genug, sich seinen Wünschen, auch wenn er keine Verbote aussprach, zu widersetzen?

Damaris dachte häufig über sich und ihr Leben nach, wenn sie nachts nicht schlafen konnte. Über das Leben vor Nadim, das Leben mit Nadim und das gegenwärtige Leben ohne Nadim. In jeder schlaflosen Nacht wurde die Erinnerung an ihren Mann blasser und dann kam ein Morgen, an dem sie sich eingestand, dass sie ihm zwar wünschte, den Schiffbruch überlebt zu haben, insgeheim aber darauf hoffte, dass er nicht zu ihr zurückkehren würde. Nur, weil sie ihn mit den Eltern zusammen glaubte, ließ sie die Suchanfragen nicht löschen.

Damaris verbrachte den größten Teil ihrer Zeit mit Warten. Samira und Elin verlangten ihre Aufmerksamkeit, sonst gab es neben dem bisschen Aufräumen im Zimmer nichts für sie zu tun, denn im Asylverfahren bewegte sich vorerst nichts. Damaris war ohne Papiere in Deutschland angekommen. Pass und Geld hatte Nadim eingesteckt, als sie sich überstürzt auf den Weg zum Flughafen machten. Es war ihr damals völlig normal erschienen, dass ihr Mann alles Wichtige bei sich trug. Sie war seine Frau, er würde sich um alles kümmern. An die Möglichkeit, dass sie unterwegs getrennt werden könnten, hatte niemand von ihnen gedacht. Da sie deshalb keinen Pass bei sich hatte, musste erst noch bestätigt werden, dass sie diejenige war, die sie behauptete zu sein. Aber die Botschaft von Saudi-Arabien hatte es nicht eilig mit der Bearbeitung von Anfragen durch deutsche Asylbehörden. Solange ihre Identität nicht feststand, konnte Damaris allerdings auch nicht abgeschoben werden. Aber das war nur ein geringer Trost in ihrer verzweifelten Lage.

Auf den Rat einer Rechtsanwältin hin versuchte sie die Zeit zu nutzen, indem sie Briefe an entfernte Verwandte schrieb und um Informationen und falls möglich Beweise bat, dass ihr Vater gesucht wurde und bei seiner Rückkehr in Gefahr wäre. Sie erhoffte sich im besten Fall einen Fahndungsaufruf oder einen Bericht über sein Verschwinden in Verbindung mit einem Korruptionsvorwurf in der lokalen Presse. Die Briefe waren bald geschrieben und auch auf die Antworten musste sie nun warten.

„Machen Sie doch einen Deutschkurs", riet Frau Alteruthemeyer, als Damaris ihr wieder einmal ihr Leid klagte, weil die Langeweile erneut drohte, sie aufzufressen.

Ein Integrationskurs stand Asylsuchenden erst zu, wenn sie eine Bleibeperspektive hatten. Diese hatte Damaris nicht, solange sie keinen Pass besaß und nicht beweisen konnte, dass sie in Gefahr war. Auf den Rat der Sozialarbeiterin hin meldete sie sich deshalb zu einem ehrenamtlich organisierten Kurs in den Räumen der Volkshochschule an. Glücklicherweise waren im laufenden Semester noch Plätze frei und Damaris konnte sofort beginnen. Man erlernte in diesem Unterricht zwar nur die notwendigsten Sprachkenntnisse, um sich einigermaßen auf Deutsch verständlich machen zu können, anerkannt als Grundlage für eine spätere Arbeitssuche war der Kurs nicht, aber Damaris war erst einmal damit zufrieden, überhaupt die Möglichkeit zu bekommen zu lernen und sich mit etwas Sinnvollem zu beschäftigen.

Ein Sprachkurs der VHS wurde ausschließlich für Frauen angeboten, erfuhr Damaris, und es gab dort sogar eine eigene Kinderbetreuung, damit auch die Mütter konzentriert lernen könnten.

„Kommen Sie nur herein", sagte eine freundliche Frau in den Fünfzigern, die mit erhobenem Zeigestock vor einer Schultafel stand, als Damaris schüchtern in der geöffneten Tür stehenblieb. Sie hatte sich verspätet, weil sie an der falschen U-Bahn-Station ausgestiegen war. Dann hatte es eine Weile gedauert, bis sie Samira und Elin im Nebenraum, in dem die Kinderbetreuung stattfand, endlich gehen ließen, und nun kam sie gleich beim ersten Mal nicht rechtzeitig zum Kurs und das war ihr äußerst peinlich. Alle anderen saßen an ihren Plätzen und sahen zur Tür. Damaris nahm allen Mut zusammen, trat ins Zimmer und schloss die Tür hinter sich.

„My name is Damaris. Sorry, I left the train at the wrong station", sagte sie und sah die Frau mit dem Stock entschuldigend an.

„No problem", antwortete diese. „My name is Kai und ab jetzt wird hier im Raum nur noch deutsch gesprochen." Sie sah Damaris freundlich an. „Setz dich zu Jane, neben ihr ist noch ein Platz frei." Sie zeigte auf einen freien Stuhl in einer der hinteren Tischreihen. Damaris verstand die Geste und ging nach hinten. Erschrocken blieb sie vor dem Tisch stehen. Da saß ein junger schwarzer Mann, der sie freundlich anlachte. Hatte sie das falsch verstanden, dass im Sprachkurs nur Frauen sein sollten? Damaris wagte nicht, sich zu setzen. Da tönte es leise neben ihr: „Sit down, don't be afraid, I'm Jane, the girl from Uganda. I just saw you in St. Michael."

Jetzt fiel es Damaris wieder ein. Beim ersten Mal im Gemeindehaus hatte sie geglaubt, einen jungen schwarzen Mann unter den Frauen zu entdecken. Sie hatte sich nicht weiter darum gekümmert, weil alles so neu und verwirrend für sie war. Die nächsten Male war er nicht mehr dabei gewesen und Damaris hatte ihn vergessen.

„I was ill, but next time I will come back to St. Michael“, flüsterte Jane, während Damaris sich setzte. Kai sah vorwurfsvoll zu den beiden Frauen nach hinten.

„Hier im Raum wird nur deutsch gesprochen“, schrieb sie an die Tafel und Jane sagte nun nichts mehr.

Damaris versuchte sich vergeblich auf Kai und den Unterricht zu konzentrieren. Eine Frau, die aussah wie ein Mann, so jemandem war sie noch nie begegnet. Immer wieder sah sie heimlich zu Jane, die nun, ohne sich ablenken zu lassen, Kais Ausführungen folgte.

Da sie selbst nie ohne Abaya oder wenigstens einen Hidschab aus ihrem Zimmer ging und das aus ihrer Heimat auch nicht anders kannte, fielen ihr Frauen mit offenen Haaren sofort auf. Die meisten Frauen ohne Kopfbedeckung, die ihr bisher begegnet waren, trugen langes Haar. Einige hatten die Haare kurz geschnitten, wie die Lehrerin, die vorn an der Tafel stand. Jane dagegen sah aus, als hätte sie sich die Haare vor nicht allzu langer Zeit abrasiert. Wenn sie sich ein Kopftuch oder lange Haare an ihrer Tischnachbarin vorstellte, so sah Jane eigentlich aus wie eine ganz normale Frau. Aber die kurzen Stoppeln in Verbindung mit den ausgewaschenen Jeans, die sie anstelle eines Kleides trug, hatten Damaris glauben lassen, Jane wäre ein Mann.

Ich muss noch vieles lernen, nicht nur die deutsche Sprache, ging es ihr durch den Kopf. Sie riss sich zusammen und versuchte Kais Ausführungen, auch wenn sie kaum etwas davon verstand, zu folgen.

Jane kam aus Uganda, sie war allein geflüchtet, hatte keinen Mann unterwegs verloren oder daheim zurückgelassen, um ihn später nachzuholen wie manche der anderen Frauen. Mehr gab Jane nicht von sich preis, als Damaris in der Unterrichtspause ihre eigene Geschichte erzählte und, nachdem sie zu Ende war, Jane fragend ansah.

Als der Sprachkurs für dieses Mal beendet war, kam Kai an Damaris' Tisch.

„Anfangs ist es schwer", sagte sie. „Aber du wirst sehen, bald schon kannst du verstehen, was ich sage."

Als Damaris sie nur groß ansah, wiederholte Kai alles auf Englisch.

„Hier im Raum wird nur deutsch gesprochen", sagte Jane und lachte laut. Kai fiel mit ein und schließlich musste auch Damaris mitlachen.

Gemeinsam verließen die drei den Unterrichtsraum. Vor der Tür verabschiedete sich Kai, während die beiden anderen unschlüssig stehen blieben.

Nach dem ersten Schrecken gefiel ihr Jane ziemlich gut, stellte Damaris fest. Sie war freundlich, hatte eine warme Stimme und sie lachte laut und gerne und wenn sie lachte, musste man mitlachen. Außerdem verstand Jane sich auf Anhieb mit Samira und Elin, die kurz, nachdem Kai gegangen war, aus dem Nebenraum stürmten und ihre Mama suchten, der sie vieles zu erzählen hatten.

Die beiden so unterschiedlichen Frauen trafen sich nun regelmäßig im Sprachkurs, der immer mittwochs und freitags am Nachmittag stattfand, und jeden Donnerstagnachmittag beim Frauentreff in St. Michael. Bald schon kam Jane an den anderen Tagen zu Besuch in die Unterkunft oder sie verabredeten sich auf einem Spielplatz oder in einem Park. Die Kinder mochten Jane sehr und auch wenn sie, wie sie erzählte, selbst keine Kinder hatte, so konnte sie doch wunderbar mit ihnen umgehen.

Damaris fühlte sich sehr wohl, wenn sie mit Jane zusammen war. Diese junge Frau aus Uganda übte eine Anziehung auf sie aus, die sie sich nicht erklären konnte. Aber es kümmerte sie nicht weiter, was an Jane so besonders war, Hauptsache, sie verbrachten möglichst viel Zeit zusammen und fühlten sich wohl. Je häufiger sie sich trafen, umso stärker wurde das seltsame Gefühl, das Damaris in Janes Nähe überkam. Es war schön und sie fühlte sich gut dabei, spürte aber auch, dass es anders war als mit den übrigen Frauen in der Gruppe. Manchmal genügte es sogar, dass sie nur an sie dachte, so hatte sich Damaris noch nie gefühlt. Am liebsten hätte sie Jane immer um sich gehabt und etwas drängte sie, die neue Freundin immer wieder zu berühren, eng an sie gekuschelt auf dem alten Sofa in ihrem Zimmer zu sitzen und ihre Wärme zu spüren.

Sie ersetzt mir meine Familie, so erklärte sie es sich selbst, fühlte aber, sobald Jane nicht bei ihr war, eine wunderliche Unruhe, die sich ganz anders anfühlte als das Fehlen der Familie.

Jane schien nichts an Damaris' Verhalten aufzufallen. Auch sie genoss offensichtlich die Nähe, die zwischen ihnen entstanden war. Dennoch hatte sie Damaris noch immer nichts von sich und ihrem Leben in Uganda erzählt, geschweige denn vom Grund ihrer Flucht berichtet.

„Ich musste weg", mehr sagte sie nicht. „Zuerst bin ich mit dem Bus nach Südafrika gefahren", erzählte sie. „Aber dann musste ich weiter."

Damaris bohrte nicht nach. Jane würde es ihr schon erzählen, wenn sie so weit war. Sie wunderte sich allerdings, warum diese Frau aus Uganda so ein Geheimnis aus ihrer Geschichte machte. Sie selbst hatte alles von sich erzählt. Von ihrer schönen Kindheit, von den Freundinnen, die sie immer noch vermisste, und dass sie ihren Ehemann unter vier von ihrem Vater ausgesuchten Kandidaten selbst wählen durfte. Sie erzählte von der Vorfreude auf die Ehe und von ihrer Enttäuschung nach der Hochzeit.

Einmal, als sie Jane von ihrem Leben als Ehefrau erzählte, rutschte ihr heraus: „Aber da sind die Kinder und allein deshalb hat sich alles gelohnt." Sie sagte das mehr zu sich selbst als an Jane gerichtet.

Daraufhin sah Jane sie ernst an und sagte wehmütig: „Ja, Kinder sind etwas Schönes. Ein Kind hätte ich auch gerne." Dann schwieg sie wieder.

Jetzt konnte sich Damaris die Frage, die sie schon so lange beschäftigte, doch nicht verkneifen.

„Warum hast du denn keinen Mann? Dann könntest du doch auch Kinder haben."

Jane blickte Damaris prüfend an, wollte etwas sagen, kam dann aber zu dem Entschluss, es besser zu lassen, und schluckte die Worte, die ihr auf der Zunge lagen, hinunter. Damaris wartete und war, als keine Antwort kam, nun doch verletzt. Warum vertraute die Freundin ihr nicht?

Am Tag darauf saßen sie nebeneinander auf einer Bank am Rande des kleinen Spielplatzes, der neben der Unterkunft ganz neu für die Kinder, die hier lebten, angelegt worden war. Samira ging ihrer Lieblingsbeschäftigung nach, saß mitten im Sandkasten und backte einen Sandkuchen nach dem anderen. „Sternenkuchen, Mondkuchen, Sonnenkuchen", sang sie leise vor sich hin. Elin saß oben auf der Rutsche und genoss die Aussicht.

Früher hatte Damaris geglaubt, überall auf der Welt wäre das Leben wie in ihrer Heimat. Frauen existierten nur als Ehefrauen oder Witwen – anders kannte sie es nicht. Mittlerweile hatte sie aber festgestellt, dass es auch andere Möglichkeiten gab. Hier in Deutschland beispielsweise heirateten Männer und Frauen zwar auch häufig, aber es gab auch viele Frauen, die ohne Ehemann lebten. Die entweder ganz allein blieben oder einen Freund hatten, mit dem sie aber nicht verheiratet waren. Manche trennten sich, stiegen aus der Ehe aus und begannen eine neue Beziehung. Das alles hatte Damaris anfangs ziemlich verwirrt. Sie kannte nur „einmal verheiratet – immer verheiratet" und ohne Mann ging es einfach nicht im Leben einer Frau. Aber dann hatte Rosa nach Nesrins Wegbleiben und Karolins verständnisloser Frage „Warum lässt sie sich von ihrem Mann verbieten, hierherzukommen?" beschlossen, den Donnerstagnachmittag in der vergangenen Woche der Geschichte der Frauenrechte zu widmen. Sie übernahm selbst an diesem Nachmittag die Kinderbetreuung, und Karolin und Carmen, die sonst mit den Kleinen spielten, setzten sich zu den anderen.

Rosa hatte zwei ältere Frauen als Referentinnen eingeladen. Sie zeigten zuerst einen Film über Frauen in Deutschland während der Sechzigerjahre. Alle sahen gespannt zu, die meisten geflüchteten Frauen nickten wissend und interessierten sich hauptsächlich für die Kücheneinrichtungen jener Zeit, Karolin und ihre Freundin waren entsetzt.

„Das ist wirklich in Deutschland?“, fragte Karolin, als der Film zu Ende war. „Ich dachte, so was gibt es nur bei den Flüchtlingsfrauen.“

Die Referentinnen berichteten abwechselnd von ihren eigenen Erfahrungen von damals und heute. Damaris konnte sich nicht mehr an alles erinnern, aber manche Sätze waren doch hängengeblieben.

„Ein Leben ohne Mann war in meiner Jugend fast nicht vorstellbar und ein Leben mit Mann nur innerhalb der Ehe.“

„Als verheiratete Frau musste ich meinen Beruf aufgeben, weil ich die Erlaubnis meines Mannes gebraucht hätte, um arbeiten zu gehen. Er wollte das aber nicht.“

„Mein Mann gab mir Haushaltsgeld. Wenn ich gut gewirtschaftet habe, durfte ich den Rest für mich selbst behalten.“

„Ich habe Geld von meinen Eltern geerbt, aber ich konnte es nur mit der Zustimmung meines Ehemannes anlegen. Eine verheiratete Frau war nicht geschäftsfähig.“

„Aber heute ist doch alles ganz anders“, platzte Karolin schließlich heraus. „Das ist noch gar nicht so lange her. Wie kann das sein?“

„Es waren langwierige und anstrengende Kämpfe nötig, damit heute Frauen genauso wie Männer allein leben können und auch verheiratete Frauen für sich selbst entscheiden dürfen“, antwortete die ältere der beiden Referentinnen. „Eigentlich solltet ihr das in der Schule lernen, aber da es nur um Frauen geht, ist das anscheinend auch in der Gegegwart noch nicht wichtig genug.“

„Fragt mal eure Mütter“, warf die andere ein. „Sie können euch sicher mehr darüber erzählen. Leider ist auch heute noch nicht immer alles so, wie es sein sollte“, fuhr sie dann fort. „Manche Männer verweigern ihren Frauen noch immer ein eigenständiges Leben innerhalb der Ehe und viel zu viele Frauen lassen sich das gefallen. Und glaubt ja nicht, das wäre nur bei Familien mit einem sogenannten Migrationshintergrund der Fall. Selbst wenn alles gut läuft, sobald Kinder kommen, sind sie vor allem Sache der Frau und die Mutter muss ihr Leben entsprechend verändern.“

Jane, die schon ganz gut Deutsch verstand, übersetzte für Damaris. Viel weiter waren sie an diesem Nachmittag nicht mehr gekommen, doch sollte es bald eine Fortsetzung geben. Möglichkeiten und Rechte von neu nach Deutschland gekommenen Frauen würde beim nächsten Mal Thema sein, dann wären Karolin und Carmen wieder für die Kinderbetreuung zuständig und Rosa, die als Beraterin für geflüchtete Frauen arbeitete, würde als Referentin zur Verfügung stehen.

All das ging Damaris durch den Kopf, während sie neben Jane in der Sonne saß und ihren Töchtern beim Spielen zuschaute. Sie erinnerte sich auch, dass ihr an diesem Nachmittag Janes Interesse, solange es um verheiratete Frauen ging, nicht ganz echt vorgekommen war.

„Wie ist das in Uganda?“, fragte sie, „Wie ist das in Uganda mit dem Heiraten?“

Jane schwieg und sah angestrengt zu Elin und Samira, als müsste sie sich versichern, dass bei den Kindern alles in Ordnung war. Aber es half nichts. Damaris hatte sich an dem Thema festgebissen und wollte es jetzt wissen.

„Wie ist das in Uganda mit den Frauen?“ Und nach einer kurzen Pause, in der wieder keine Antwort kam: „Wie läuft es in Uganda zwischen Männern und Frauen?“

Jane stand auf. Ihre Miene war ausdruckslos und ließ keine Rückschlüsse auf ihren aktuellen Gefühlszustand zu.

„Ich muss jetzt gehen.“

Sie verabschiedete sich von Elin und Samira und ließ Damaris verwirrt und zugleich verärgert zurück.

Warum war Jane bloß so stur? Wenigstens diese Frage hätte sie doch beantworten können. Ganz allgemein, ohne von sich selbst zu erzählen. Was war nur los mit ihrer Freundin?

In den nächsten Tagen ließ sich Jane nicht mehr bei Damaris blicken. Auch der Donnerstagsgruppe blieb sie fern und zum Deutschkurs kam sie ebenfalls nicht. Damaris versuchte vergeblich, sie telefonisch zu erreichen, auch ihre Textnachrichten blieben unbeantwortet. Da Jane nie erzählt hatte, wo sie wohnte, konnte Damaris die Freundin auch nicht besuchen. Fragen nach ihrer Unterkunft hatte Jane nie beantwortet; immer war Jane zu ihr und den Kindern gekommen. Das fiel Damaris erst jetzt auf. Es war nun schon fast sechs Wochen her, dass sie Jane zum ersten Mal begegnet war, sie hatten sich seit wenigstens vier Wochen beinahe täglich gesehen und doch kannte sie Jane kaum. Was wusste sie überhaupt von dieser Frau, die sie für ihre Freundin hielt, außer dass sie sie ganz schrecklich vermisste? Mit jedem Tag, der verging, mehr.

Als Damaris glaubte, es nicht mehr aushalten zu können, bekam sie eine WhatsApp von Jane. „Ich muss dich sprechen. Wir sehen uns am Donnerstag." Das war alles, aber Damaris fiel ein Stein vom Herzen. Sie hatte schon befürchtet, Jane wollte nichts mehr von ihr wissen, weil sie zu viele Fragen gestellt hatte. Tag und Nacht hatte sie gegrübelt, was an ihren Fragen so schlimm gewesen war oder ob sie sich vielleicht, ohne es zu bemerken, der Freundin gegenüber falsch verhalten hatte.

Am folgenden Donnerstagnachmittag ging sie früher los als sonst, um Jane nur ja nicht warten zu lassen und sie möglicherweise erneut zu verärgern. Jane stand bereits vor dem Gemeindehaus, als Damaris mit Samira und Elin eintraf.

„Bring die Kinder zu den Mädchen und dann komm wieder raus."

Mit diesen Worten begrüßte sie Damaris, nachdem sie die Kinder wie immer in die Arme genommen und sich mit ihnen ein paarmal im Kreis gedreht hatte, bis Elin kreischte.

Damaris sah sie fragend an.
„Lass die Kinder da und komm raus zu mir! Ich will mit dir spazieren gehen. Allein. Ich muss dringend mit dir sprechen.“
Damaris ärgerte sich darüber, dass Jane, ohne sie nach ihren eigenen Wünschen zu fragen, bestimmte, wie sie sich verhalten sollte, aber sie war inzwischen bereit, alles dafür zu tun, um mit Jane sprechen zu können. Die Kinder liebten Karolin und Carmen, die immer so schön mit ihnen spielten, sehr und würden ihre Mutter nicht vermissen. Also brachte Damaris die beiden ins Gemeindehaus, sagte zu Karolin, dass sie unterwegs wäre, aber rechtzeitig zurückkäme, um Samira und Elin wieder abzuholen, und ging dann, mit einem seltsamen Gefühl im Magen, hinaus zu Jane.

Kapitel 5

Hamid hatte sich entscheiden. Er liebte seinen Vater und doch verachtete er ihn auch, seit er zufällig dieses Telefongespräch zwischen ihm und Onkel Manzir mit angehört hatte. Er musste sich entscheiden zwischen der Liebe zu seinem Vater und seiner Selbstachtung.

Als fast achtzehnjähriger Sohn marokkanischer Einwanderer hatte er sich bis vor kurzer Zeit nie darüber Gedanken gemacht, welche veralteten Ansichten das Denken und Handeln seines Vaters bestimmten. Hamid war der dritte und jüngste Sohn von Aziz, der überall stolz verkündete, er sei einer, der nur Söhne in die Welt setzte. In der Familie gab es außer der Mutter keine Frauen und so hatte Hamid nie erlebt, welche Unterschiede in der Erziehung von Söhnen und Töchtern gemacht wurden. Er war ein hübscher Junge – ein wenig zu klein, fand er selbst –, wurde von der Mutter verhätschelt und bekam vom Vater, mit wenigen Ausnahmen, alles, was er sich wünschte. Er durfte genau wie seine Brüder tun und lassen, was er wollte, solange seine Leistung in der Schule stimmte, und auch kleinere Prügeleien seiner Söhne würdigte der Vater mit Stolz als Beweis ihrer Männlichkeit.

„Nur die Polizei kommt mir nicht ins Haus", hatte er ihnen erklärt und sie hielten sich daran. Hamid selbst war keiner, der sich gerne prügelte, und wurde deshalb manchmal von Aziz liebevoll aufgezogen.

„Du kommst mehr nach deiner Mutter", sagte er dann. „Aber dafür hast du mehr im Kopf als deine Brüder."

Youssef und Mehdi, die beide schon über zwanzig waren, lebten nicht mehr in Bremen und kamen nur noch selten nach Hause. Youssef fuhr zur See und Mehdi machte momentan ein Praktikum in der Firma eines Verwandten in Marokko. Mit seinen Brüdern konnte er also die Sache mit

Fadia nicht besprechen und Hamid hatte auch keine Ahnung, was die beiden von der Geschichte halten und ob sie ihm beistehen würden. Als ältere Brüder hatten sie ihn nie ernst genommen, solange sie noch zu Hause lebten, und sich nur selten mit ihm beschäftigt. Er wusste deshalb nur wenig über ihre Ansichten und ihr Verhältnis zum Vater.

Hamid konnte es noch immer kaum glauben, dass so etwas in seiner Familie möglich war. Dass sein Vater Aziz Onkel Manzir bedrängte, Fadia nach Marokko zu schicken und dort zu verheiraten, hätte er sich nie träumen lassen. Wie war das möglich, dass sein Vater und sein Onkel über das Leben seiner Cousine bestimmen wollten, nur weil sie eine Frau war oder jedenfalls bald eine sein würde? Er dachte an seine Mutter, die er sehr liebte, über deren Leben er sich aber bisher nie Gedanken gemacht hatte. Sie war nicht nur seine Mutter, sondern eben auch eine Frau, und wenn er es sich gut überlegte, so bestimmten die Männer der Familie über ihr Leben.

Sie sorgte für alle, wurde respektiert und geliebt, aber nie nach ihrer Meinung gefragt. Sie hatte zu tun, was Mann und Söhne von ihr erwarteten, und sie tat es kommentarlos. Das fiel Hamid plötzlich auf, da die Sache mit seiner Cousine Fadia sein ganzes Weltbild ins Wanken brachte. Er schämte sich. Wie hatte es so weit kommen können, dass er, der sich als moderner junger Mann sah, der mit Mädchen nicht anders umging, als es seine deutschen Freunde taten, zu Hause so blind für den Unterschied zwischen der Position von Vater und Mutter gewesen war?

Je mehr Hamid nachdachte, umso mehr schämte er sich für seine Ignoranz. Wenn er genau hinsah, so lebte er in zwei Parallelwelten, gerade so wie er es aus den Onlinespielen kannte, die er in seiner Freizeit gerne zockte. Aber erst jetzt wurde ihm das bewusst. Hamid war in Deutschland zur Welt gekommen und aufgewachsen. „Ich bin vor allem Deutscher und ein klein wenig vielleicht auch Marokkaner“, antwortete er, wenn ihn jemand fragte, welcher Nationalität er angehörte. Seine deutschen Freunde wurden nie gefragt, dabei war er genauso deutsch wie sie, wenn er mit ihnen zusammen war. Er sprach nicht anders, er benahm sich nicht anders und er kleidete sich wie die meisten Jungen in seiner Klasse: Jeans, Sweatshirt oder Kapuzenhoodie, Turnschuhe und je nach Laune die ein oder andere Basecap aus seiner umfangreichen Sammlung. Lediglich sein dunkler Teint und die schwarzen Haare unterschieden ihn von den anderen und führten immer wieder zu dieser nervigen Fragerei.

Zu Hause jedoch lebte er als Marokkaner, erkannte Hamid nun. Marokkanische Einrichtung, marokkanisches Essen und ein traditionelles marokkanisches Menschenbild. Es war viele Jahre her, dass sein Vater Marokko verlassen hatte, Hamid wusste nicht, wie der Alltag in Marokko aussah, wie die Menschen dort lebten, dachten und fühlten. Er kannte nur das Dorf seiner Großeltern und die wenigen Menschen, die noch dort lebten. Für ihn verkörperte sein Vater Aziz die *marokkanische Kultur* und der tat sein Möglichstes, um diese, so wie er sie verstand, seinen Söhnen vorzuleben und an sie weiterzugeben. Dazu gehörte auch, dass Aziz bestimmte und die Mutter seinen Wünschen widerspruchslos nachkam. Da ihm selbst daraus keine Nachteile entstanden, hatte Hamid nie über diese Rollenaufteilung nachgedacht. Er hatte auch nie infrage gestellt, dass seine Mutter, die genauso arbeiten ging wie der Vater, dennoch alle Arbeit im Haus allein bewältigen musste. Allerdings kannte er dies von den meisten seiner Freunde mit deutschen Eltern auch nicht anders. Das war wohl nicht typisch marokkanisch, eher typisch männlich, wenn man es schon einordnen wollte.

Auf jeden Fall war es eben bequem. Wer würde sich dagegen wehren, wenn er zu Hause lediglich die Schularbeiten machen musste und sonst chillen konnte? Wer würde freiwillig im Haushalt helfen, einfach so, wenn er nicht dazu aufgefordert wurde? Keiner seiner Freunde. Dies war nicht wirklich eine marokkanische Parallelwelt, erkannte Hamid. Es war Bequemlichkeit, Faulheit, Gedankenlosigkeit.

Er selbst würde nie auf die Idee kommen zu sagen „Frauen sind eben dazu da, die Männer zu bedienen“, wie es im Kopf seines Vaters fest eingemeißelt war. Aber dennoch verhielt er sich nicht anders als Aziz, kommandierte die Mutter herum, erwartete von ihr, dass sie ihn bediente, und nahm alles gedankenlos an, als stünde es ihm zu. Hamid schämte sich, aber er versuchte auch, sich vor sich selbst zu verteidigen. Warum hat sie sich nie gewehrt? Warum hat sie nie etwas gesagt? Und jetzt, gerade als er dabei war, seinen Umgang mit der Mutter zu überdenken, half ausgerechnet sie dabei, Fadias Leben zu zerstören.

Hamid war noch immer geschockt, aber diesen Schock hatte er wohl gebraucht, um aus seiner chauvinistischen Ignoranz aufzuwachen. Hamid machte sich die größten Vorwürfe. Wie hatte das geschehen können, dass er nichts bemerkte von diesen Parallelwelten, in denen er lebte? Dass er sich als moderner junger Mann fühlte und sich doch wie ein alter Macho verhielt? Hatte er nichts bemerkt oder nur nicht bemerken wollen? Er war einfach den bequemsten Weg gegangen, hatte sich angepasst. In der Schule den Freunden und zu Hause dem Vater und den Brüdern. Erst als er zufällig dieses Telefongespräch mithörte, hatte es klick gemacht.

„Manzir, du musst sie verheiraten, sie bereitet dir Schande.“ Hamid war eben nach Hause gekommen und hängte im Flur seine Jacke an die Garderobe, als er seinen Vater diesen Satz sagen hörte. Hamid blieb verdutzt stehen. Was war das denn? „Manzir, kleiner Bruder, du warst immer schon ein Schwächling“, hörte er Aziz fortfahren. „Deine Tochter Fadia hat einen Freund, noch dazu einen Deutschen, das darfst du nicht zulassen.“

Fadia hatte einen Freund, deutsch oder nicht deutsch, wo war das Problem? Fast alle Jungs in seiner Klasse hatten Freundinnen, fast alle Mädchen hatten einen Freund. Die einen, weil sie wirklich verliebt waren, die anderen, weil es sich so gehörte, wenn man sein wollte wie alle. Man fand sich, trennte sich wieder, manche blieben länger zusammen, einige Paare wechselten jede Woche. Auch er hatte schon mit verschiedenen Mädchen rumgemacht, aber aus den Äußerungen seines Vater und seiner Brüder wusste er, dass dies in seiner Familie bei Jungen akzeptiert wurde. Sie mussten *sich ausprobieren*, um richtige Männer zu werden. Mädchen jedoch hatten sich für *den Richtigen* aufzubewahren. Hamid hatte sich gefragt, wie das gehen sollte, dass alle Jungen Freundinnen hatten, Mädchen aber keine Freunde haben durften. Mathematisch betrachtet ging das nicht auf, aber er hatte nicht lange darüber nachgedacht. Als Junge stand ihm die Welt offen. Warum sollte er sich damit auseinandersetzen, dass dies für Mädchen anders war?

„Du hast keine Wahl, Manzir, du musst schnell einen Ehemann für sie finden. Fadia tanzt dir sonst auf der Nase herum, wenn du nichts unternimmst."

Hamid glaubte zu träumen, aber sein Vater sprach nach einer kurzen Pause weiter.

„Ich weiß, dass du deine Tochter liebst, aber gerade deshalb musst du es tun. Wir haben beide unsere Frauen nicht selbst ausgesucht. Und? Sind wir deshalb unglücklich geworden?"

Sein Vater schwieg wieder. Er hörte sich wohl an, was sein Bruder dazu zu sagen hatte.

Hamid rührte sich nicht. Wenn jetzt nur die Mutter nicht aus der Küche kam und ihn beim Lauschen erwischte.

„Du musst es tun, Manzir. Es geht nicht anders, glaube mir. Ich nehme es für dich in die Hand. Wir bringen sie nach Marokko und richten dort eine wirklich schöne Hochzeit für deine Tochter aus. Ich weiß auch schon einen passenden Bräutigam. Du wirst mit ihm zufrieden sein, ich verspreche es dir."

Die Küchentür öffnete sich und Hamid verzog sich eilig nach oben, bevor die Mutter ihn bemerken konnte. In seinem Zimmer angekommen, warf er sich aufs Bett und ließ alles, was er gehört hatte, noch einmal an sich vorbeiziehen.

Das konnte doch nicht wahr sein. Der Vater wollte seine Cousine Fadia, die genau wie er selbst in Deutschland geboren und aufgewachsen war, nach Marokko bringen, um sie dort mit sechzehn Jahren zu verheiraten. Hatte er das wirklich richtig verstanden? Sein Vater wollte sich für etwas so Undenkbares hergeben? Aber es bestand kein Zweifel, das Telefongespräch, das er belauscht hatte, ließ sich nicht anders deuten.

Hamid erschien alles wie ein Schauermärchen aus einer längst vergangenen Zeit. Marokkanische Kultur hin oder her, sie lebten doch im 21. Jahrhundert. Wenn er sich vorstellte, er müsste plötzlich Knall auf Fall nach Marokko, in eine für ihn unbekannte Welt, die er nur von einigen Urlaubsaufenthalten kannte, wenn er sich vorstellte, er müsste weg von seinen Freunden, müsste eine Frau heiraten, die sein Onkel oder sein Vater für ihn bestimmte – Hamid wurde schlecht. Und nur weil Fadia kein Junge war, würde es ihr kein bisschen anders in dieser Situation ergehen, das war völlig klar, so gut kannte er die Mädchen. Aber was sollte er, was konnte er tun? Fadia würde ihm wohl kaum glauben, wenn er ihr erzählte, was er gehört hatte.

Zu oft hatten sie sich als Kinder gegenseitig mit den unglaublichsten Geschichten auf den Arm genommen. Hätte er nicht eben selbst alles mit angehört, würde auch er nur darüber lachen, wenn ihm jemand so etwas erzählte. Falls sie ihm aber doch glaubte, könnte Fadia in ihrem Schrecken falsch reagieren und ihrem Vater verraten, dass sie und Hamid Bescheid wussten. Dann würde er nichts mehr vom weiteren Vorgehen erfahren und könnte Fadia deshalb auch nicht helfen. Bevor er keinen Plan hatte, wie er seine Cousine in Sicherheit bringen konnte, durfte er ihr nichts von dem, was er mit angehört hatte, erzählen. Hamid musste sofort mit jemandem über diese unglaubliche Sache sprechen, deshalb rief er seinen besten Freund Chris an, der selbst eine Schwester in Fadias Alter hatte und völlig entsetzt war, als er Hamids Geschichte hörte.

„Du musst deiner Cousine helfen", sagte Chris und sprach aus, was Hamid dachte. „Es hört sich an, als meinte dein Vater das wirklich ernst."

Die beiden Jungen berieten lange, ohne wirklich zu einem Ergebnis zu kommen. Hamid würde erst einmal abwarten müssen, wie sich die Sache entwickelte, dann erst konnten sie einen richtigen Plan machen.

Hamid bat seinen Vater Aziz, ihn zu seinem Besuch bei Fadias Familie mitzunehmen, als er davon erfuhr. Er ging davon aus, dass die Brüder sich besprechen und Pläne über Fadias weiteres Schicksal machen wollten, und er musste unbedingt dabei sein, um mehr zu erfahren. Dass sich die Ereignisse so überstürzen würden, damit hatte Hamid allerdings nicht gerechnet.

„Ich habe meine Cousine schon ewig nicht mehr gesehen. Bitte lass mich mitfahren, Baba."

Als Aziz barsch ablehnte, beschloss Hamid zu pokern.

„Ich weiß, dass Fadia Probleme hat. Sie hat einen deutschen Freund und ihr Vater versucht, die beiden auseinanderzubringen. Ihr habt irgendwas vor, was ich nicht wissen soll." Er beobachtete die Reaktion seines Vaters genau. „Was plant ihr, Baba? Ich bin alt genug, ich bin bald achtzehn, ich bin ein Mann. Nimm mich mit."

Als Aziz schwieg, legte Hamid nach. „Ich kann euch helfen. Fadia vertraut mir."

Aziz sah seinen Sohn unentschlossen an, schien dann aber zu dem Ergebnis zu kommen, dass Hamid recht hatte, und willigte ein.

Seit diesem Besuch und Fadias Verschwinden waren schon drei Wochen vergangen, als Hamid endlich von Alisa, die ihn am dritten Tag nach den Sommerferien auf dem Schulhof abfing, Fadias neue Handynummer bekam. Er selbst hatte seiner Cousine geraten, die alte SIM-Karte nicht weiter zu benutzen, und sie hatte sich, wie Alisa erzählte, an seinen Rat gehalten.

„Wir wollten dich nicht anrufen, falls dein Vater dein Handy kontrolliert, und zu dir nach Hause zu fahren, hielt ich auch für keine gute Idee. Also hat Fadia mir gesagt, in welche Schule du gehst, ich wollte aber nicht gleich an den ersten zwei Tagen den Unterricht schwänzen", erklärte Alisa Hamid, warum sie ihm so lange keine Nachricht hatten zukommen lassen.

Hamid nickte. „Genau richtig." Er konnte nicht verbergen, wie erleichtert er war. „Ich bin wirklich froh, dass es ihr gutgeht. Ich habe mir schon solche Sorgen gemacht, habe aber auch lieber nirgendwo nachgeforscht, um keine Spuren zu hinterlassen. Ich schreibe mir ihre Nummer auf einen Zettel, statt sie einzuspeichern, und ich werde unsere Gespräche sofort wieder löschen, dann kann nichts passieren", versprach er.

Alisa gab Hamid auch ihre eigene Nummer.

„Melde dich sofort, wenn du irgendwas mitbekommst, was für uns wichtig sein könnte. Lieber bei mir als bei Fadia. Ich kann es ihr dann schonend beibringen, sie ist gerade nicht wirklich gut drauf."

„Kein Wunder, klar, ich melde mich bei dir", stimmte Hamid zu.

„Wir sollten uns vielleicht bald mal treffen, um zu überlegen, wie es weitergeht", fiel Alisa noch ein, als sie sich auf den Heimweg machen wollte. „Jil, Moritz, Ahmed und du, und falls du Freunde hast, denen du in dieser Sache total vertrauen kannst, bring sie mit. Ich melde mich bei dir und gebe dir Zeit und Ort durch."

Hamid wusste nicht, wer Jil, Moritz und Ahmed waren, denn er hatte seine Cousine bisher fast ausschließlich im Kreis der Familie getroffen und auch das nicht besonders oft – er wunderte sich, dass dies seinem Vater nicht aufgefallen war –, aber auch ihm war es wichtig, jetzt nicht allein zu sein. Wegen Fadia, von der er nicht wusste, wo sie sich aufhielt und ob sie Hilfe brauchte, aber auch, weil er nach einem Weg aus seinen Parallelwelten suchte und sich allein ziemlich hilflos fühlte. Er würde zu Hause ausziehen, sobald er achtzehn war, nahm er sich vor. Das dauerte nicht mehr lange und er wollte so schnell es ging von seinen Eltern weg. Sie wollten ihn hineinziehen in ihre enge archaische Welt, wollten ihn darin festhalten – das würde er nicht zulassen. Aber dabei brauchte er Unterstützung.

Schon wenige Tage später bekam Hamid eine Textnachricht von Alisa. Lediglich der Name eines Cafés und eine Uhrzeit standen da. Mehr schrieb sie nicht.

Ziemlich konspirativ, dachte er. Ob das wirklich sein musste?

Aber ich hätte mir auch nicht vorstellen können, dass meine Eltern sich so mittelalterlich und unmenschlich verhalten, ging es ihm durch den Kopf. Vielleicht gab es da noch einiges andere, was er sich nicht vorstellen konnte, und es war besser, zu vorsichtig zu sein, als ein Risiko einzugehen.

Hamid erzählte seinem besten Freund Chris, der ja bereits wusste, um was es ging, vom geplanten Treffen mit Alisa und den anderen und bat ihn mitzukommen. Weitere Freunde, denen er vorbehaltlos vertrauen konnte, fielen ihm auf Anhieb nicht ein.

„Wir treffen uns erst mal allein mit den anderen“, schlug Chris vor. „Wenn wir dann mehr wissen, informieren wir Murat, Paul, Sheren und Dimitrij. Das dürfte erst einmal reichen. Wir erzählen ihnen nur das Wichtigste, damit wir sie schnell alarmieren können, wenn irgendwas passiert, sie sich aber nirgendwo verplappern.“

„Gute Idee.“ Hamid war froh, dass Chris klarer denken konnte als er selbst im Moment. Recht hatte er. Man wusste ja nicht, was geschehen würde. Vielleicht mussten sie schnell handeln, dann konnten sie nicht mehr lange erklären, was Sache war. Allerdings konnte er sich nicht vorstellen, worin die Aufgabe der anderen bestehen sollte.

„Schadet doch nichts, wenn wir auf eine kleine Eingreiftruppe zurückgreifen können, wenn nötig“, meinte Chris nur, als Hamid ihn danach fragte.

Chris war der geborene Stratege, das wusste Hamid aus Erfahrung. Bei den Spieleabenden, die wöchentlich im Café des Jugendzentrums stattfanden, konnte kaum jemand seinen Freund schlagen. Er selbst war inzwischen nur noch selten dort, aber Chris verpasste kaum ein Spielertreffen. Er würde schon wissen, wovon er sprach. Hamid kam sich vor wie in einer Folge aus TKKG oder „Die Pfefferkörner", die er als Kind so gerne nachmittags im TV angesehen hatte. Vielleicht waren sie ja alle verrückt, vielleicht waren sie alle kindisch, aber andererseits stand kein *vielleicht* vor dem Plan, Fadia nach Marokko zu schicken und dort zu verheiraten. Das klang genauso abenteuerlich und kindisch, war aber doch harte Realität.

Kapitel 6

Rabia verpackte ihre Habseligkeiten in braune Pappkartons. Ein ganzer Stapel Umzugskisten lehnte noch zusammengefaltet an der Wand und wartete darauf, aufgeklappt und gefüllt zu werden. Auf der einen Seite des Zimmers standen die Kartons, die in die neue Wohnung sollten, auf der anderen Seite war alles, was Rabia aussortierte, weil sie es nicht mehr brauchte.

„Fast ein ganzes abgelegtes Leben", sagte Rabia laut. In letzter Zeit sprach sie häufiger mit sich oder mit Menschen, die ihr Leben über eine lange Zeit begleitet, sie aber schon verlassen hatten. Zuletzt war ihr Mann gegangen. Ohne ihn erschien ihr die Wohnung viel zu groß und Rabia hatte beschlossen, einen letzten Neuanfang zu machen. Im Lauf ihres Lebens war sie häufig umgezogen, dies sollte nun die letzte große Veränderung sein. Eine eigene kleine Wohnung im Seniorenheim, von der sie notfalls übergangslos in die Pflegestation wechseln konnte.

Das Einpacken dauerte lange. Vor wenigen Tagen war Rabia achtzig Jahre alt geworden und alles ging nicht mehr ganz so schnell. Aber wirklich verantwortlich für ihre Langsamkeit war etwas anderes. Es war nicht einfach, ein so langes Leben zu sortieren und in Kisten zu verpacken. So viele Erinnerungen hingen an all den kleinen und großen Dingen; so vieles drängte plötzlich ans Tageslicht und beanspruchte Zeit, wollte noch einmal durchlebt werden.

Da war die große Muschel, die ihr die Großmutter geschenkt hatte, kurz bevor sie gestorben war. „Nimm sie mit", hatte sie bei einem ihrer letzten Besuche gesagt, „ich brauche sie nicht mehr."

Hatte ihre Großmutter geahnt, dass sie nicht mehr lange leben würde? Bei jedem Besuch hatte Rabia die Muschel aus der Glasvitrine geholt und an ihr Ohr gehalten.

„Du kannst den Ozean darin rauschen hören", sagte die alte Frau dann, und Rabia lauschte andächtig. Sie konnte sogar die Wellen sehen, obwohl sie damals noch nie am Meer gewesen war.

Rabias Großvater war als britischer Diplomat nach Kabul gekommen, verliebte sich schon bald in Rabias zukünftige Großmutter und blieb in Kabul. Doch er starb früh und Rabia hatte ihn nicht mehr kennengelernt. Sie erbte von ihm die britische Staatsbürgerschaft und von der Großmutter die Muschel mit dem Meeresrauschen.

Rabia wickelte das Erinnerungsstück vorsichtig in Zeitungspapier und legte es in die Kiste mit den Dingen, die sie mitnehmen wollte. Dann nahm sie das Fotoalbum aus dem Regal und blätterte darin: Kinderbilder der Eltern, Hochzeitsbilder, dann wieder Kinderbilder. Rabia hatte noch drei Geschwister gehabt, von denen aber keines mehr am Leben war. So war das eben in ihrem Alter. Irgendwann verließen einen alle anderen und man blieb zurück.

„Hätte aber auch andersrum laufen können", sagte Rabia laut zu sich selbst, hatte aber keine Lust, sich Gedanken darüber zu machen, ob es nun Zufall oder Schicksal war, wer die anderen überlebte. Sie wusste noch nicht einmal, wer von ihnen das bessere Los gezogen hatte. Heute ging es ihr gut, aber sie hatte kein leichtes Leben gehabt und unterwegs immer wieder gedacht, ob sie nicht besser mit ihrer kleinen Schwester hätte tauschen sollen, die nach einer glücklichen Kindheit mit elf Jahren bei einem Unfall ums Leben gekommen war. Aber es hatte ja keiner gefragt, ob sie tauschen wollte, daher waren solche Überlegungen müßig. Einer ihrer Brüder war im Krieg gefallen und der andere vor wenigen Jahren in England gestorben. Mit ihm gemeinsam hatte sie Afghanistan verlassen, als keine Hoffnung mehr bestand, weiterhin ein freies Leben in Kabul zu führen, wie sie es gewohnt waren. Mit ihren britischen Pässen war es für sie nicht allzu schwer gewesen, ein neues Leben in Europa aufzubauen. Lange Zeit hatten sie beide in London gelebt, dann hatte es Rabia nach Deutschland verschlagen, während der Bruder mit seiner Familie in England blieb.

Sie schlug eine neue Seite im Fotoalbum auf.

„Rabia mit ihren Freundinnen“ stand unter dem vergilbten Schwarz-Weiß-Foto mit gezacktem weißem Rand, das mit Fotoecken im Album befestigt war. Manche der Ecken lösten sich bereits, stellte sie fest, das war ihr bisher gar nicht aufgefallen. Gleich nach dem Umzug würde sie sich das Album vornehmen und die Mängel beseitigen.

Seit vielen Jahren traf sich Rabia regelmäßig mit anderen Frauen, um gemeinsam Geld für den Bau und Unterhalt afghanischer Mädchenschulen zu sammeln. Noch wichtiger als die finanzielle Unterstützung aber, glaubte Rabia, war die Aufklärungsarbeit in Deutschland. Die Menschen wussten viel zu wenig über das Land, das sie vor so vielen Jahren verlassen musste. Deshalb nutzte sie jede Gelegenheit, um Kontakte zu Frauengruppen, Schulen und Jugendzentren zu knüpfen, und erzählte dort über das Leben in Afghanistan, wie es einmal gewesen war; die alten Fotos dienten ihr dabei als wichtiges Hilfsmittel. Jüngere Menschen, denen sie ihr Album zeigte, staunten gewöhnlich erst über die altmodischen Fotos, dann über die Fotoecken, wie sie sie meist noch nie gesehen hatten, und dann erst über das, was das Bild ihnen zeigte: lachende junge Mädchen in Kabul, gekleidet in Miniröcke, so kurz, wie sie heute sogar in Deutschland nur noch selten getragen wurden. Die jungen Leute sahen dann gewöhnlich auf und fragten: „Wo war das? Sind Sie nicht in Afghanistan aufgewachsen?“

Rabia blätterte dann weiter, zeigte ihnen noch mehr Fotos und deutete auf die handschriftlichen Erklärungen unter den Bildern: Rabia, 1954, Kabul. Rabia und ihre beste Freundin Fatima, 1957, Kabul. Während der Semesterferien am Meer, 1962. Unsere Clique vor der Universität in Kabul, 1967. Und immer staunten sie, die nur das heutige Afghanistan aus dem Fernsehen kannten, sahen fast ungläubig von den Fotos zu Rabia und dann wieder auf die Fotos: kurze Haare, kurze Röcke, nackte Beine, lachende, fröhliche junge Frauen, die das Leben in vollen Zügen genossen.

„Es war nicht immer so in Afghanistan, wie ihr das heute kennt", sagte Rabia dann. „Die Welt verändert sich. Auch hier, in diesem Land, in dem ich jetzt mit euch allen lebe, seid ihr nicht sicher vor Entwicklungen, die euer Leben völlig umkrempeln. Es liegt an euch, darauf zu achten, dass sich eure Welt nicht in die falsche Richtung verändert. Als wir damals bemerkten, was in Afghanistan geschah, war es schon zu spät. Genauso erging es euren Großeltern auch in Deutschland. Das darf nicht noch einmal passieren. Macht ihr es anders, haltet die Augen auf und wartet nicht, bis es zu spät ist, ehe ihr handelt."

Rabia schüttelte die Erinnerungen ab. Wenn sie so weitermachte, würde sie nie fertig werden. Sie legte das Fotoalbum zur Muschel in die Kiste, schloss den Deckel und schob den Pappkarton nach links zu den anderen, die in die neue Wohnung sollten.

Kapitel 7

„Warum kommt uns Jane nicht mehr besuchen?"

„Ich will aber mit Jane spielen!"

„Jane soll endlich wieder da sein!"

Jane hier und Jane da, Elin und Samira machten Damaris das Leben zur Hölle. Gerade mal eine Woche war es her, seit sie mit Jane diesen Spaziergang gemacht hatte, und wenn man die Funkstille davor mitrechnete, dann hatten die Kinder knapp vierzehn Tage auf Janes Gesellschaft verzichten müssen. So sehr hatten sie ihren Vater, den sie mittlerweile fast vergessen hatten, auch früher nie vermisst wie jetzt Jane, die sie doch erst seit so kurzer Zeit kannten.

Damaris selbst ging es nicht viel besser. Ihr fehlte die junge Frau aus Uganda schrecklich, aber sie konnte nach dem, was Jane zu ihr gesagt hatte, nicht mehr mit ihr zusammen sein.

Bei ihrem Spaziergang am vergangenen Donnerstagnachmittag waren sie die ersten Minuten schweigend nebeneinander hergegangen, Damaris suchte noch nach den richtigen Worten, um das Gespräch mit Jane zu beginnen, als die Uganderin ohne Einleitung herausplatzte: „Damaris, ich habe mich in dich verliebt."

„Wie bitte?" Damaris glaubte, sich verhört oder die Freundin falsch verstanden zu haben.

„Damaris, ich hatte Angst, es dir zu sagen. Ich liebe Frauen, immer schon, aber das ist in Uganda verboten, man kommt ins Gefängnis oder wird umgebracht, deshalb musste ich dort weg. Jetzt habe ich mich in dich verliebt, Damaris. Es tut mir leid, ich wollte das nicht, aber es ist passiert und ich kann nicht mehr länger so tun, als ob es nicht so wäre."

Jane hatte schnell und fast ohne Luft zu holen gesprochen, wohl damit sie unterwegs nicht den Mut verlor.

Damaris blieb unvermittelt stehen, was Jane erst bemerkte, als sie bereits ein ganzes Stück weit allein gegangen war. Dann drehte sie sich wortlos um und ging zum Gemeindehaus zurück. Jane lief hinter ihr her, wagte aber nicht, noch etwas zu sagen. Damaris holte ihre Töchter gegen deren lautstarken Protest vom Spiel mit den anderen Kindern weg, zog ihnen die Jacken an, nahm Samira an die linke und Elin an die rechte Hand und verließ mit ihnen grußlos St. Michael. Das Letzte, was sie sah, war Jane, die mit hängenden Schultern vor dem Gemeindehaus stand und verzweifelt hinter ihnen herschaute.

Damaris hatte sich sehr gefreut, als Jane sie um ein Treffen gebeten hatte. Endlich hatte die Freundin Vertrauen zu ihr gefasst, hatte sie sich gedacht, endlich würde sie erfahren, was Jane dazu gebracht hatte, aus Uganda wegzugehen und ihre Freunde und ihre Familie zurückzulassen. Jane würde sich von der Seele reden, was sie bedrückte, und sie, Damaris, könnte der Freundin zur Seite stehen und sie auffangen und trösten, wenn die Erinnerungen zu schlimm wurden.

Und dann so etwas.

Damaris war wütend auf Jane und wurde immer wütender, je länger sie darüber nachdachte. Warum hatte Jane nicht geschwiegen und war weiter eine gute Freundin geblieben? Bestimmt ging es ihr nun besser, nachdem sie sich vor Damaris alles von der Seele geredet hatte. Sie hatte nur an sich selbst gedacht und ihr Problem zu dem von Damaris gemacht. Das war nicht richtig. Hatte sie nur einen Gedanken daran verschwendet, was sie ihr damit aufbürdete?

„Du hast doch selbst Jane immer wieder bedrängt, mehr von sich preiszugeben“, meldete sich eine Stimme in ihrem Inneren. Damaris wischte den Einwand beiseite. Schließlich hatte sie ja nicht wissen können, was Jane vor ihr verbarg.

„Jane hätte schweigen müssen. Sie hat alles kaputt gemacht.“

Anscheinend hatte sie laut gedacht, denn die Mädchen sahen sie fragend an.

„Was hat Jane kaputt gemacht?“, fragte Samira und zuckte erschrocken zusammen, als ihre sonst so geduldige Mutter sie anfuhr: „Das geht dich nichts an. Kümmere dich um Elin und lass mich in Ruhe.“

Mit ihren Freundinnen hatte Damaris damals, als sie noch nicht verheiratet war, natürlich auch über *solche Dinge* gesprochen. Sie wussten alle, dass es *so etwas* gab. Kichernd hatten sie sich Geschichten erzählt von Frauen, die Frauen lieber mochten als Männer und die mit anderen Frauen das machten, was eine Frau nur mit ihrem Ehemann tun durfte. So richtig hatten sie zwar alle nicht gewusst, was das war, was eine Frau da mit ihrem Ehemann anstellte und was diese unnormalen Frauen stattdessen miteinander anfingen, aber das alles hatte mit ihr selbst und mit ihren Freundinnen nichts zu tun gehabt. Eine Frau heiratete einen Mann, so war die Regel. Anders konnten sie sich ihr Leben nicht vorstellen.

Nun war sie plötzlich mittendrin in diesen Geschichten, die ihr und den anderen Mädchen zu Hause in Riad rote Ohren gemacht, sie zum Kichern gebracht und die sie Kopf schüttelnd weit von sich gewiesen hatten.

„Ich habe mich in dich verliebt.“

Jane war gleich mit der Tür ins Haus gefallen.

Jane war in Damaris verliebt.

Jane hatte ihr Problem zu dem von Damaris gemacht.

Als ob das nicht schlimm genug gewesen wäre, fühlte Damaris ein kleines aufgeregtes Ziehen im Bauch. So, als würde sie sich freuen, dass sie diejenige war. Aber das konnte nicht sein. Das durfte nicht sein.

Eigentlich war alles ganz einfach: Jane war in Damaris verliebt und Damaris war eine verheiratete Frau, also durften sie sich nicht mehr treffen.

Nach dem missglückten Spaziergang schickte Jane noch drei Textnachrichten, dann meldete sie sich nicht mehr. Damaris löschte die eingegangenen Messages, ohne sie zu lesen.

Sie musste Jane vergessen und sie versuchte, Jane aus ihren Gedanken zu verbannen, indem sie jeder Möglichkeit, ihr zu begegnen, aus dem Weg ging. Damaris blieb den Treffen in St. Michael fern und auch den Deutschkurs in der Volkshochschule besuchte sie nicht mehr.

Aber die Tage vergingen sehr langsam, ohne Kontakt zu den anderen Frauen und vor allem ohne die fröhliche Jane, die sie so oft zum Lachen gebracht hatte und die auch dann für sie dagewesen war, wenn es einmal wirklich gar nichts mehr zum Lachen gab.

Zwei weitere Wochen später hielt es Damaris nicht mehr aus. Die Kinder fragten immer wieder nach Jane, schon allein deshalb gelang es ihr nicht, sie zu vergessen, und eines Tages gestand sie sich ein, dass sie fortwährend hoffte, Jane würde plötzlich vor ihrer Tür stehen.

„Jane, können wir uns sehen?"

Zehnmal löschte sie die WhatsApp, bis sie sie schließlich doch abschickte. Sofort kam die Antwort. Jane schien nur auf ein Lebenszeichen von ihr gewartet zu haben.

„Wann immer du willst."

Sie trafen sich in der Cafeteria eines Einkaufszentrums. Samira und Elin verzogen sich nach der stürmischen Begrüßung der so lange vermissten Jane in die Spielecke, die beiden Frauen holten sich Kaffee und setzten sich in eine stille Nische. Jane schob sich auf die mit Kunstleder gepolsterte Bank zwischen Tisch und Wand, Damaris setzte sich ihr gegenüber auf einen ebenso gepolsterten Sessel mit Armlehnen.

Zuerst hielten sich beide schweigsam an ihren Kaffeebechern fest. Äußerlich geduldig wartete Jane darauf, dass Damaris das Gespräch eröffnete, die ihren Kaffee fast leergetrunken hatte, als sie endlich Mut fasste. Damaris setzte sich auf, sah Jane tief in die Augen, räusperte sich und begann.

„Jane, ich möchte dich als Freundin nicht verlieren. Ich möchte, dass alles wieder so wird, wie es früher zwischen uns war. Kannst du das aushalten? Du fehlst mir so sehr, aber ich kann nicht das sein, was du dir von mir wünschst. Bei uns gibt es so etwas nicht. Eine Frau kann keine andere Frau lieben."

Bevor sich die Frage *Warum eigentlich nicht?*, die sich gerade in ihrem Kopf entwickelte, Bahn brechen konnte, fügte Damaris hinzu: „Außerdem ist da Nadim, mein Mann. Eines Tages findet er mich bestimmt."

Jane nickte, sie schien zwischen Enttäuschung und Erleichterung hin- und hergerissen.

„Du hast einen Mann, ich weiß, Damaris. Deshalb kann ich nur eine Freundin für dich sein. Die Zeit ohne dich war schrecklich. Ich habe es kaum ausgehalten. Es tut mir leid, was ich zu dir gesagt habe. Ich will versuchen, nicht mehr verliebt in dich zu sein."

„Wir haben dich auch sehr vermisst, Jane, die Mädchen und ich", sagte Damaris und zog im letzten Augenblick ihre Hand zurück, die sich ohne ihr Zutun auf den Weg über den Tisch hin zu Janes Hand gemacht hatte. Sie musste vorsichtig sein, durfte Jane keine falschen Signale geben, sagte sie sich. Wenigstens jetzt zu Beginn, bis sich wieder eine ganz normale Freundschaft zwischen ihnen entwickelt hatte.

„Damaris, ich bin immer für euch da, wenn ihr mich braucht, das weißt du doch?", begann Jane.

Damaris nickte.

„Als Freundin", fuhr sie fort. „Ich …"

Jane verschluckte den Rest des Satzes. „Ich werde auf dich warten" oder „Ich bin auch immer noch da, wenn du es dir anders überlegst, wenn du dich gegen deinen Mann und für mich entscheidest." Etwas in der Art hatte sie sagen wollen, aber gerade noch rechtzeitig den Mund wieder geschlossen. Genau das durfte sie jetzt nicht sagen. Sie musste Damaris' Vertrauen zurückgewinnen. Mit ihrem Geständnis hatte sie sie erschreckt, sie hätte ihr nie von ihren Gefühlen erzählen dürfen. Jane machte sich Vorwürfe. Sie konnte in Damaris verliebt sein, sie konnte Damaris lieben, aber sie hatte nicht das Recht, die Freundin so plötzlich damit zu konfrontieren und sie möglicherweise in Gewissenskonflikte zu stürzen. Damaris war mit sechzehn Jahren in Saudi-Arabien verheiratet worden, vielleicht wusste sie nicht einmal, dass es auch eine andere Liebe gab als die zwischen Männern und Frauen? Nach allem, was Damaris ihr erzählt hatte, wusste sie im Grunde gar nichts von der Liebe. Jane war klar, dass sie hätte vorsichtig sein und Damaris langsam auf das Geständnis vorbereiten müssen, aber es war ihr einfach so herausgerutscht. Ab jetzt musste sie alles vermeiden, was Damaris in Bedrängnis brachte. Aber die Sache hatte trotz allem auch etwas Gutes: Sie konnte nun, da Damaris Bescheid wusste, auch endlich von sich selbst erzählen.

„Wenn du immer noch wissen willst, wie das in Uganda ist mit den Frauen, mit Frauen wie mir, dann werde ich dir jetzt meine Geschichte erzählen."

Damaris nickte. „Lass mich erst noch Kaffee für uns holen", sagte sie. Mit dieser Unterbrechung wollte sie sich selbst ein Zeichen setzen und einen Neuanfang mit Jane machen. Ein frischer Kaffee, ein Neubeginn ihrer Freundschaft. Damaris war ein Stein vom Herzen gefallen und sie wartete gespannt auf Janes Geschichte, die diese ihr so lange nicht hatte erzählen wollen.

Zögernd begann Jane, nachdem Damaris mit zwei frisch gefüllten Kaffeebechern zurück an den Tisch gekommen war. Sie erzählte von der kleinen Stadt Mukono, wenige Kilometer nördlich des Victoriasees, in der sie in einer angesehenen und wohlhabenden Familie geboren wurde, die der Anglikanischen Kirche angehörte und Homosexualität als Teufelswerk verurteilte. Sie erzählte, wie sie sich mit vierzehn Jahren zum ersten Mal in ein Mädchen verliebt hatte und nicht wusste, was mit ihr los war.

„Erst, als ich in unsere Hauptstadt Kampala gekommen bin, um zu studieren, habe ich andere Frauen und Männer kennengelernt, die so waren wie ich. Da habe ich verstanden, dass ich nicht allein bin und weder krank noch vom Teufel besessen."

Damaris hörte schweigend zu. Für ihren Geschmack war in Janes Geschichte zu viel von Homosexualität die Rede, aber sie hatte gewollt, dass Jane erzählte, und nun musste sie abwarten, was kam.

„Dann habe ich mich wieder verliebt. Ich habe sie bei einem geheimen Treffen lesbischer Frauen kennengelernt. In Uganda ist Homosexualität streng verboten. Wer erwischt und verurteilt wird, muss lange Zeit ins Gefängnis. Vor ein paar Jahren wollte der Präsident sogar die Todesstrafe einführen, es ist dann aber doch nicht so weit gekommen. Aber in Uganda braucht man keine Todesstrafe für Lesben und Schwule. Die Menschen hassen uns so sehr, dass sie auf uns Jagd machen, uns verprügeln und häufig sogar töten."

Jane schwieg und Damaris hatte das Bedürfnis, sie in den Arm zu nehmen und zu trösten. Stattdessen fragte sie leise: „Bist du deshalb aus Uganda weggegangen?"

Jane nickte. Automatisch griff sie nach ihrer Kaffeetasse und nahm einen Schluck. Als sie weitersprechen wollte, kam Elin angelaufen.

„Mama, wir haben Durst", sagte sie auf Arabisch, nahm die Hand ihrer Mutter und zog mit aller Kraft.

Nachdem Damaris übersetzt hatte, nickte Jane. „Geht nur, ich sehe so lange nach Samira."

Kurze Zeit später kamen die beiden mit zwei kleinen Limonadeflaschen zurück. Elin verschwand damit in der Spielecke, wo sie von ihrer großen Schwester schon erwartet wurde. Damaris setzte sich wieder in ihren Sessel und sah Jane erwartungsvoll an. „Was ist damals geschehen?", fragte sie.

Jane nahm eine Papierserviette, die auf dem Tisch lag, und begann damit, sie in kleine Stücke zu reißen.

„Wir waren so verliebt, Helen und ich, dass wir die nötige Vorsicht vergessen haben. Als wir einmal glaubten, ganz allein zu sein, haben wir uns in einer dunklen Straßenecke geküsst. Dabei wurden wir gesehen ..." hier brach Jane ab, sah überrascht auf das Häufchen Papierschnipsel, das vor ihr lag, und schob es zur Seite.

„Deshalb bin ich weg aus Uganda", fuhr sie fort, als sie ihre Sprache wiedergefunden hatte. „Helen haben sie umgebracht, ich konnte weglaufen, als sie eine Pause beim Prügeln eingelegt haben."

Nun konnte Damaris nicht anders: Sie stand auf und setzte sich neben Jane auf die Bank. Tröstend legte sie den Arm um ihre Freundin.

„Ich hätte ihr helfen müssen, aber ich bin weggelaufen." Jane weinte tonlos.

„Du hättest sie nicht retten können", sagte Damaris leise. „Wärst du geblieben, wärt ihr jetzt beide tot."

Eine Weile blieben sie so sitzen, dann nahm Damaris den Arm von Janes Schulter. „Wie ging es weiter?", fragte sie.

„Am nächsten Tag bin ich mit dem Bus nach Südafrika gefahren", begann Jane. Es fiel ihr sichtlich schwer, die Fassung zu bewahren. „Dort erlaubt das Gesetz die Liebe zwischen Frauen, aber nicht alle südafrikanischen Männer finden das gut. Sie wollen die Frauen *bekehren*, indem sie ihnen mit Gewalt zeigen, wie man *es richtig macht*. Auch ich wurde bedroht, aber ich habe wieder Glück gehabt und bin unbeschadet davongekommen. In Kapstadt gelang es mir dann, eine Organisation von Lesben und Schwulen zu finden, die mir von Freunden in Deutschland eine Einladung dorthin beschafften, so dass ich ein Visum beantragen konnte. Du siehst, ich bin ein echter Glückspilz."

„Mama, ich muss mal Pipi." Stolz präsentierte Samira ihre in der Kindergruppe erworbenen Deutschkenntnisse und zog an Damaris.

Die Frauen sahen sich amüsiert an, dann stand Damaris auf und ging mit ihrer Tochter zur Toilette, während Jane sich zu Elin auf den Boden hockte, weil diese nicht allein in der Spielecke bleiben wollte.

Nachdem Mutter und Kind zurückgekommen waren und Samira Elin wieder Gesellschaft leistete, ging Jane zurück zum Tisch und setzte sich wieder auf die Bank. Sie nahm einen Schluck des inzwischen kalt gewordenen Kaffees und fuhr fort.

„Wäre ich von Uganda aus direkt nach Deutschland gekommen, hätte ich bestimmt schon lange Asyl", meinte sie bedauernd. „Aber weil es in Südafrika gesetzlich erlaubt ist, homosexuell zu sein, und ich zuerst dort war, machen sie mir jetzt Probleme mit dem Aufenthalt. Aber immerhin durfte ich in ein Wohnheim ziehen, in dem nur Geflüchtete wohnen, die aus dem gleichen Grund hierhergekommen sind wie ich. Hier fühlen wir uns sicherer als in der Unterkunft für alle."

„Ein ganzes Haus mit *solchen* Menschen?", staunte Damaris. „Gibt es denn *davon* so viele?"

Jetzt konnte Jane wieder lachen.

„Ja, Damaris, *solche* Menschen gibt es eine ganze Menge, auch wenn ich wohl die Erste *davon* bin, die dir begegnet ist. Wir sind auch ganz harmlos und fressen weder kleine Kinder noch junge Frauen."

Jane lachte ihr herzliches Lachen und Damaris, die sich zuerst wegen ihrer Fragen schämte, lachte schließlich mit.

Es dauerte eine Weile, bis zwischen ihnen wieder alles so war wie zuvor.

Anfangs achtete Damaris sehr genau auf ihr eigenes Verhalten, um Jane nur ja keine falschen Hoffnungen zu machen. Dadurch wirkte sie steif und unsicher auf Jane, die sich selbst enorm anstrengte, nicht mehr Gefühle zu zeigen, als es sich ihrer Meinung nach für eine gute Freundin gehörte. Es fiel ihr äußerst schwer und sie wurde nur scheinbar wieder zu derjenigen, die sie vor dem Geständnis, in Damaris verliebt zu sein, gewesen war. Ihre Gefühle ließen sich nicht abstellen und machten Jane das Leben schwer. Damaris schien das nicht zu bemerken und wurde schon bald wieder so wie früher. Offen, anhänglich und bedürftig nach Nähe. Je mehr sie wieder zur alten Damaris wurde, umso mehr litt Jane unter der Situation. Aber sie blieb weiterhin nach außen die Freundin, die immer da war, wenn sie gebraucht wurde. Nicht mehr und nicht weniger. Innerlich baute sie auf die Zukunft, konnte und wollte die Hoffnung nicht aufgeben, dass sie vielleicht eines Tages doch mehr für Damaris bedeuten würde.

An einem Donnerstagabend, als die beiden aufgekratzt von der Frauengruppe zurück in die Flüchtlingsunterkunft kamen – Jane wollte mit der kleinen Familie zu Abend essen, bevor sie nach Hause ging –, lehnte Nadim neben Damaris' Zimmertür im dunklen Flur des ersten Stockwerkes an der Wand. Damaris erschrak, als sie ihn sah. Er war sehr dünn geworden und sehr ernst. Sie glaubte fast, ein Fremder stünde vor ihr. In ihr tobten die widersprüchlichsten Gefühle. Nadim lebte, ihr Mann war wieder da, sie war nicht mehr allein verantwortlich für sich und die Kinder und die Mädchen hatten ihren Vater wieder. Musste sie nicht glücklich oder wenigstens erleichtert sein? Froh, dass er den Schiffbruch überlebt und sie gesucht und gefunden hatte? Vielleicht wusste er sogar, ob ihre Eltern am Leben waren und wo sie sich aufhielten. Doch Damaris spürte vor allem Abwehr und Erschrecken, ja sogar Angst. Sie hatte sich gut eingerichtet in ihrem neuen Leben, soweit das mit all der Unsicherheit, in der sie sich als Asylsuchende ohne Bleiberecht befand, möglich war. Sie hatte sich bewährt als selbständige Frau und als alleinerziehende Mutter und sie fühlte sich wohl mit ihrer kleinen Familie. Nicht nur Samira und Elin gehörten zu ihr, auch Jane war ihre Familie, erkannte Damaris in diesem Moment. Bei ihr fühlte sie sich frei und doch aufgehoben und sicher. Und so sollte es bleiben.

„Ich warte hier schon seit zwei Stunden auf dich. Wo treibst du dich denn herum?", fragte ihr Mann verärgert anstelle einer Begrüßung.

Nadims erste Worte nach seinem plötzlichen Auftauchen bestätigten ihre Befürchtungen. Aber Nadim hatte das Recht, mit seiner Frau und seinen Kindern zusammenzuleben. Er hatte das Recht, über sie und Samira und Elin zu bestimmen. Sie würde seine Zustimmung brauchen wie früher, bei allem, was sie tun wollte. Was würde Nadim ihr erlauben? Was würde er ihr verbieten? Wie würde künftig ihr Leben und das ihrer Töchter aussehen?

Damaris spürte den Drang wegzulaufen, aber kleine Hände hielten ihre Finger eisern umklammert.

„Mama, wer ist der Mann? Was will er?" Elin hörte sich ängstlich an. Samira, die sonst Wortführerin war, blieb stumm.

Die Kinder bemerkten die Unruhe ihrer Mutter, sie spürten, dass etwas nicht stimmte, und vor allem: Elin erkannte ihren Vater nicht mehr. Bei Samira war sich Damaris unsicher, ob sie, wie ihre kleine Schwester, Nadim nicht erkannt hatte oder ob sie sich vor dem fremd gewordenen Vater fürchtete. Dabei waren sie doch nicht einmal ein ganzes Jahr getrennt gewesen. Hatte sich Nadim so sehr verändert oder hatten die Kinder ihn vielleicht gar nie wirklich gekannt, weil er nur selten zu Hause gewesen war und sich kaum um seine Töchter gekümmert hatte?

„Damaris, dein Mann ist wieder da, freust du dich gar nicht?" Nadim riss Damaris an sich. Besitzergreifend wirkte die Bewegung auf Jane, die schweigend daneben stand und versuchte, die Situation zu verstehen. Als ob er zeigen müsste, dass Damaris ihm gehört, ging es Jane durch den Kopf. Hat er mich auf Anhieb durchschaut? Hat er mich auf den ersten Blick erkannt?

Nadim löste sich von Damaris, ging in die Hocke auf gleiche Höhe zu den Kindern und wollte sie ebenfalls in die Arme nehmen, doch er spürte ihre Ablehnung und Angst und ließ die Arme wieder sinken.

„Kinder, erkennt ihr mich nicht mehr? Ich bin euer Vater. Freut ihr euch nicht, dass ich wieder da bin?"

Die beiden sahen ihn unsicher an, Nadim erhob sich und wandte sich in gebrochenem Englisch an Jane.

„Wer sind Sie? Was wollen Sie von meiner Frau?“, fragte er fast wütend. Dann änderte er seinen Ton, er schien das Beste aus der Situation, die er nicht deuten konnte, machen zu wollen.

„Danke, dass Sie auf meine Frau aufgepasst haben, solange sie allein war. Aber jetzt bin ich wieder da, sie braucht Sie nicht mehr.“

Fast wie eine Drohung hörte sich das an, aber zugleich auch unsicher. Jane wurde auf einmal klar, dass er sie wohl für einen Mann hielt. Sie trug Hosen, ihre Haare waren wie immer sehr kurz und es war dämmrig im Flur der Unterkunft. Das passierte ihr immer wieder, selbst Damaris hatte sich ja anfangs deshalb vor ihr gefürchtet.

„Das ist Jane, meine Freundin“, sagte Damaris verärgert zu Nadim. „Sie hat uns geholfen, aber auf mich aufpassen kann ich sehr gut allein.“

Nadim erstarrte und Damaris selbst erschrak über die Worte, die da aus ihr herausbrachen, fast noch mehr als er.

Nadim hatte sich schnell wieder gefasst und lachte verächtlich.

„Was sagst du da, Damaris? Du bist durcheinander, kein Wunder, nachdem du so lange Zeit allein warst. Eine Frau kann nicht auf sich selbst aufpassen. Das weißt du doch. Dazu ist der Mann da, dazu bin ich jetzt wieder da, Damaris.“

Er zog sie erneut wie einen lange entbehrten Besitz an sich. Damaris stand stocksteif da, Nadim kümmerte sich nicht darum.

„Ich möchte jetzt allein sein mit meiner Familie“, sagte er auf Englisch zu Jane, die kurz überlegte, ob sie so tun sollte, als verstünde sie ihn nicht.

Ich bin einfach nur eifersüchtig, versuchte sie sich zu beschwichtigten. Sie konnte sich kaum zurückhalten, diesen Mann, der so lange nicht dagewesen war und sich nun als

Damaris' Besitzer aufspielte, von ihrer Freundin wegzureißen. Er ist Damaris' Mann, sagte sie sich. Eheleute tun so etwas, wenn sie sich lange nicht gesehen haben. Sie möchten zusammen sein, ohne Gäste, nach so langer Zeit. Ich bin einfach nur eifersüchtig, weil er wieder da ist und ich nicht weiß, was nun aus Damaris und mir wird.

Aber etwas in ihr gab sich damit nicht zufrieden. Sie war eifersüchtig, ja, aber sie spürte auch, dass Damaris Angst hatte. Es war nicht zu übersehen, dass sie sich in Nadims fast gewalttätigen Umarmungen nicht wohlfühlte.

„Damaris, soll ich gehen? Willst du, dass ich euch allein lasse?", fragte sie die Freundin leise.

„Nein, bleib, lass mich nicht allein mit ihm", hoffte sie zu hören, aber Damaris nickte.

„Er ist mein Mann, er hat uns lange nicht gesehen, er möchte mit seiner Familie allein sein", sagte sie bedrückt.

In Damaris' Augen glaubte Jane Angst und Resignation zu lesen. Sie wollte bestimmt nicht, dass Jane ging, sah aber keine Möglichkeit, sich den Wünschen ihres Mannes zu widersetzen. Jane war unsicher. Sah sie das wirklich in Damaris' Augen oder wollte sie es nur sehen? Bevor sie antworten konnte, bevor sie herausfinden konnte, was ihre Freundin wirklich wollte, riss Nadim Damaris' Tasche an sich, wühlte darin nach dem Schlüssel, fand ihn und schloss die Tür auf. Er schob die Kinder vor sich her ins Zimmer, packte Damaris' Hand und zog sie mit sich durch die Tür, die er mit dem Fuß hinter sich zuwarf.

Jane wusste nicht, was sie tun sollte, und blieb stehen. Da öffnete sich die Tür einen Spalt breit und Damaris steckte den Kopf nach draußen. „Du musst jetzt gehen, Jane. Aber du kommst doch morgen zum Deutschunterricht?"

Jane nickte und wusste noch immer nicht, wie sie sich verhalten sollte.

„Bitte Jane, geh jetzt. Er ist mein Mann." Jane sah Resignation in ihren Augen, aber auch noch etwas anderes, etwas sehr Lebendiges, das sie nicht deuten konnte.

„Er ist mein Mann, Jane. Er glaubt, ich gehöre ihm. Das ist eben unsere Kultur.“

Damaris wurde ins Zimmer gezogen; der Schlüssel drehte sich im Schloss. Der Fernseher dröhnte plötzlich in voller Lautstärke. Kinderprogramm, so viel konnte Jane durch die geschlossene Tür erkennen. Er wollte die Kinder loswerden, er wollte seine Frau für sich. Jetzt, auf der Stelle, wollte er sie. Jane hätte am liebsten die Tür eingetreten, ging schließlich aber doch weg.

„Er glaubt, ich gehöre ihm“, hatte Damaris gesagt, „Er glaubt …“ Plötzlich verstand sie, das war das Lebendige in ihren Augen gewesen. In Wirklichkeit gehörte sie ihm schon lange nicht mehr, aber das musste sie ihm erst klarmachen. War Damaris mutig genug, war sie stark genug, ihm zu widerstehen? Einer *Kultur* zu widerstehen, die schon lange nicht mehr die ihre war? Jane glaubte nicht an diese *Kultur*, nicht an die arabische von Damaris und nicht an ihre eigene aus Uganda. Es war nur ein Argument, mit dem alles totgeredet wurde. „Das ist eben unsere Kultur“, so sagten sie immer, wenn man etwas tun sollte, was einem selbst nicht entsprach. Aber die Menschen hatten sich immer schon unterschieden, sie hatten sich immer schon weiterentwickelt und sie würden es in alle Ewigkeit weitertun. Es gab keine Kultur, die bestimmte, wie man war, wie und wer man zu sein hatte. Die Menschen machten die Kultur und nicht umgekehrt.

„Er glaubt, ich gehöre ihm …“

Jane hoffte und fürchtete und schlief keine Minute in dieser Nacht.

Am nächsten Vormittag fehlte Damaris beim Deutschkurs. Jane fuhr nach dem Ende des Unterrichts sofort zur Unterkunft der Freundin. Sie sorgte sich sehr, wusste aber zugleich auch nicht, ob sie sich in die kleine Familie, die sich eben wiedergefunden hatte und von der sie bis vor Kurzem gehofft hatte, es könnte einmal die ihre werden, hineindrängen durfte. Sie ging ein paar Mal im Flur vor Damaris’ Zimmer auf und ab, schließlich überwog die Sorge, und sie klopfte an die Tür. Niemand öffnete und auch nach wiederholtem Klopfen blieb es still.

Jane wusste nicht, was sie unternehmen sollte. Es kamen keinerlei Geräusche aus dem Zimmer und so setzte sie sich schließlich neben der Tür auf den Boden, lehnte sich mit dem Rücken an die Wand und dachte nach. Bevor ihr einfiel, was sie tun konnte, hörte sie Schritte und Kinderstimmen. Damaris kam mit Samira und Elin die Treppe hoch – ohne Nadim. Erleichtert und zugleich erstaunt, sprang Jane auf und ging ihnen entgegen. Die Kleinen begrüßten sie auf ihre übliche lebhafte und fröhliche Art, Damaris war blass und still. Lediglich in ihren Augen entdeckte Jane etwas, das sie als Wiedersehensfreude deutete. Damaris schloss die Tür auf, öffnete sie und betrat wortlos das Zimmer. Die Kinder folgten ihr, Jane blieb unschlüssig stehen.

„Komm doch rein, Jane“, hörte sie nach einer Weile Damaris’ Stimme. „Nadim ist nicht mehr da, wir sind wieder allein.“

Jane betrat das Zimmer und fand Damaris auf dem Bett sitzend. Sie hatte das Gefühl, die Freundin würde gleich weinen, und setzte erst einmal Wasser für einen Tee auf. Sie wollte ihr Zeit lassen, bevor sie ihr all die Fragen stellte, die sie umtrieben, aber Damaris kam ihr zuvor. Nachdem sie plötzlich aufgesprungen war und die Fenster aufriss, als wollte sie alles, was sich im Zimmer angesammelt hatte, hinaus- und neue, unverbrauchte Luft hereinlassen, platzte sie heraus: „Nadim ist weg. Wir haben ihn gerade zum Bahnhof gebracht.“

Jane sah sie fragend an. Ob Damaris ihren Blick gesehen hatte, wusste sie nicht, aber die Antwort kam sofort.

„Jemand von der Wohnheimverwaltung hat ihm gesagt, dass er nicht einfach hier wohnen darf. Erst muss er zurück in seine Unterkunft in Süddeutschland und dort einen Antrag auf Familienzusammenführung stellen. Nadim hat gesagt, dann macht er das eben, aber dann stellt er einen Antrag, dass ich mit den Kindern zu ihm nach Freiburg ziehen muss."

Damaris holte tief Luft.

„Ich will aber nicht nach Süddeutschland, Jane", fuhr sie fort. „Ich will nicht weg von dir und die Kinder wollen das auch nicht. Du bist unsere Familie geworden, Jane. Ich will dich nicht verlieren."

Während sie sprach, war Damaris im Zimmer herumgelaufen, hatte wahllos Dinge von ihrem Platz genommen und grundlos anderswo wieder abgestellt. Hatte Sachen geradegerückt, die niemand verrückt hatte, und eine ordentlich gefaltete Wolldecke neu gefaltet. Schließlich nahm Jane die junge Frau an der Hand, führte sie zum Bett und veranlasste sie mit sanftem Druck auf die Schultern, Platz zu nehmen. Dann brachte sie Tee und setzte sich neben Damaris. Vorsichtig legte sie einen Arm um ihre Schulter und so blieben die beiden lange schweigend sitzen.

„Wusste Nadim etwas von deinen Eltern?", unterbrach Jane nach einiger Zeit die bedrückende Stille.

Damaris schüttelte den Kopf. „Er hat sie wie ich beim Schiffbruch aus den Augen verloren. Das Polizeiboot brachte ihn direkt aufs griechische Festland und er wusste nur, dass sie nicht an Bord waren. Aber es interessiert ihn auch gar nicht, was aus ihnen geworden ist." Nachdenklich sah sie Jane an. „Nadim ist anders als früher. Oder vielleicht war er immer so und ich habe es nur nicht bemerkt? Vielleicht liegt es daran, dass ich selbst anders geworden bin? Er nimmt keine Rücksicht auf mich und die Kinder. Er fragt nicht, wie es mir geht oder was ich will, er bestimmt einfach über mich hinweg, wie unser Leben weitergehen soll."

Beide schwiegen wieder lange, nahmen nur ab und zu einen Schluck Tee.

„Ich will hier nicht weg." Damaris dachte kurz nach. „Ich glaube, ich will aber auch nicht, dass er hierherkommt. Nadim ist mir so fremd geworden. Wir haben uns sehr lange nicht gesehen, doch er wollte nichts von sich erzählen und auch nicht wissen, wie es uns ergangen ist. Er war wütend, weil ich dich nicht gleich weggeschickt habe, und vor allem, weil ich gesagt habe, ich brauche niemanden, der auf mich aufpasst. Nachdem du weg warst, hat er mich aufs Bett geworfen und wollte die ganze Nacht …“ Damaris schwieg.

Jane wusste nicht, was sie sagen sollte, also schwieg sie auch.

„Nur weil die Kinder, die auf der Couch schlafen mussten, geweint haben und sich nicht beruhigen wollten, solange sie nicht zu mir ins Bett durften, hat er mich dann in Ruhe gelassen.“

Nach einer erneuten Pause glaubte Jane ein kleines verschmitztes Lächeln auf dem Gesicht ihrer Freundin zu entdecken.

„Den Rest der Nacht schnarchte er auf dem Sofa.“

Ein wenig hörte sich das nach Schadenfreude an, fand Jane und nahm es als gutes Zeichen.

„Heute Morgen ging er gleich runter ins Büro und verlangte eigene Betten für die Kinder. Da haben sie ihm gesagt, er könne nicht hier bleiben, sondern müsse sofort zurück in seine Unterkunft. Nadim hat getobt, aber er konnte nichts machen. Schließlich nahm er das Ticket, das man ihm ausgedruckt hat. Wir gingen zusammen zum Bahnhof und nun ist er unterwegs nach Freiburg.“

Gerade als Jane fragen wollte, wie es denn nun weiterginge, sagte Damaris sehr leise: „Er hat unsere Pässe, er hat einen Asylantrag für uns alle gestellt, er hat ein Recht darauf, seine Kinder bei sich zu haben, und ich habe nichts. Wenn sein Antrag genehmigt wird, dann muss ich zu ihm ziehen, haben sie mir gesagt. Ich will aber hier bleiben, Jane.“ Nun begann sie doch zu weinen.

Kapitel 8

Neben ihrer hauptberuflichen Arbeit bei der VHS leitete Kai einen ehrenamtlichen Deutschkurs für geflüchtete Frauen, die keinen Anspruch auf einen Platz im Integrationskurs hatten, weil noch nicht klar war, wie lange sie in Deutschland bleiben dürften. Sie vermittelte ihnen zweimal wöchentlich Grundkenntnisse der deutschen Sprache in einem Raum der Volkshochschule, der kostenlos zur Verfügung gestellt wurde.

Sie hatte schon seit Längerem ein Auge auf die beiden jungen Frauen, die vor einigen Wochen kurz nacheinander in ihrem Sprachkurs aufgetaucht waren. Kai konnte beobachten, wie sich ziemlich schnell eine enge Freundschaft entwickelte, und bald schon witterte sie mehr. Wie ein frisch verliebtes Paar wirkten die beiden bereits nach kurzer Zeit auf sie. Die junge Frau aus Uganda schien eindeutig lesbisch zu sein. Kai sah in ihren Unterlagen nach und stellte anhand der Adresse fest, dass Jane in der Unterkunft für queere Geflüchtete wohnte. Ihr Gaydar hatte also wieder einmal zu Recht ausgeschlagen. Bei Janes Freundin Damaris war Kai unsicher. Damaris hatte zwei Töchter, die sie zum Sprachkurs mitbrachte und mit denen sich Jane bestens verstand. Eine arabische Mutter war mit größter Wahrscheinlichkeit verheiratet, aber das musste ja nichts heißen. Kai sah sich auch Damaris' Unterlagen an. Die übliche Geschichte. Jung verheiratet, mit Mann und Kindern und ihren Eltern geflüchtet, weil sie zu Hause in Gefahr waren oder sich in Gefahr glaubten. Unterwegs wurde die Familie getrennt und Damaris gehörte nun zu den sogenannten alleinreisenden Frauen.

Kai wurde nicht schlau aus Damaris und eigentlich ging es sie ja auch nichts an. Aber etwas am Verhalten der jungen Frau erinnerte Kai an ihre eigene Vergangenheit und ihre viel zu lange währende Unwissenheit über sich selbst. Hatte sie es damals nicht gewusst oder nur nicht wissen wollen? Sie war schon über dreißig Jahre alt, als sie sich eingestand, Frauen zu lieben, lesbisch zu sein. In der Art des Umgangs der beiden Freundinnen miteinander, auch wenn die eine Araberin war und die andere aus Uganda kam, fand sich Kai als junge Frau wieder. Enge Freundschaften, die eigentlich mehr hätten sein können, die sie aber nie mehr hatte werden lassen. Wie viele Frauen hatte sie verletzt, durch ihre Art, offen und emotional auf sie zuzugehen und dann plötzlich einen Schlussstrich zu ziehen, sie gegen eine Mauer laufen zu lassen? Später hatte sie das alles aus der anderen Position erlebt und ahnte nun, was sie da immer wieder angerichtet hatte.

In den 1960er und 1970er Jahren in einer bayrischen Kleinstadt groß geworden, hatte Kai lange Zeit nicht einmal gewusst, dass es etwas anderes gab als die Liebe zwischen Mann und Frau, geschweige denn hatte sie jemals das Wort Lesbe gehört. Nach dem Abitur zog sie zum Studium nach Göttingen, dort hätte sie schnell alles erfahren und lernen können, was es in diesem Bereich zu erfahren und zu lernen gab. Aber sie hatte es nicht zugelassen, hatte sich nicht dafür interessiert oder nicht dafür interessieren wollen, um sich nicht damit auseinandersetzen zu müssen. Ganz sicher war sich Kai bis heute nicht.

Es hatte Jahre gebraucht, bis sie sich eingestand, was sie wirklich an den Frauen anzog, die sie nie mehr als gute Freundinnen hatte werden lassen. Erst hatten beide Eltern sterben müssen. Früh schon der Vater und dann, als Kai dreißig Jahre alt geworden war, die Mutter. Danach hatte es nicht mehr lange gedauert. Plötzlich verstand Kai, was sie die ganzen Jahre über so einsam gemacht hatte, was an ihr *anders* war und was ihr Frauen bedeuteten. Plötzlich wusste sie, wer sie wirklich war, und tappte nun prompt in die gleiche Falle wie zuvor die anderen. Jetzt war sie lange Zeit diejenige, die wusste, was sie wollte, aber die nicht zum Zug kam.

Seit Damaris den Sprachkurs besuchte, kamen immer wieder diese Erinnerungen hoch. Erst hatte Kai nicht das Wissen gehabt und dann nicht den Mut gefunden, sich aus ihrer streng katholischen *Kultur* zu befreien, die keine Lesben und Schwulen duldete. Damals noch weniger als heute, wobei sich immer noch nicht allzu viel verändert hatte. Kai kehrte der Kirche schon bald den Rücken, nachdem ihr klar geworden war, dass sie als bemitleidenswertes Schäflein galt, das ein schweres Schicksal zu tragen hatte, sich mit dieser *falschen* Liebe aber auf keinen Fall wohlfühlen und sie vor allem nicht ausleben durfte.

Und jetzt war da diese junge Frau aus Saudi-Arabien, die ihre Familie verloren hatte und die dadurch, trotz allem damit verbundenem Unglück, vielleicht auch die Chance bekam, sich selbst zu finden. So traurig es war, Kai hatte es selbst erlebt: Ohne Eltern öffneten sich manchmal Wege, die konfliktscheuen Töchtern und Söhnen sonst verschlossen blieben.

Kurz schien es zwischen den beiden Freundinnen gekriselt zu haben. Damaris blieb dem Sprachkurs einige Male fern und Jane wirkte äußerst fahrig auf Kai. Dann waren beide wieder da. Kai ahnte, was zwischen den Frauen stand, und freute sich, als wieder Ruhe eingekehrt war und die Freundschaft zwischen ihnen weiterhin Bestand hatte.

Aber nun schien etwas Neues die beiden jungen Frauen aus dem Gleichgewicht gebracht zu haben. Damaris fehlte beim letzten Mal im Unterricht und Jane schaffte es kaum, ruhig sitzen zu bleiben. Alle paar Minuten sah sie zur Tür, als ob sie dringend auf Damaris' Ankunft hoffte. Die kam aber nicht und kaum war die Unterrichtsstunde beendet, stürmte Jane aus dem Raum, ohne sich wie sonst von Kai zu verabschieden.

Heute nun saßen beide wieder auf ihren gewohnten Plätzen. Damaris war blass und wirkte zugleich erschöpft und unruhig, ängstlich und aufgedreht. Sie konnte sich nur schwer auf den Unterricht konzentrieren. Jane sah häufiger sorgenvoll zu ihrer Tischnachbarin als nach vorne, wo sich Kai an der alten Tafel, mit der sich die Volkshochschule begnügen musste, abmühte.

Als der Unterricht zu Ende war, packten Jane und Damaris rasch ihre Sachen zusammen, sie schienen die Begegnung mit Kai vermeiden zu wollen.

„Jane und Damaris, kommt ihr bitte kurz zu mir, bevor ihr geht."

Die Frauen sahen sich erst gegenseitig, dann Kai erstaunt an, befolgten aber die Aufforderung.

„Was ist los mit euch?", fiel Kai mit der Tür ins Haus. Für sensible Plänkeleien hatte sie gerade keinen Nerv. Zu Hause wartete Fadia auf sie, die vorübergehend vom Schulbesuch befreit war, bis sie endlich einen Platz in der Wohngruppe bekam, und nun zog sich Kai die nächsten Sorgenkinder an Land. Sie haderte mit sich selbst, aber sie konnte nun einmal nicht anders.

„Irgendetwas stimmt doch nicht mit euch", versuchte sie es erneut, als keine Antwort kam. „Ihr seid unkonzentriert und mit dem Kopf völlig woanders. Habt ihr Probleme mit dem Asylverfahren? Vielleicht kann ich euch ja helfen, aber ihr müsst mir sagen, was los ist."

Jane und Damaris schüttelten die Köpfe. Das synchrone Schütteln machte auf Kai einen sehr unsicheren Eindruck.

„Da ist doch was, Mädels. Warum wollt ihr euch nicht helfen lassen?"

Damaris sah Jane an, Jane sah Damaris an. Und dann begann Damaris plötzlich zu weinen und hörte nicht wieder auf. Damit hatte Kai nicht gerechnet und sie fühlte sich hilflos. Eine weinende junge Frau, von der sie glaubte, dass sie sich nicht nur, was die äußeren Umstände betraf, im Umbruch befand, überforderte sie.

„Wir müssen hier raus, der nächste Kurs beginnt gleich. Kommt mit!" Kais Stimme ließ keinen Zweifel daran, dass Damaris und Jane mit ihr gehen würden. Sie packte ihre restlichen Utensilien zusammen und verließ den Unterrichtsraum. Widerspruchslos folgten ihr die jungen Frauen. Samira und Elin konnten sie auch später aus der Kinderbetreuung abholen, es gab also keine Ausrede.

Jane hatte Damaris ein Taschentuch gegeben, die schniefte noch eine Weile, schließlich hörte das Weinen auf. Kai ging mit den beiden im Schlepptau Richtung Cafeteria. Ein eigenes Büro besaß sie nicht und sie musste jetzt ungestört mit Damaris und Jane reden. Schnell fand sich eine stille Ecke, denn um diese Zeit war dort fast nichts los. Kai versorgte alle mit belegten Brötchen und Kaffee und setzte sich dann erwartungsvoll zu den beiden an den Tisch. Aber es kam nichts. Jane kaute langsam an einem Käsebrötchen und Damaris umklammerte mit beiden Händen ihren Kaffeebecher und schien etwas auf dessen Grund zu suchen. Sie erweckten den Eindruck, als ließe sich das Brötchen noch stundenlang mümmeln und als dauerte die Suche auf dem Grund des dunkelbraunen Sees noch Tage. Kai verlor die Geduld. Viel davon besaß sie sowieso nicht.

„Also los jetzt, raus mit der Sprache! Da stimmt doch etwas ganz und gar nicht mit euch."

Damaris betrieb weiter ihre Tiefseeforschung, aber Jane erschrak, als Kai die Stille durchbrach. Sie schluckte den Rest des Brötchens hinunter und nickte ergeben.

„Ja, es gibt ein Problem. Damaris hat ein Problem."

Da erwachte auch Damaris und schoss einen vorwurfsvollen Blick auf Jane. Das geht niemanden etwas an, konnte Kai lesen, und schon forschte Damaris weiter. Jane hatte ihren Blick wohl mehr gespürt als gesehen, reagierte aber doch.

„Damaris, wir müssen etwas unternehmen und dabei brauchen wir Hilfe", sagte sie eindringlich.

Für Kai hörte es sich an, als wäre das auch für Jane eine ganz neue Erkenntnis. Aber sie sah das Hilfsangebot und griff zu. Kai war erleichtert – schon mal ein erster Schritt – und angespannt. Was jetzt wohl kam? Die heftige Reaktion deutete nicht auf ein gewöhnliches Problem im Asylverfahren oder in der Unterkunft hin, wie sie alltäglich gelöst werden mussten. Damaris nahm einen Schluck aus dem Kaffeebecher, stellte ihn ab, sah Jane an und schüttelte den Kopf. Jane hatte das Kopfschütteln entweder nicht gesehen oder sie ignorierte es einfach. Vielleicht hieß es ja auch: Nein, ich kann nicht, rede du. Kai wusste es nicht, aber sie war froh, als Jane zu sprechen begann.

„Es gibt ein Problem." Nach einem forschenden Blick auf Damaris, die nicht reagierte, erzählte Jane vom Eintreffen Nadims, von seinem Verhalten ihr und seiner Frau gegenüber und von Damaris' Ängsten, ihre Selbständigkeit zu verlieren.

„Er will einen Antrag stellen, dass Damaris mit den Kindern in seine Stadt und in seine Unterkunft kommt. Damaris will aber nicht zu ihrem Mann nach Freiburg ziehen. Sie will hier bleiben mit den Kindern. Ohne ihn. Wir wollen zusammenbleiben."

Kai fühlte sich in ihren Vermutungen bestätigt. Jane war auf jeden Fall verliebt, das ließ sich nicht übersehen, und Damaris steckte in der Klemme. Ihr Wunsch nach Selbständigkeit und Unabhängigkeit, ihr Unwille, mit einem Mann zusammenzuleben, den sie vermutlich nicht aus Liebe geheiratet hatte, waren das eine. Aber zwischen ihr und Jane war mehr, mehr wohl, als Damaris es sich im Moment selbst eingestehen konnte und wollte. Wenn erst die Gefahr gebannt war, dass Nadim seine Frau zu sich holte, wenn Damaris zur Ruhe kam und keine familiären Erwartungen mehr erfüllen musste – die Eltern schienen ja nicht auffindbar zu sein –, dann würde mit Sicherheit einiges in ihr in Bewegung geraten. Da war Kai sicher. Ob Muslima oder Katholikin, die Parallelen zwischen der jungen Kai von damals und der Damaris von heute waren nicht zu übersehen.

„Wollt ihr euch nicht beraten lassen, was in eurem Fall möglich ist? Ich will euch auch gerne begleiten." Kai hoffte, dass Damaris offen wäre für Hilfe von außen. Die reagierte immer noch nicht, aber Jane hatte inzwischen die Initiative an sich gerissen und nickte erleichtert.

„Ja, bitte, hilf uns, Kai. Nadim darf Damaris und die Mädchen nicht mitnehmen.“ Sie sah Kai in die Augen und schien bei ihr zu finden, was sie sich erhofft hatte. „Er darf sie mir nicht wegnehmen“, fügte sie nun ziemlich eindeutig hinzu.

Kai war zufrieden mit der Entwicklung, aber ganz übergehen durfte sie Damaris nicht, um die es ja eigentlich hier ging.

„Damaris“, sagte sie deshalb sanft und als keine Reaktion erfolgte, noch einmal lauter und drängender, „Damaris! Damaris, bist du einverstanden?“

Damaris sah auf. Sie sah Kai lange schweigend an – oder vielleicht eher durch sie hindurch –, schien dann langsam zu erwachen und zu sich zu kommen und endlich den Ernst der Lage zu begreifen. Dann nickte sie.

„Ja, bitte, Kai, hilf uns.“

Auch sie sprach in der Mehrzahl. Kai fühlte sich erneut in ihren Vermutungen bestätigt, obwohl es ja immer noch sein konnte, dass die junge Mutter von sich und ihren Töchtern sprach. Kai sah auf die Uhr, stand auf und stellte Tassen und Teller auf das Tablett.

„Ich mache einen Termin bei der Beratungsstelle so schnell es geht und gebe euch dann Bescheid“, sagte sie. „Jetzt muss ich los, passt auf euch auf.“

Schon war sie mit dem Tablett zur Geschirrablage unterwegs und verließ gleich darauf die Cafeteria, während die zwei jungen Frauen noch unentschlossen am Tisch sitzen blieben.

Kai musste zum Bahnhof, um Alisa abzuholen, die heute zu Besuch kommen wollte. Auf der Fahrt dorthin ließ sie sich die ganze verworrene Geschichte wieder und wieder durch den Kopf gehen. Sie würde mit Damaris und Jane zur selben Beratungsstelle gehen, wo sie auch schon mit Fadia gewesen war. Mit Zwangsverheiratungen, ihren Folgen und den Möglichkeiten, die es gab, sich daraus zu lösen, kannten sie sich dort bestens aus. Kai glaubte, dass es leichter wäre, wenn zwischen Jane und Damaris eine offensichtliche Liebesbeziehung bestünde, zu der sich beide bekennen würden. Verfolgung wegen Homosexualität war mittlerweile ja ein offizieller Asylgrund geworden, auch wenn es immer noch schwer genug blieb, das Bestehen dieser sexuellen Orientierung und die daraus erstehende Verfolgung glaubhaft zu machen. Dann fiel ihr ein, dass verheirateten Frauen, noch dazu Müttern, von deutschen Behörden und Gerichten oft trotz einer bestehenden Liebesbeziehung mit einer Frau nicht geglaubt wurde, dass sie lesbisch waren. Einmal hetero – immer hetero, das schien noch viel zu oft die Devise deutscher Richter zu sein. Kurz regte sich Kai auf, dann erkannte sie, dass es in Damaris' Fall darauf nicht ankam. Damaris wollte ja von ihrem Lesbischsein selbst nichts wissen und auch wenn Kai ziemlich sicher war, dass sie die Situation richtig einschätzte, so kam es doch einzig und allein auf Damaris an, wie und wo sie sich einordnete.

„Über diese grundsätzliche Schweinerei kann ich mich später immer noch aufregen", sagte Kai laut zum Scheibenwischer, der vor ihren Augen unerschütterlich hin und her wischte. „Erst einmal müssen wir uns auf die Zwangsehe konzentrieren. Das wird schwierig genug werden."

Der Scheibenwischer wischte ungerührt weiter und Kai überließ sich wieder ihren Gedanken.

Was genau war denn überhaupt eine Zwangsheirat? Damaris schien damals nichts dagegen gehabt zu haben, mit Nadim verheiratet zu werden. Sie war schon über sechzehn Jahre alt, wenn auch nur knapp, als die Ehe geschlossen wurde. Sie hatte zugestimmt, aber gab es denn eine andere Möglichkeit für sie?

Wie definierte man eine Zwangsehe? Kai wusste es nicht, konnte den Gedanken aber auch nicht loslassen und einfach auf die Erklärung der Frauen in der Beratungsstelle warten. Sie grübelte weiter und bemerkte im letzten Moment, dass die Ampel vor ihr rot war. War die Anwendung von Gewalt nötig? Oder wenigstens die Androhung, wie es bei Fadia der Fall war? Oder genügten die Umstände, die es einer Frau in ihrem Lebensumfeld nicht erlaubten, allein zu überleben?

Kai musste plötzlich an ihren Großvater denken. Sie hatte ihn nie kennengelernt, er war schon lange tot, als Kai zur Welt kam, aber er hatte ein Tagebuch hinterlassen, das sie erst kürzlich mit Interesse gelesen hatte. Drei Frauen hatte der Mann überlebt, allesamt waren sie nach zahlreichen Geburten im Kindbett, wie man damals sagte, gestorben. Sobald der Großvater die aktuelle Mutter seiner Kinder verloren hatte, erkundigte er sich, wo eine neue passende Frau zu finden sei. Er zog los, begutachtete sie und wenn sie ihm gefiel, machte er sie zu seiner Frau. Warum heirateten diese Frauen einen Mann, den sie gerade ein- oder zweimal getroffen hatten? Warum taten sie sich das an? Nur, um nicht allein alt zu werden und als *alte Jungfer* zu gelten, die keiner haben wollte? Oder war ein Ehemann vielleicht der einzige Schutz davor, zeitlebens, oder wenigstens, solange sie jung waren, als Freiwild zu gelten? War ein Ehemann die einzig mögliche Altersversorgung für eine Frau, wenn sie zu alt war, um als Dienstbotin ihren Lebensunterhalt mehr schlecht als recht zu verdienen? Was genau war eine Zwangsheirat?

Hinter ihr hupte es und Kai fuhr weiter.

Kai kam gerade noch rechtzeitig zum Bahnhof. Sie hielt auf dem Parkstreifen vor dem Eingang an und blieb beim Auto, denn um Alisa am Bahnsteig abzuholen, war es zu spät. Da kam ihre Nichte auch schon aus dem Bahnhofsgebäude, sah sich suchend um und entdeckte Kai, die an ihrem kleinen Auto lehnte und wartete. Alisa winkte und setzte sich in Bewegung. Sie war in Begleitung eines jungen Mannes. Am Auto angekommen, umarmte Alisa ihre Patentante und die beiden hielten sich eine Weile fest im Arm; seit der Sache mit Fadia war ihre Beziehung enger geworden. Dann fiel Alisa ein, dass sie nicht allein war.

Sie deutete auf den Jungen, der stumm neben ihr stand, und sagte: „Das ist Hamid, Fadias Cousin, der ihr geholfen hat abzuhauen. Du erinnerst dich? Wir haben dir von ihm erzählt."

Kai nickte und reichte Hamid die Hand.

„Entschuldigen Sie bitte, dass ich einfach so unangemeldet mitgekommen bin", sagte Hamid, der Kai gleich sympathisch war. Einen angenehmen Händedruck hat er, dachte sie erfreut. Kai konnte es nicht leiden, wenn die Hand des anderen wie ein nasser Waschlappen in ihrer lag.

„Ich muss dringend mit meiner Cousine sprechen."

In gewöhnlichen Zeiten hatte Kai kein Problem mit unangekündigten Gästen und in diesem speziellen Fall vertraute sie Alisa. Sie hatten die klare Abmachung getroffen, dass Fadia keinen Besuch bekam, um möglichst jedes Risiko, dass ihr Aufenthaltsort auch den falschen Leuten bekannt würde, auszuschließen. Nicht von Jil, nicht von Moritz – von niemandem außer von Alisa. Wenn diese nun glaubte, Hamid mitbringen zu müssen, dann musste es wirklich dringend und unumgänglich sein, und in diesem Fall hatte Kai auch nichts dagegen einzuwenden.

„Herzlich Willkommen", sagte sie deshalb zu Hamid. „Fadia kocht für uns Pasta. Dann muss sie eben noch ein paar Nudeln mehr ins Wasser werfen."

Fadia erwartete Alisa und Kai bereits ungeduldig. Sie öffnete die Haustür, als sie das Auto heranfahren hörte, und war ziemlich erstaunt, als, nachdem Alisa ausgestiegen war, Hamid aus Kais altem Zweitürer kletterte.

„Verbotener Besuch", rief sie erfreut und boxte Hamid freundschaftlich in den Bizeps. Dann fiel sie Alisa um den Hals, löste sich aber schnell und verschwand mit den erschrockenen Worten „Die Spaghetti, verdammt, die Spaghetti kochen gleich über!" in der Küche.

Wenig später saßen alle vier um den Tisch vor ihren gefüllten Tellern. Eine zweite Portion Spaghetti, die Fadia nach Hamids Eintreffen notwendig zu sein schien, kochte bereits.

„Deine Mutter heult nur noch, seitdem du weg bist, und dein Vater hat längst eingesehen, dass er Scheiße gebaut hat", nuschelte Hamid mit vollem Mund. „Aber mein Vater und noch so ein paar marokkanische Dickschädel reden ihm ein, er könne jetzt nicht mehr zurück, sonst wären er und Aziz für alle Zeiten blamiert."

Hamid drehte gekonnt mit seiner Gabel die Spaghetti auf dem Teller, ein Löffel sei etwas für Touristen in Italien und für Spießer, und schlang die Nudeln dann hungrig hinunter. Ihm schien zu schmecken, was seine Cousine gekocht hatte, und er hatte auch kein Problem, mit Appetit zu essen und gleichzeitig die völlig verfahrene Situation, in der Fadia steckte, zu erörtern. Kai hätte lieber erst das eine und dann das andere gemacht, aber Hamid hatte, kaum stand das Essen auf dem Tisch, sofort losgelegt.

„Keine Ahnung, warum dein Vater sich gegen meinen nicht durchsetzen kann oder will. Ich jedenfalls bin weg, sobald ich achtzehn werde, und das sind gerade noch sechs Monate. Kein Bock auf Mittelalter." Hamid kaute und schluckte und dann drehte er wieder seine Spaghetti.

„Ihr wart doch eine ziemlich moderne Familie, habe ich immer gedacht", fuhr er fort. „Wie oft habe ich dich beneidet, wenn bei uns wieder Fasten und was weiß ich alles angesagt war. Wie kommt das nur, dass deine Eltern wegen Moritz und dieser Sache mit dem Kondom so durchgedreht sind und sich auch jetzt nicht gegen meinen Vater wehren? Damals wusste deine Mutter ja nicht, was die Männer vorhaben, als meine Mutter sie bat, mit ihr einkaufen zu gehen. Aber dass sie sich jetzt nicht endlich für dich einsetzt, verstehe ich nicht."

„Sie ist eine Frau und ich bin ein Mädchen, das ist das Problem, schätze ich", antwortete Fadia tonlos, während sie ihre Spaghetti genau wie Hamid auf dem Teller drehte. Aber sie drehte endlos, während sie schweigsam vor sich hinstarrte, und nur selten fand die Gabel ihren Mund. Seit sie am Tisch saßen, waren dies die ersten Worte, die Fadia von sich gab.

„Ja, schon." Er kaute wieder. „Aber Mittelalter ist es doch." Hamid schluckte und legte seine Gabel weg. „Aber darum geht es jetzt nicht, deshalb bin ich nicht gekommen. Ich muss euch dringend erzählen, was sich bei uns zu Hause tut. Fadia, du musst so schnell es geht von hier weg!"

Hamid klang ernst, Fadia sah erschrocken auf und Kai verschluckte sich. Sie hatte damit gerechnet, dass sich Fadias Aufenthaltsort irgendwann nicht mehr geheimhalten ließ, aber noch nicht jetzt. Sie hatte gehofft, Fadia längst in der Wohngruppe untergebracht zu haben, wenn es so weit käme.

„Hamid", sagte sie, nachdem sie den ersten Schock überwunden hatte, „lass uns zu Ende essen und dann erklärst du uns genau, was du weißt."

Hamid nickte ergeben, häufte sich noch einmal eine Portion Spaghetti auf den Teller, verteilte Tomatensoße darüber und aß nun schweigend weiter.

Nachdem alle fertig waren, räumten sie gemeinsam sie das Geschirr in die Spülmaschine, Kai stellte die Kaffeemaschine an und noch während das alte Ding vor sich hin blubberte, begann Hamid seinen Bericht.

„Mein Vater hat irgendwie herausgefunden, dass Moritz dein Freund ist", fing Hamid an. „Keine Ahnung, wie, aber er hat mich beauftragt, Moritz zu fragen, wo du steckst. Solange er nur mich als seinen Informanten benutzt, ist es nicht schlimm."

„Moritz weiß nicht, wo ich bin", unterbrach Fadia. „Er kann ihn also ruhig auch von jemand anderem befragen lassen, niemand wird etwas von ihm erfahren."

„Moritz ist übrigens stinksauer, weil er es nicht weiß", mischte sich nun Alisa ins Gespräch. „Er hat sich bei mir und vor allem bei Ahmed beschwert und das nicht nur einmal. Moritz kapiert einfach nicht, wie ernst die Situation ist, und er versteht nicht, warum ich dich besuchen darf und er nicht."

„Sag ihm bloß nicht, dass du bei mir warst, Hamid." Fadia hatte kurz ihr eigentliches Problem vergessen. „Moritz schreibt mir dauernd, dass er mich sehen möchte, und ich vermisse ihn ja auch schrecklich. Er würde das nicht verstehen, dass du herkommen darfst und er nicht. Ich weiß langsam echt nicht mehr, wie ich ihn noch länger hinhalten kann."

„Moritz ist zurzeit wirklich nicht dein größtes Problem." Hamid klang ungeduldig. „Weshalb ich hergekommen bin: Mein Vater bearbeitet deinen Vater seit einiger Zeit, dass er sich mit Alisas Vater treffen soll. Er glaubt, dass du weißt, wo deine beste Freundin steckt, Alisa."

„Da könnte er wohl recht haben", lachte Alisa.

„Genau das ist unser Problem", konterte Hamid genervt, weil er meinte, Alisa nehme ihn nicht ernst. „Das ist kein bisschen lustig, Alisa. Oder bist du sicher, dass dein Vater wirklich gar keine Ahnung hat und Fadias Vater nichts von ihm erfährt?"

Alisa wurde sofort wieder ernst. „Entschuldige, Hamid, du hast recht, das ist nicht zum Lachen. Das könnte wirklich ein Problem sein. Mein Vater hat mich vor ein paar Tagen erst gefragt, warum ich neuerdings so häufig zu Kai fahre. ‚Wir verstehen uns halt gut', habe ich geantwortet und er hat nur komisch geguckt, aber nichts dazu gesagt. Dann hat er sich wohl mit meiner Mutter besprochen, denn nun fing die an, mich auszuquetschen. Ob ich Probleme hätte? Ich könnte doch über alles mit ihr reden und müsse nicht Kai mit meinen Sorgen belästigen.

‚Ich habe keine Sorgen, wir verstehen uns eben gut. Schließlich ist sie meine Patentante. Warum soll ich sie nicht besuchen?', habe ich versucht sie abzuwimmeln.

‚Du warst früher doch nicht so oft bei ihr, da ist doch was', versuchte sie mehr aus mir herauszuholen, aber ich bin einfach in mein Zimmer gegangen und habe nicht mehr geantwortet. Vielleicht denkt sie nun, ich wäre schwanger oder so was?"

Alisa war schon wieder zum Lachen zumute, obwohl es eigentlich keinen Grund dazu gab, aber irgendwie musste die

Anspannung raus, die Hamid mit seinem Bericht aufgebaut hatte.

„Onkel Manzir hat sich bisher noch nicht getraut, deinen Vater zu fragen, glaube ich", erzählte Hamid weiter. „Jedenfalls hat mein Vater nichts von einem Treffen der beiden erzählt. Ich bleibe auf jeden Fall dran, aber wenn sie herausbekommen, wo du dich aufhältst, Fadia, dann kann alles ziemlich schnell gehen und ich weiß nicht, ob ich es rechtzeitig erfahre. Du musst so schnell es geht von hier weg."

In der Zwischenzeit hatte Kai den Kaffee aus der Küche geholt und jetzt brachte sie auf einem kleinen Tablett Tassen, Zucker, Milch und Fadias Lieblingskekse. Sie hatte durch die offene Tür alles mit angehört und nachdem sie das Tablett abgestellt, allen Kaffee eingeschenkt und sich wieder an den Tisch gesetzt hatte, durchbrach sie das hilflose Schweigen der drei jungen Leute.

„Gleich am Montag frage ich nach, wie es aussieht mit deinem Platz in der Wohngruppe, Fadia. Ich mache dein Anliegen noch mal besonders dringend. Du wartest jetzt wirklich schon lange genug, da muss sich doch endlich etwas ergeben." Kai nahm einen Schluck aus ihrer Tasse, stellte sie ab und fuhr fort: „Trotzdem müssen wir einen Plan B überlegen. Wenn es noch keinen Platz für Fadia gibt, was machen wir dann?"

Alle hatten sie mehr oder weniger sinnvolle Vorschläge und Ideen, nur Fadia saß schweigend dabei und grübelte vor sich hin. Plötzlich sagte sie leise, als alle still waren und nach neuen Ideen suchten: „Ich vermisse Moritz und ich habe Angst, dass er mich verlässt, wenn das noch lange so weitergeht. Ich vermisse Jil und sogar die Schule und ich vermisse mein Zimmer und meine Sachen."

Nach einer kleinen Pause, noch leiser als zuvor, sagte Fadia ein wenig beschämt: „Meine Eltern fehlen mir so. Ich möchte nach Hause." Sie begann zu weinen.

Kai wusste inzwischen, dass es am besten war, Fadia in solchen Momenten einfach in Ruhe zu lassen, denn die junge

Frau ertrug es dann nicht, in den Arm genommen und getröstet zu werden.

„Lasst uns alle mal einen Spaziergang machen", schlug sie deshalb vor. „Das ist der Vorteil des Landlebens: In ein paar Minuten sind wir am See oder im Wald, ganz wie ihr wollt."

Dankbar, dieser Situation, in der sie sich völlig hilflos fühlten, entgehen zu können, standen Hamid und Alisa vom Tisch auf und holten ihre Jacken.

„Fadia, bitte komm mit. Wir lassen uns den Kopf ein wenig durchpusten, vielleicht fällt uns das Denken dann wieder leichter." Kai wartete geduldig.

Langsam stand nun auch Fadia auf.

„Ich will nach Hause, aber dieses Zuhause gibt es nicht mehr", schluchzte sie und lehnte sich an Kai, die spürte, dass jetzt der Moment gekommen war, das junge Mädchen in den Arm zu nehmen. Lange standen die beiden so da, während Hamid und Alisa schon ins Freie gegangen waren und dort auf sie warteten.

„Wer weiß", sagte Kai, nachdem sie lange geschwiegen hatte, einerseits, um Fadia die nötige Ruhe zu geben, andererseits, weil sie nicht wirklich wusste, wie sie mit dieser Situation umgehen sollte. „Wer weiß, vielleicht gibt es dieses Zuhause ja doch noch, aber deine Eltern brauchen einfach viel Zeit, bis sie den Mut finden, dazu zu stehen, dass ihnen ihre Tochter wichtiger ist als die Meinung einiger marokkanischer Dickschädel, wie Hamid das ausdrückt."

Fadia putzte sich die Nase und versuchte ein Lächeln.

„Ich habe dir doch von meiner Schwester und ihrem unehelichen Kind erzählt, damals, als ich selbst noch ein Kind war? Da schien auch die Welt unterzugehen und später war doch alles wieder gut und das Kind war eben ein ganz normales Enkelkind."

Fadia nickte hoffnungsvoll und ungläubig zugleich.

Kai sagte nicht die ganze Wahrheit, denn es war alles nur fast wieder gut geworden. Da war ein Riss zwischen den Eltern und der ältesten Tochter aufgebrochen, den auch das

Enkelkind, das für die Großeltern zeitlebens ein uneheliches Enkelkind blieb, nie mehr ganz schließen konnte.

Aber das musste Fadia nicht wissen. Fadia brauchte im Moment positive Beispiele, an denen sie sich festhalten konnte, und deshalb war Schummeln erlaubt, dachte sich Kai, schüttelte die alten Schatten ab und verließ mit Fadia das Haus.

Nachdem sie vom Spaziergang zurück waren, brachte Kai Hamid zum Bahnhof. Er wollte sich am späten Abend noch mit seinem Freund Chris in einer Shishabar treffen, in der die beiden bereits bekannt waren.

„Wenn wir Glück haben", erklärte er seinen Plan, „hängen da auch ein oder zwei Marokkaner ab, und wenn wir noch mehr Glück haben, wird meinem Vater zugetragen, dass sein Sohn mit seinem besten Freund in der Shishabar war. Das perfekte Alibi", grinste Hamid selbstzufrieden.

Die restlichen drei verbrachten ein gemütliches Wochenende, ohne sich weiter über Fadias Situation und die Schwierigkeiten, die in nächster Zeit gelöst werden müssten, zu unterhalten. Sie hofften auf einen freien Platz in der Wohngruppe, denn alles, was ihnen zu Plan B bisher eingefallen war, schien mit Abstand betrachtet viel zu abenteuerlich und unsicher. Die einzige Möglichkeit, die Kai ernsthaft in Erwägung zog, war, ihre Freundin in Göttingen, die sie auch schon nach Fadias Flucht aus Bremen um Rat gefragt hatte, zu bitten, die junge Frau einige Zeit bei sich unterzubringen. Diese Idee würde sie aber erst mit den Mädchen besprechen, wenn es nicht mehr zu umgehen wäre. Sie wollte nicht noch mehr Ängste schüren und neues Durcheinander in den Köpfen hervorrufen.

Als sie am Sonntag nach einem späten und ausgiebigen Frühstück überlegten, was sie noch unternehmen könnten in den paar Stunden, bis Alisa zum Zug, zurück nach Bremen, musste, meldete sich deren Smartphone mit einer Sprachnachricht:

„Ich komme dich mit dem Auto abholen, in einer halben Stunde bin ich da. Ihr könnt schon die Kaffeemaschine anstellen. Papa."

„Ach herrje", stöhnte Alisa.

„Mein Bruder kommt mich besuchen?", wunderte sich Kai. „Der war ja schon seit Ewigkeiten nicht mehr hier. Hoffentlich findet er den Weg noch."

Dann wurde ihr schlagartig klar, was das bedeutete.

„Das ging aber schnell. Hat sich Fadias Vater also doch getraut."

Fadia schwieg. Sie war sichtlich erstarrt.

„Schreib ihm, er soll Kuchen mitbringen", forderte Kai Alisa auf. „Damit gewinnen wir ein wenig Zeit."

Sie konnte ihren Bruder nicht einfach vor der Tür stehen lassen, aber Heiner durfte auf keinen Fall irgendeine Spur von Fadia entdecken.

„Fadia, du räumst alles, was von dir in der Wohnung herumliegt, in dein Zimmer. Am besten wirfst du alles in den Schrank, so dass nur Alisas Sachen zu sehen sind. Ich hoffe nicht, dass ich Heiner das Gästezimmer zeigen muss, aber man weiß ja nie."

Fadia reagierte erstaunlich schnell. Sie wurde wieder lebendig, sprang auf und sah sich im Wohnzimmer um. Viel war es nicht, was auf sie hindeuten konnte, und das wenige sammelte sie ein.

„Vergiss nicht Jacke, Rucksack und Schuhe oder was du sonst noch im Flur und an der Garderobe hast."

Fadia nickte und wollte schon das Zimmer verlassen, als Kai weitersprach. „Wenn du alles in deinem Zimmer verstaut hast, nimmst du mein Fahrrad und fährst durch den Wald zu Luigis Eiscafé im Nachbarort. Erinnerst du dich? Wir waren da schon ein- oder zweimal."

Fadia nickte angespannt.

„Du musst auf jeden Fall durch den Wald fahren, nicht außen herum, damit du nicht zufällig Heiner begegnest. Bei

Luigi wartest du dann, bis ich dich abholen komme. Hast du verstanden?"

Fadia nickte. „Klar, ich verschwinde und hau mir bei Luigi auf deine Rechnung den Bauch voll."

Sie schien ihren Humor wiedergefunden zu haben. Kai war einigermaßen beruhigt. Wenn Fadia, ohne in Panik zu verfallen, mitspielte, dann war das Wichtigste bereits geschafft.

In der Zwischenzeit hatte Alisa ihren Vater per WhatsApp angewiesen, ihr unbedingt ein Stück Sahnetorte mitzubringen, auf keinen Fall mit Mandarinen. Kirschen wären okay, aber noch besser Ananas oder Kiwi, vielleicht auch von jeder Sorte eins. Sie bekam umgehend die Bestätigung, dass er unterwegs bei der nächsten Bäckerei, die am Sonntagnachmittag geöffnet hätte, anhalten würde und versuchen wollte, das Richtige zu bekommen.

„Damit ist er noch ein wenig beschäftigt", hoffte Alisa und sah sich nun ebenfalls in der Wohnung um.

„Das zweite Bettzeug muss weg", fiel ihr plötzlich ein und sie lief hinter Fadia her die Treppe hoch.

Wenige Minuten später kamen beide Mädchen zufrieden in die Küche, wo Kai in der Zwischenzeit jeden Hinweis auf eine dritte Person beseitigt hatte.

„Alles erledigt", sagte Alisa. „Notfalls fällt mir bestimmt irgendwas ein, womit ich meinen Vater ablenken kann, falls er doch Verdacht schöpfen sollte."

Die beiden Mädchen umarmten sich zum Abschied, dann verließ Fadia das Haus, holte Kais Fahrrad aus dem Schuppen und war schon bald damit im Wald verschwunden.

Als ihr Bruder eintraf, verbarg Kai ihr Erstaunen über den Besuch nicht. „Heiner, was führt dich zu mir? Was beschert mir die Ehre deines Besuchs? Du warst ein gefühltes Jahrhundert nicht mehr hier."

„Eben", antwortete ihr Bruder. „Genau das ist mir auch aufgefallen, seit Alisa so häufig zu dir zu Besuch kommt. Tut mir leid, Kai. Es hat sich nicht ergeben, du kennst das doch auch. Stress die ganze Woche über, da ist man froh, wenn man am Wochenende einfach nur ausspannen kann."

Er sah sich neugierig in der Wohnung um. Kai konnte den Blick nicht mit Sicherheit deuten. Beides war möglich: die Suche nach einem Hinweis auf Fadia, vielleicht aber auch einfach nur Neugierde, wie sich die Wohnung seiner Schwester verändert hatte, seit er zum letzten Mal dagewesen war.

„Aber jetzt bin ich ja hier", sagte er dann und stellte die Packung mit Kuchen auf den schon gedeckten Kaffeetisch.

„Ja, genau", stimmte Kai zu. „Ich freue mich."

Sie ging in die Küche und kam kurz darauf mit der Kaffeekanne zurück.

Das Gespräch kam nur schwer in Gang. Bruder und Schwester hatten sich sehr lange nicht gesehen und auch nur ganz selten miteinander telefoniert. Die üblichen Fragen – Wie geht es dir? Wie läuft es bei der Arbeit? Was gibt es Neues? – waren schnell abgearbeitet. Oberflächliche Konversation war nicht Kais Ding, aber sie bemühte sich redlich. Alisa futterte Sahnetorte, schwieg und wartete ab, was geschehen würde.

Als das Gespräch wieder einmal ins Stocken kam, wandte sich Heiner an seine Tochter. „Der Vater deiner Freundin Fadia war gestern bei mir. Er hat mir erzählt, Fadia sei weggelaufen. Warum hast du uns denn nichts davon erzählt, Alisa?"

Klar, dass Fadias Vater nicht von der Zwangsverheiratung gesprochen hat, dachte sich Alisa. Das hätte sogar ihren altmodischen Vater gegen Manzir aufgebracht. Aber wenn sie jetzt davon anfinge, dann glaubte er ihr das bestimmt nicht. Er würde dem netten Vater der Mitschülerin so etwas bestimmt nicht zutrauen. Und falls doch, dann würde er umgehend die Polizei einschalten und darauf bestehen, dass Alisa ihm erzählte, was sie wirklich wusste, und das wiederum brächte Fadia in Gefahr.

„Keine Ahnung", sagt Alisa deshalb mit vollem Mund, weil sie keine Ahnung hatte, was sie darauf antworten konnte, ohne sich verdächtig zu machen. Das war wirklich sehr ungeschickt von ihr, mit den Eltern nicht über eine so wichtige Sache zu sprechen.

„Deine beste Freundin ist verschwunden und du redest nicht darüber?" Der Ton konnte einfach nur vorwurfsvoll sein, aber auch forschend. Alisa wusste es nicht und überlegte fieberhaft, wie sie sich aus der Affäre ziehen konnte, ohne noch mehr Fehler zu machen. Langsam kaute sie zu Ende, schluckte und versuchte es dann einfach.

„Das verstehst du nicht, Papa. Ich war so geschockt, als sie plötzlich weg war, ohne mir etwas zu sagen, dass ich einfach nicht darüber sprechen konnte." Alisa sah ihren Vater um Verzeihung bittend mit dem traurigen Hundeblick an, den sie als Kind häufig eingesetzt hatte, wenn sie unbedingt etwas haben wollte. Und wirklich, es funktionierte immer noch.

„Natürlich versteh ich das, Alisa. Aber du kannst mit allen Problemen zu uns kommen, das weißt du doch. Es bringt nichts, alles nur mit dir allein auszumachen."

Das sagt genau der Richtige, dachte Kai. Sie hoffte, dass Alisa keinen Fehler machte, hielt sich aber erst einmal raus. Das war eine Sache zwischen Vater und Tochter und sich jetzt einzumischen, würde alles noch kritischer machen.

„Du hast recht, Papa, ich weiß." Alisa legte die Kuchengabel beiseite. „Ich wollte euch ja auch alles erzählen, weil ich zuerst riesige Angst hatte, als sie plötzlich weg war, und dachte, es wäre ihr was passiert. Aber dann hat Fadia mir eine WhatsApp geschickt. Sie hätte es zu Hause nicht mehr ausgehalten und müsste mal eine Weile weg. Vielleicht würden ihre Eltern sich dann ja wieder einkriegen. Ich solle mit niemandem darüber reden. Wo sie ist, hat sie aber nicht geschrieben."

„Das ist doch kindisch", antwortete ihr Vater.

„Siehst du. Du verstehst es einfach nicht." Alisa hörte sich gekränkt an und nahm noch ein Stück Sahnetorte.

Jetzt sah Kai den Moment gekommen, wo sie sich einmischen konnte, ohne Verdacht zu erregen. Alisa hatte sich sehr gut geschlagen bisher, aber sie brauchte Unterstützung. Es war nicht einfach, dem eigenen Vater etwas vorzulügen, wusste Kai aus Erfahrung, aber es führte kein Weg daran vorbei. Denn, da hatte Alisa völlig recht, Heiner würde nicht verstehen, dass sie keine andere Wahl hatten, als Fadia zu verstecken.

„Was hatte Fadia denn für Probleme mit ihren Eltern, Alisa? Warum hat sie sich nicht helfen lassen? Weglaufen ist ja wohl das Dümmste, was sie machen konnte."

„Siehst du." Alisas Vater war erfreut darüber, dass seine Schwester ihm zu Hilfe kam. „Siehst du, Kai versteht das auch nicht."

„Warum hast du mir denn nichts erzählt, Alisa?", fragte Kai, scheinbar beleidigt. „Du kommst hier seit einiger Zeit immer wieder zu Besuch – was mich ja sehr freut –, aber jetzt verstehe ich erst, warum. Du hast Angst, dass du am Wochenende Fadias Vater nicht aus dem Weg gehen kannst – und sagst keinen Ton? Ich hätte euch doch helfen können. Mit Fadias Eltern reden und auch mit Fadia selbst. Probleme sind dazu da, gelöst zu werden, das weißt du doch."

Alisa verschluckte sich fast an ihrer Torte. Kai war wirklich unglaublich.

„Aber ich weiß doch gar nicht, wo Fadia steckt. Sie will es mir ja nicht sagen. Und überhaupt, was hättest du denn bei ihren altmodischen Eltern schon ausrichten können?"

„Um was geht es denn überhaupt?", meldete sich jetzt wieder Heiner zu Wort. „Was hat sie denn für Probleme zu Hause?"

„Seit sie mit Moritz zusammen ist, gibt es immer nur Streit. Sie sei zu jung für einen Freund, sagen ihre Eltern. Sie darf nicht allein mit Moritz zusammen sein, nicht einmal mit mir und Ahmed ins Kino dürfen sie gemeinsam. Als dann neulich ihre Mutter ein Kondom in ihrer Hosentasche gefunden hat, ist alles eskaliert." Alisa wusste, was jetzt gleich kommen würde, und hoffte, damit die Aufmerksamkeit des Vaters auf sich und weg von Fadia zu lenken.

„Ein Kondom? Wozu braucht sie denn ein Kondom?"

Heiner wurde lauter. „Ihr seid noch viel zu jung, um euch mit Jungen einzulassen, haben wir dir das nicht oft genug gesagt? Dieser Ahmed gefällt mir sowieso nicht. Ein Türke und dazu protestantisch, da kann ja nichts daraus werden. Lass die Finger von ihm. Ein Mädchen darf sich nicht dem Erstbesten an den Hals werfen. Was soll denn dein künftiger Mann davon halten …"

Kai lachte laut los. „Stopp, es genügt, Brüderchen. Du bist ja noch vorgestriger, als ich dachte. Hast du nicht gemerkt, dass sich die Welt verändert hat? Mädchen müssen sich nicht mehr für den Ehemann aufbewahren, während Jungs sich ausprobieren sollen. Darüber sind wir glücklicherweise schon lange hinaus, auch wenn es bei dir wohl noch nicht angekommen ist."

„Setze du meiner Tochter keine Flausen in den Kopf, ich warne dich!" Heiner war ernsthaft sauer. Die Stimmung war nicht mehr zu retten und ein Gespräch kam auch nicht mehr in Gang. Kurz danach brachen Vater und Tochter auf.

Bayrischer Dickschädel, dachte Kai, als das Auto mit den beiden vom Hof rollte und sie erleichtert hinterherwinkte.

„Marokkanische und bayrische Dickschädel – aber wunderbare Töchter haben sie zustande gebracht", sagte Kai laut und ging zurück ins Haus. Sie wollte noch eine Weile warten, bevor sie Fadia abholte.

Kapitel 9

In ihrer neuen Wohnung fühlte sie sich wohl. Rabia war rundum zufrieden mit der Entscheidung. Wieder begann ein neuer Lebensabschnitt, vielleicht der letzte oder – falls sie krank und pflegebedürftig würde – der vorletzte. In der Wohnung konnte sie weiterhin selbständig leben. Zwei Zimmer, Bad, ein kleiner Balkon und eine ebenso kleine Küche. Für ihre Bedürfnisse genügte es. Wenn Rabia Lust hatte, kochte sie selbst, und wenn nicht, ging sie in den Speisesaal des Seniorenzentrums. Oder wenn sie das Bedürfnis nach Gesellschaft während des Essens hatte. Außerdem gab es noch eine dritte Möglichkeit: Sie konnte sich das Essen direkt in ihre Wohnung bringen lassen. Die alte Frau wusste, dass sie privilegiert war, und sie war dankbar dafür. Ihr letzter Mann, der vor etwas mehr als einem Jahr gestorben war, hatte sie gut versorgt zurückgelassen, und auch sie selbst hatte sich einiges angespart in all den Jahren. Überhaupt war diese letzte Ehe, ihre letzte Beziehung mit einem Mann, die beste in ihrem langen Leben gewesen. Sie hatte einiges erlebt während der vielen Jahre, auf die sie zurückblicken konnte, und nicht alles war schön, aber an die schlechten Dinge und Erfahrungen wollte sie sich jetzt nicht erinnern. Wozu denn auch? Zuletzt hatte sie es gut getroffen, alles hatte gepasst, leider eben etwas spät in ihrem Leben. Aber vielleicht war vorher einfach nicht der richtige Zeitpunkt gewesen. Vielleicht musste sie alt werden, um so harmonisch und rundum zufrieden und glücklich leben zu können.

Rabia saß auf ihrem kleinen Balkon, eine Tasse Espresso vor sich, und paffte einen Zigarillo. Sie sah den Wölkchen nach, die sich ihre Wege in die Unendlichkeit des blauen Himmels suchten, und kam ins Träumen.

So ähnlich wie sie jetzt lebte ihre Großmutter. Damals, vor vielen Jahren in Kabul, als noch niemand ahnte, dass die Welt, in der sich diejenigen, die es sich leisten konnten, so schön eingerichtet hatten, eines Tages völlig aus den Fugen geraten würde. Rabia hatte, als sie die neue Wohnung einrichtete, eines der Fotos aus ihrer Jugend aus dem Album genommen und in einem randlosen Rahmen an die Wand gehängt. Junge fröhliche Mädchen in Miniröcken auf dem Campus vor dem Universitätsgebäude. Sie wollte sich erinnern, wie es einmal war. So viele Bilder vom heutigen Afghanistan hatte sie in den letzten Jahren gesehen, so viel darüber gelesen in Zeitungsberichten, aber auch in Briefen alter Freundinnen und Freunde, dass sie manchmal fast selbst nicht mehr daran glauben konnte, in welcher Welt sie selbst aufwachsen war. Das Foto sollte sie daran erinnern, wie es einmal war, denn sie mochte sich die Hoffnung nicht nehmen lassen, dass es eines Tages wieder so sein könnte. Für sie selbst wäre es dann zu spät. Sie war alt und ihre letzte Reise führte sie mit Sicherheit nicht nach Afghanistan, sondern dorthin, wo jede letzte Reise endet. Aber sie wünschte sich die Veränderung so sehr für die jungen Frauen, die ihr Leben noch vor sich hatten.

Obwohl Rabia das Land gerade noch rechtzeitig verlassen konnte, hatte sie doch auch selbst erlebt, was es hieß, als Frau unterdrückt zu werden, nicht wertgeschätzt und nicht gleichwertig zu sein. Immer wieder war sie an Männer geraten, die ihr deutlich zu verstehen gegeben hatten, wo sie ihren Platz als Frau sahen. Doch immer wieder schaffte sie es, sich zu lösen und neu zu beginnen. Das wäre in Afghanistan, wie es nach ihrem Weggang wurde, nicht möglich gewesen. Das wusste Rabia und deshalb fühlte sie sich mit den Frauen, die nicht die Chance gehabt hatten, das Land zu verlassen, oder zu spät bemerkten, dass sie es besser hätten tun sollen, immer noch zutiefst verbunden. Mit den Freundinnen von damals, die heute, wenn sie denn noch lebten, alte Frauen waren wie sie. Mit deren Töchtern und Enkelinnen, die vielleicht noch eine lange Zeit der Unterdrückung vor sich hatten. Aber eines Tages, daran glaubte Rabia fest, würden sich die Umstände auch für sie wieder ändern. Sie wusste von vielen Frauen, auch in Afghanistan selbst, die sich für die Freiheit einsetzten. Offen oder im Geheimen, und sie unterstützte sie seit Langem, wo immer sie konnte.

Der Zigarillo war heruntergebrannt, die Espressotasse leer. Rabias Gedanken fanden zurück in die Gegenwart. Sie holte sich ein Glas Wasser und noch eine Tasse ihres geliebten Kaffees. Die meisten in ihrem Alter konnten nachts nicht schlafen, wenn sie nach dem Mittagessen noch Koffein zu sich nahmen. Rabia hatte das noch nie etwas ausgemacht. Auch heute noch konnte sie den ganzen Nachmittag über einen Espresso nach dem anderen trinken – irgendwann bremste sie ihr Magen dabei aus – und doch nachts schlafen wie ein Stein.

Zurück auf dem Balkon sah sie zwei Frauen ins Nachbarhaus gehen. Rabia wohnte noch nicht lange in der neuen Wohnung, aber sie hatte schon nach kurzer Zeit erkannt, dass dies ein besonderes Haus in ihrer Nachbarschaft war. Die Frauen, die das Haus betraten, kamen meist allein, manchmal auch zu zweit. Nie sah sie einen Mann ins Haus gehen und Rabia kannte diesen Blick über die Schulter vor dem Öffnen der Tür nur zu gut. Werde ich verfolgt? Bin ich allein? Kann ich die Tür öffnen und mich in Sicherheit bringen, ohne dass mich jemand im letzten Moment festhält? Während ich mich darauf konzentriere, den Schlüssel ins Schlüsselloch zu stecken, und einen Moment hilflos und ausgeliefert bin, bevor mich das rettende Haus aufnimmt?

Vor vielen Jahren hatte Rabia selbst einige Monate in einem Frauenhaus gelebt, als sie an einen äußerst aggressiven Deutschen geraten war. Alles hatte er an ihr ausgelassen, den Ärger auf der Arbeit, seine Minderwertigkeitsgefühle, fehlende Anerkennung, Geldnot. Jedes Problem, das er nicht lösen konnte, machte er zu Rabias Problem, und mit letzter Kraft rettete sie sich ins Frauenhaus, bevor er sie krankenhausreif prügeln konnte. Sie wusste damals, dass er sie noch lange Zeit suchte. Sie hatte sich diesen Blick über die Schulter zu eigen gemacht, aus der ständigen Angst heraus, dass er sie finden würde. Dann hörte sie, dass er schwer krank geworden war, und seine Spur verlor sich. Es dauerte noch einige Zeit, bis sich auch der Blick über die Schulter, die Angst im Bauch und das seltsame Gefühl im Rücken verloren, wenn sie die Tür zu ihrer Wohnung aufschloss.

Rabia nahm sich vor, die Telefonnummer der Frauenberatungsstelle herauszusuchen. Von ihrem Balkon aus, auch weil die Wohnung im Erdgeschoss lag, hatte sie direkte Sicht auf die Umgebung der Eingangstür des Nachbarhauses und sie wusste genau, dass, obwohl die Adressen solcher Häuser geheim bleiben sollten, immer wieder Männer den Aufenthaltsort ihrer Frauen herausfanden. Von ihrem Beobachtungsposten aus könnte sie sehen, wenn sich irgendwelche Männer um das Haus herumtrieben, und, wenn sie etwas Verdächtiges entdeckte, Alarm geben. So wäre ihr Umzug doch auch noch zu etwas anderem nütze als für die eigene Bequemlichkeit. Dieser Gedanke freute Rabia und sie überlegte, ob sie sich ein Fernglas kaufen sollte, um besser beobachten zu können.

Die beiden Frauen verschwanden im Haus, nach dem wohl mittlerweile zum Reflex gewordenen Blick zurück. Alles in Ordnung, Rabia griff nach ihrem Buch, das auf dem kleinen Balkontisch bereitlag, und begann zu lesen, aber heute konnte sie sich nicht konzentrieren und legte es deshalb bald wieder weg. Sie zündete noch einen Zigarillo an und nahm den letzten Schluck aus der Tasse, der mittlerweile kalt geworden war. Ihr Blick und ihre Gedanken wanderten zurück zum Nachbarhaus. Vor einigen Tagen waren zwei junge Frauen eingezogen. Kurz nacheinander und beide in Begleitung derselben Betreuerin. Die eine war noch sehr jung, im Grunde noch ein Mädchen. Sie hatte dunklen Teint und schwarze Haare. Rabia nahm an, dass sie oder ihre Eltern aus Nordafrika stammten. Die andere konnte sie nicht gut erkennen. Sie war ebenfalls jung, aber doch etwas älter als die Erste, und sie trug ein seidenes Kopftuch, das ziemlich locker saß, stellte Rabia fest, es flatterte im Wind und die Haare sahen überall hervor. Man könnte meinen, die junge Frau verabschiedete sich gerade von der Kopfbedeckung, konnte sie aber nicht einfach so übergangslos ablegen, ging es Rabia durch den Kopf. Mit ihr waren zwei kleine Mädchen ins Haus eingezogen. Neugierig musterten sie die Umgebung und Rabia hatte ihnen vom Balkon aus zugewinkt. Beide winkten fröhlich zurück und auch ihre Mutter wurde aufmerksam auf die alte Frau auf ihrem Balkon und lächelte schüchtern zu ihr hinüber. Rabia hatte gerne junge Menschen um sich, vielleicht könnte sie die junge Frau und die kleinen Mädchen bald zu sich auf eine Tasse Kaffee oder Tee einladen.

Kapitel 10

Wider Erwarten war es Kai gelungen, kurzfristig einen Platz für Damaris und ebenso schnell die Genehmigung zu bekommen, dass diese mit Samira und Elin aus der Unterkunft für Geflüchtete aus- und ins Frauenhaus einziehen durfte. Sie hatte Damaris zur Beratungsstelle begleitet, dort Selin, die bereits Fadia geholfen hatte, vorgestellt und ihr Damaris' Situation geschildert. Nachdem die Formalitäten geregelt waren, begleitete Selin die junge Frau und ihre kleinen Töchter in das Haus, das in der nächsten Zeit ihr Zuhause sein würde.

„Wenn du die Adresse irgendjemandem verrätst, ganz egal, wem, musst du ausziehen", sagte Selin, während sie die Haustür aufschloss und sich vorsichtig umsah, ob ihnen jemand gefolgt war.

„Auch nicht Kai?" Damaris war überrascht.

„Nein", Selin schüttelte den Kopf. „Auch nicht Kai."

„Aber Jane, sie kann doch wissen, wo wir wohnen?"

„Nein, auch nicht Jane. Niemand, Damaris, niemand darf diese Adresse kennen außer den Frauen, die darin wohnen, und außer den Frauen, die euch betreuen."

„Aber warum denn? Jane ist meine Freundin und kommt uns häufig besuchen." Damaris war am Boden zerstört.

„Damaris, niemand verbietet dir, Jane zu sehen. Ihr könnt sie doch in der Stadt treffen oder ihr könnt Jane in ihrer Wohnung besuchen. Dieses Haus darf sie auf jeden Fall nicht betreten und die Adresse nicht erfahren, sonst müsst ihr ausziehen. Du musst das verstehen, Damaris. Oft suchen die Ehemänner ihre Frauen, um sie zurückzuholen. Je mehr Menschen diese Adresse kennen, umso größer wird die Gefahr, dass sie euch finden. Es ist auch zu deinem Schutz, Damaris."

Damaris nickte resigniert und versprach, niemandem, auch nicht Jane, zu erzählen, wo sie untergebracht war. Seit Jane ihr gestanden hatte, dass sie lesbisch war und in der Unterkunft für queere Geflüchtete lebte, durfte sie mit den Mädchen doch auch zu ihr nach Hause kommen, sagte sie sich. Sie würden sich also weiterhin sehen können, so oft sie es wollten. Beruhigt und gespannt auf das, was kommen würde, überschritt sie die Schwelle des Hauses, das ihr zu einem neuen Leben verhelfen sollte.

Schon bald wurde Damaris klar, wie dringend notwendig Selins Ansage war. Die meisten Frauen lebten in der fortwährenden Angst, von ihrem Ehemann oder Ex-Freund, vor dem sie geflohen waren, gefunden zu werden und erneut seinen Angriffen ausgesetzt zu sein.

Zehn Frauen wohnten im Haus und eine Handvoll Kinder, als Damaris einzog. Bis auf eine Ausnahme waren es deutsche Frauen, die vor ihren gewalttätigen Männern Schutz suchten. Alle waren sie um einiges älter als Damaris und so war sie froh, als schon wenige Tage nach ihr ein junges Mädchen einzog, das, wie sich schnell herausstellte, ebenfalls von Kai vermittelt worden war. Fadia hieß sie, war ein paar Jahre jünger als sie selbst, aber dennoch fühlte sich Damaris ihr näher als den anderen Frauen.

Als sie erfuhr, dass Fadia von ihrer Familie nach Nordafrika gebracht und dort gegen ihren Willen verheiratet werden sollte, verspürte sie das Bedürfnis, dieses unbekannte Mädchen zu beschützen. Dabei wusste sie genau, dass sie selbst beschützt werden musste, weil ihr Mann Nadim sie mit Sicherheit suchte, um sie zu zwingen, zu ihm zu zurückzukehren und Jane zu verlassen. Aber dennoch, Fadia war fast noch ein Kind, gerade mal so alt, wie sie selbst gewesen war, als die Mutter ihr eröffnet hatte, dass sie sich einen Mann unter vier Kandidaten aussuchen sollte. Durfte, hatte Damaris damals gedacht und sich erwachsen und großartig gefühlt, voller Vorfreude auf das neue Leben. Damals glaubte sie, eine erwachsene Frau zu sein, bereit für die Ehe und ein

Leben als Ehefrau und Mutter. Heute sah sie in der gleichaltrigen Fadia „fast noch ein Kind".

Damaris lächelte beschämt über sich selbst. So vieles war geschehen seit damals, so vieles hatte sich in ihrem Leben verändert und am meisten verändert hatte sie sich selbst. Damals war es für sie selbstverständlich gewesen, aus der Obhut des Vaters in die des Ehemannes zu wechseln. Fast konnte sie sich heute nicht mehr vorstellen, wie sie so hatte denken und fühlen können. Wie sie ohne einen Gedanken an ein selbständiges und selbstverantwortliches Leben ihr Geschick in die Hände der Männer gelegt hatte. Vielleicht fühlte sie sich Fadia deshalb so nahe, weil Fadia genau das Mädchen zu sein schien, das Damaris mit ihrem heutigen Wissen damals gewesen wäre. Taff, mit einem eigenen Kopf und stur genug, sich von niemandem vorschreiben zu lassen, wie sie ihr Leben zu führen habe. In Fadia fand sich Damaris wieder und erkannte, dass es noch nicht zu spät war. Auch wenn sie damals mit sechzehn noch nicht gewusst hatte, was sie heute wusste, auch wenn sie in Fadias Alter der Überzeugung gewesen war, eine Frau könnte ohne den Schutz und die Fürsorge eines Mannes nicht leben – heute wusste sie es besser und nur das Heute zählte.

Sie war nur wenige Jahre älter als Fadia und sie konnte noch einmal neu beginnen. Mit ihrem neuen Wissen und ihrem jetzigen Selbstbewusstsein, mit der Kraft, die sie in sich spürte und die ihr alles möglich erscheinen ließ. Sie würde sich ein Beispiel an Fadia nehmen, die genau wusste, was sie wollte, oder wenigstens, was sie auf keinen Fall wollte, und die sich von niemandem von ihrem Weg abbringen ließ.

Auch Damaris wusste ganz genau, was sie auf keinen Fall wollte. Sie wollte nicht zurück zu Nadim, wollte nie mehr einen Mann bestimmen lassen, wie sie ihr Leben zu führen hatte. Deshalb war sie ins Frauenhaus gezogen, um vor ihm geschützt zu sein. Aber es kam im Leben nicht nur darauf an zu wissen, was man nicht wollte. Spätestens jetzt, wo sie alles daran gesetzt hatte, sich nicht mehr dem Willen, aber auch nicht der Fürsorge eines Mannes zu beugen, musste sie herausfinden, welcher ihr eigener Weg war.

Da waren Samira und Elin, ihre kleinen Mädchen, die auf sie angewiesen waren und denen sie ein möglichst behütetes Leben bieten wollte, nachdem sie schon so viel Schlimmes hatten durchmachen müssen. Sie sollten es schön haben, sollten eine glückliche Kindheit erleben, so wie es ihr selbst gegönnt gewesen war, und sie sollten zu starken selbstbewussten Frauen heranwachsen, die ihr Leben eines Tages selbst in die Hand nehmen konnten.

Aber das war nicht genug. Auch ihr eigenes Leben zählte, ihr Leben als Frau und nicht nur als Mutter. Was wollte sie damit beginnen? Wie wollte sie leben?

An diesem Punkt stieß Damaris gegen eine Mauer. Wenn sie ehrlich war, wusste sie bereits, wohin ihre Gedanken sie führen wollten, aber genau deshalb baute sie eine Mauer – als Schutz vor dem, was sie sich sonst eingestehen müsste. Egal, wie sie es anfing, ihre Gedanken führten sie immer zu Jane.

Damaris versuchte es auf ein Neues. Sie wusste doch genau, was sie wollte: einen Beruf mit oder ohne Studium erlernen, der sie ausfüllte und mit dem sie sich und ihre Töchter ernähren konnte. Ganz sicher war sie sich noch nicht, in welche Richtung sie gehen sollte, aber das hatte ja auch noch Zeit. Erst musste sie einen Schulabschluss machen und bevor das möglich war, musste sie ihre Deutschkenntnisse verbessern. Vor allem aber musste sie in Deutschland bleiben dürfen, um ihre Pläne verwirklichen und mit Jane zusammenbleiben zu können.

Da war es schon wieder passiert. Alle ihre Gedankengänge endeten bei Jane. Sie hatte Jane gern, mehr als gern, sie liebte Jane, aber sie liebte sie als Freundin, sagte sich Damaris zum wiederholten Mal.

„Ich bin nicht wie Jane, ich bin eine ganz normale Frau, die ohne Mann leben will, um ihre Selbständigkeit zu bewahren."

„Mama, was ist mit Jane?“ Samira sah von ihrem Katzen-Puzzle auf.

Hatte sie laut gesprochen? Manchmal vergaß Damaris, dass sie nicht allein war, und dachte laut vor sich hin. Sie musste vorsichtiger sein, denn Samira und Elin erzählten Jane alles, was sie irgendwo aufgeschnappt hatten.

„Nichts, Samira. Mach die Kätzchen fertig.“ Sie überließ sich wieder ihren Gedanken, blieb aber nun still.

Jane liebte Frauen, aber das war ihre Sache. Damaris verurteilte sie nicht deswegen, Jane konnte ja nichts dafür, aber sie selbst war nicht so. Auch wenn sie sich insgeheim nach Janes Berührungen sehnte, so war sie doch eine ganz normale Frau, die mit ihrer Freundin kuscheln wollte. Mädchen machten das so. Warum sollten Frauen das nicht tun? Nein, sie war nicht so, sie durfte einfach nicht so sein, das war nicht erlaubt, nicht richtig, und selbst wenn sie manchmal gar nicht mehr sicher wusste, was richtig und was falsch war, sie konnte es ihren Eltern nicht antun.

Ihre Eltern, was war überhaupt mit ihren Eltern? Lebten sie noch? Falls ja, wo waren sie? In einem Flüchtlingscamp in Griechenland? Oder hatten sie es wie sie selbst und wie Nadim nach Deutschland geschafft und suchten nun nach ihr? Waren sie vielleicht zurückgeschickt worden nach Saudi-Arabien und jetzt dort im Gefängnis? Damaris schüttelte wild den Kopf, um diese sinnlosen Fragen zu vertreiben. Sie hatte keine Ahnung, was mit den Eltern geschehen war, und ganz egal, wo sie sich aufhielten, die Wahrscheinlichkeit, dass sie sie jemals finden würden, dass sie je davon erfahren würden, wenn ihre Tochter eine, eine … war – Es gelang Damaris nicht einmal, das Wort zu denken. Die Wahrscheinlichkeit, dass sie je davon erfahren würden, wenn ihre Tochter mit einer Frau zusammenlebte, war äußerst gering. Warum also ließ sie sich davon derart beeinflussen? Weil sie eben keine … weil sie eben nicht *so eine* war. Auch wenn sie sich wünschte, immer mit Jane zusammenbleiben zu können, sie war eine ganz normale Frau und das hatte mit ihren Eltern rein gar nichts zu tun.

Sie riss sich zusammen. Schluss jetzt! Es war Zeit, die Mädchen anzuziehen und erst mit dem Bus und dann mit der U-Bahn zur Donnerstagsgruppe zu fahren. Vom Frauenhaus aus war der Weg weiter als früher. Anschließend würden sie Jane besuchen. Es war schon seltsam. Die Verhältnisse hatten sich umgedreht. Früher verheimlichte Jane vor ihr, wo sie wohnte, und jetzt durfte Jane nicht wissen, wo Damaris untergebracht war. Dafür konnte sie jetzt Jane besuchen, wann immer sie wollte. Jane …

Als Damaris mit den beiden Mädchen das Haus verließ, sah sie auf einem kleinen Balkon des benachbarten Gebäudekomplexes die alte Frau sitzen, die ihr schon öfter aufgefallen war. Sie schien fast immer dort zu sitzen, wenn es nicht zu kalt war oder regnete. Meist stand eine kleine Tasse vor ihr und sie blies Rauchwölkchen in die Luft, denen sie versonnen hinterherblickte, wenn es gerade nichts auf der Straße zu beobachten gab. Der Balkon war nur wenig höher als der Gehweg, auf dem Damaris sich befand, und so grüßte sie jedes Mal höflich beim Vorbeigehen und jedes Mal grüßte die alte Frau freundlich zurück.

„Marhaba."

„Salaam."

Heute war die Alte gesprächiger als gewöhnlich und begann eine Unterhaltung. Zunächst versuchte Rabia es auf Dari, es war leicht eingerostet, denn sie hatte zu lange ihre Muttersprache nicht mehr gebraucht. Als die junge Frau sie fragend anblickte, versuchte sie es auf Englisch.

„Sie sind neu hier, ich habe Sie noch nicht oft gesehen", stellte sie fest.

„Ja, wir sind erst vor wenigen Tagen eingezogen", antwortete Damaris.

„Ich weiß, was das für ein Haus ist, in dem Sie da leben", stellte die Alte fest. „Auch ich habe einige Zeit in einer ähnlichen Einrichtung gewohnt. Manchmal braucht man jemanden zum Reden, kann ich mich erinnern."

Damaris nickte nur. Auf was wollte die Alte hinaus? Sie wusste nicht, ob sie alles richtig verstanden hatte. Bestimmt war die Frau einsam und suchte Kontakt oder sie wollte wieder junge Menschen um sich haben. Damaris hatte sich schon kurz, nachdem sie hergezogen war, in der Nachbarschaft umgesehen und wusste, dass es sich um ein Haus voller alter Leute handelte, in dem die Frau wohnte. Von zu Hause kannte sie das nicht. Da lebten die alten Menschen bis zum Tod bei ihrer Familie. Aber in Deutschland war das anders, hatte ihr Regina, die auch im Frauenhaus untergebracht war, erklärt, als Damaris gefragt hatte, was dieses Schild „Seniorenresidenz“ an dem großen Gebäude in der Nachbarschaft bedeutete und warum dort nur alte Leute wohnten. Zufällig hatten sie sich in der Küche getroffen und waren ins Gespräch gekommen. Regina sprach kaum englisch, Damaris verstand Deutsch besser, als sie es sprach, aber die Verständigung klappte ganz gut. Viele alte Menschen hätten keine Familie mehr oder die Familie hätte keine Möglichkeit, sie zu versorgen, oder die Alten wollten unabhängig bleiben, solange es ging, und dieses Haus bot ihnen die Möglichkeit dazu, entnahm Damaris Reginas Erklärungsversuchen.

„Die alten Leute leben dort in ihren eigenen Wohnungen, können sich aber jederzeit mit den anderen Hausbewohnern auf einen Plausch oder ein Spielchen treffen, und putzen und kochen müssen sie auch nicht selbst, wenn sie nicht wollen“, erklärte Regina fast ein wenig neidisch. Das hörte sich gar nicht schlecht an, eigentlich sogar ziemlich gut, fand Damaris. Unabhängig sein, selbständig sein – das war genau das, was sie früher nicht gekannt und erst während der Flucht schätzen gelernt hatte. Unabhängig wollte sie bleiben ihr ganzes Leben lang, genau wie diese alte Frau da. Gerne wollte sie von ihr mehr hören über das Leben in dieser Seniorenresidenz, aber auch über die Zeit davor. Bestimmt hatte sie vieles durchgemacht in ihrem langen Leben, von dem Damaris etwas lernen konnte.

„Wir müssen jetzt zum Bus", sagte Damaris deshalb, „aber vielleicht dürfen wir Sie einmal besuchen kommen?"

„Gerne", antwortete die Alte. „Ich heiße Rabia. Komm einfach vorbei, wenn du Zeit und Lust dazu hast. Du siehst mich ja hier sitzen, dann weißt du, dass ich zu Hause bin."

Damaris nickte.

„Bis dann", sagte sie und sah auf die Uhr. „Wir müssen uns beeilen, der Bus fährt gleich ab."

Schon am nächsten Tag besuchte sie Rabia zum ersten Mal und es entwickelte sich schnell eine ganz besondere Freundschaft zwischen den beiden Frauen. Die eine war vor vielen Jahren als freie Frau aus Afghanistan gekommen, hatte in Deutschland in verschiedenen Beziehungen ihre Freiheit, die sie durch die Flucht hatte retten wollen, an Männer verloren und erst spät wiedergefunden. Die andere, sehr jung, hatte die Unabhängigkeit nicht gekannt, bis sie ihre Heimat verlassen musste. Erst während der Flucht hatte sie das selbstbestimmte Leben kennen- und schätzen gelernt. Beide wollten sie ihr unabhängiges Leben nun nicht mehr missen.

Rabia erzählte ausführlich von sich und ihren Erlebnissen im Laufe eines langen Lebens und Damaris tat es ihr anschließend gleich. Ohne darüber nachzudenken, erzählte sie dieser Frau, die sie doch kaum kannte, alles, was es zu erzählen gab. Von ihrer Kindheit und Jugend in einem goldenen Käfig, den sie nie als solchen erkannt hatte. Von dem Mann, den sie hatte auswählen dürfen, und von ihrer Enttäuschung über das, was sich als Ehealltag herausstellte und das so gar nicht ihren Erwartungen entsprach. Sie erzählte, wie sie die Schule erst wegen der Eheschließung und dann wegen der Kinder hatte aufgeben müssen, wie sie fliehen mussten, wie sie ihre Familie unterwegs verloren hatte und wie sie dann bemerkte, dass sie auch ohne Ehemann oder Vater gut zurechtkam. Sie erzählte, wie sie gelernt hatte, ganz allein für die Kinder und für sich zu sorgen, und sie sprach über die griechische Hölle im Flüchtlingslager in

Moria. Sie berichtete von der Weiterreise nach Deutschland, von der Unterkunft hier in Hannover und ihrer Angst vor den Männern dort, die sie anstarrten und berührten. Sie erzählte von Nadim, der plötzlich vor ihrer Tür gestanden hatte und sie zu sich holen wollte, zu dem sie aber nicht mehr zurück wollte. Zuletzt erzählte sie Rabia alles über Jane, die ihre erste Freundin in Deutschland geworden war, und von ihrer Angst, Jane zu verlieren, weil Nadim sie finden und mit nach Freiburg nehmen würde, weit weg von Jane. Nur ihre geheime Angst davor, Jane würde sie eines Tages verlassen, weil sie es nicht mehr länger aushielte mit der Frau, in die sie verliebt war und die sie doch nur zur guten Freundin haben wollte, erwähnte Damaris nicht. Über alles konnte sie mit Rabia sprechen außer über diese eine Sache.

„Magst du diese Jane nicht mal mitbringen?“, fragte Rabia an einem Nachmittag, als sie wieder einmal zusammen auf dem Balkon saßen, Kaffee tranken und den Mädchen zusahen, die auf dem Spielplatz vor dem Haus mit anderen Kindern Sandkuchen herstellten, den sie den beiden Frauen auf dem Balkon anboten.

„Das geht leider nicht“, antwortete Damaris unglücklich. Zu gerne hätte sie Jane Rabia vorgestellt, nachdem sie so viel von ihr erzählt hatte.

„Jane darf nicht wissen, wo ich wohne. Wenn ich die Adresse verrate, muss ich die Wohnung verlassen.“

Rabia nickte.

„Verzeih, das weiß ich doch eigentlich. Als ich damals im Frauenhaus wohnte, war das genauso. Ich habe nicht daran gedacht. Aber eines Tages wirst du wegziehen, in eine eigene Wohnung oder vielleicht sogar mit Jane zusammen, und dann bringst du deine Jane einmal mit zu mir.“

Deine Jane. Damaris fragte sich, ob sie sich nur einbildete, dass Rabia eine besondere Betonung in diese zwei Worte legte. Hatte Rabia sie durchschaut?

Deine Jane, meine Jane. Wenn sie nur wüsste, wie es mit ihnen beiden weitergehen sollte. Immer mehr bröckelte die

Mauer in ihrem Kopf, immer wieder blitzten in letzter Zeit Bilder auf, wie sie mit Jane Hand in Hand spazieren ging, wie sie miteinander auf einer Wiese lagen, sich umarmten, festhielten und – ja, sie musste es sich eingestehen – sich küssten. In letzter Zeit hatte sie dieses Bild immer wieder vor Augen und es fiel ihr mit jedem Mal schwerer, sich dagegen zu wehren. Aber es konnte nicht sein, es durfte nicht sein, sie war keine Lesbe. Damaris erschrak. Sie hatte das Wort gedacht, war nicht davor zurückgeschreckt wie bisher. War sie etwa doch so wie Jane? Nein, das konnte nicht sein, nein, auf keinen Fall. Höchstens ein klitzekleines bisschen. Ein wenig spielen konnte sie doch wohl mit dem Gedanken, mit der Sehnsucht nach dieser Frau an ihrer Seite, ohne gleich eine Lesbe zu sein.

„Damaris?"

Damaris erschrak. Sie hatte Rabia völlig vergessen.

„Damaris, warum weinst du? Habe ich etwas Falsches gesagt? Ich wollte dich nicht bedrängen", sagte die alte Frau leise.

Damaris schüttelte den Kopf. „Nein, es ist nur, ich …", sie wusste nicht weiter und schwieg. Erstaunt wischte sie sich die Tränen ab. Sie hatte sie nicht bemerkt.

Rabia wartete, bis sie aufblickte, dann sah sie ihr in die Augen, auf eine Art, dass Damaris den Blick nicht abwenden konnte, und sagte leise, aber bestimmt: „Mach es dir nicht so schwer, Damaris. Es ist nicht wichtig, wen man liebt. Ob Mann oder Frau. Hauptsache, man liebt und man wird geliebt."

Damaris riss ihren Blick los und stand auf. „Ich muss jetzt gehen. Die Kinder müssen etwas zu essen bekommen und bald schlafen." Sie verabschiedete sich kurz und etwas weniger herzlich als sonst von Rabia, die das wohl bemerkte.

„Komm bald wieder, Damaris. Es ist schön, wenn du hier bei mir bist. Fast, als hätte ich eine Tochter."

„Oder besser eine Enkelin", lachte Rabia nach einer kurzen Pause laut auf. „Ich vergesse immer, wie alt ich bin."

Damaris nickte. „Danke, Rabia. Ich bin auch gerne bei dir, aber jetzt muss ich allein sein, ich muss nachdenken."

„Mach es dir nicht so schwer, Kind", sagte Rabia zum Abschied noch einmal und zündete sich gedankenverloren einen Zigarillo an.

„Es ist nicht wichtig, wen man liebt. Ob Mann oder Frau. Hauptsache, man liebt und man wird geliebt."

Dieser Satz rauschte in Damaris' Ohren und ließ sie nicht mehr los. Je mehr sie ihn bekämpfte, umso mehr drängte er sich in den Vordergrund, umso lauter hörte sie Rabias sanfte Stimme: „Mach es dir nicht so schwer, Kind. Es ist nicht wichtig, wen man liebt …"

In dieser Nacht gab Damaris den Kampf auf. Nachdem Elin und Samira endlich eingeschlafen waren, ging sie mit einem Glas Tee in den Gemeinschaftsraum, um sich abzulenken. Erst hatten die Frauen zusammen einen Film angesehen, an den sich Damaris später nicht mehr erinnern konnte, dann war sie mit Fadia in deren Zimmer gegangen. Sie hatten gemeinsam noch mehr Tee getrunken und Fadia hatte sich bei der neuen Freundin ausgeweint. Sie fühlte sich einsam und fremd, erzählte sie. Sie vermisste Kai, an deren Gesellschaft sie sich gewöhnt hatte, ebenso wie das gemütliche Häuschen, in dem sie mit ihr gewohnt hatte. Sie vermisste ihre Freundinnen Alisa und Jil, die sie nur an den Wochenenden treffen konnte, und ihren Freund Moritz, der immer weniger mit der Situation klarkam und sich weigerte, mit den beiden Freundinnen zusammen nach Hannover zu kommen. Fadia erzählte Damaris von ihrem ersten und bisher letzten Treffen mit Moritz, seit sie aus Bremen weg musste. Er war an einem Nachmittag unter der Woche allein mit dem Zug nach Hannover gekommen und Fadia hatte ihn am Bahnhof abgeholt.

„Warum kann ich dich nicht besuchen?", bedrängte er seine Freundin immer wieder, während sie Hand in Hand durch die Fußgängerzone gingen und später erst Eis und anschließend Pizza essen waren.

„Moritz, warum kannst du das denn nicht verstehen? Niemand darf mich besuchen, auch nicht Alisa oder Jil. Nicht einmal Kai. Wenn die Adresse bekannt wird, sind die Frauen, die mit mir dort wohnen, in Gefahr. Ich auch, kapierst du das denn nicht?“

Fadia hatte die Geduld verloren. Warum konnte Moritz nicht einfach akzeptieren, dass sie ihm nichts sagen konnte?

„Als du bei Kai gewohnt hast, durfte ich das auch nicht wissen. Hast du denn kein Vertrauen zu mir?“ Moritz war ernsthaft beleidigt.

„Mensch, Moritz, natürlich vertraue ich dir. Das hat doch damit nichts zu tun. Was man nicht weiß, kann man nicht verraten. Nicht versehentlich und nicht, wenn man dazu gezwungen werden soll.“

„Wer sollte mich denn zwingen wollen?“ Der schlaksige Junge sah seine Freundin verständnislos an.

„Sag mal, warst du immer schon so schwer von Begriff oder willst du es einfach nicht verstehen?“ Fadia war nun wirklich sauer. „Meinst du, ich laufe aus Spaß weg von zu Hause? Wenn sie mich finden, kannst du mich nie mehr sehen, ist dir das nicht klar? Dann bin ich in Nullkommanichts in Marokko und von der Bildfläche verschwunden. Und glaubst du, sie lassen das einfach so mit sich machen, dass ich davonlaufe und ihre Pläne durchkreuze? Sie werden versuchen herauszufinden, wo ich bin, egal wie.“

„Aber“, sagte Moritz erschrocken über Fadias Ausbruch, „was hat das denn mit mir zu tun? Ich kann schweigen wie ein Grab.“

„Werde erwachsen, Moritz. Wenn sie dir die Nase brechen, dann sagst auch du alles, was sie von dir hören wollen.“

Eigentlich, so erklärte Fadia später Damaris, glaubte sie selbst nicht daran, dass ihr Onkel Aziz so weit gehen würde, Gewalt anzuwenden, und ihr Vater, der sich laut Hamid inzwischen kaum noch an der Suche beteiligte, schon gar nicht. Aber Moritz' Unverständnis hatte sie so wütend gemacht, dass ihr das einfach herausgerutscht war. Schweigend waren sie nebeneinander her zur nächsten U-Bahn-Station gegangen, statt wie geplant ins Kino, und Moritz war wortlos eingestiegen und zum Hauptbahnhof gefahren, wo er in den Zug nach Bremen stieg. Seither hatte Fadia nichts mehr von ihm gehört.

„Außerdem kann man ja nie wissen, vielleicht ist es gar nicht so weit hergeholt", sagte sie dann nachdenklich. „Vielleicht sollte ich mich von Moritz trennen, statt zu warten, wie lange er durchhält?", überlegte Fadia nach einer längeren Pause laut, in der Damaris mitfühlend geschwiegen hatte, weil ihr keine passende Antwort einfiel.

Damaris versuchte, die Erfahrene zu spielen, und redete Fadia gut zu. Wahrscheinlich bräuchte Moritz nur Zeit, er würde sich bestimmt bald bei ihr melden und dann hätte er sicher auch eingesehen, wie ernst die Situation war, und würde zu ihr stehen.

In Gedanken war sie aber heute Abend nicht bei der Sache. Immer wieder hörte sie Rabias Stimme: „Mach es dir nicht so schwer, Kind. Es ist nicht wichtig, wen man liebt. Ob Mann oder Frau. Hauptsache, man liebt und man wird geliebt."

Sie wurde geliebt, Jane würde alles für sie tun. Jane wollte sogar ihre *Freundin* bleiben, auch wenn sie es – das konnte Damaris jedes Mal, wenn sie sich trafen, genau spüren – kaum aushielt. Für Jane war nur wichtig, dass es ihr, Damaris, gutging. Jane liebte sie wirklich. Warum sollte sie das nicht einfach zulassen? Fadia litt darunter, dass ihr Freund sie nicht genügend liebte, um die bestehende Situation auszuhalten und zu akzeptieren, was sie von ihm fordern musste. Sie selbst stieß die Liebe einer Frau zurück, die alles nur Denkbare aushalten würde, eben weil sie sie so sehr liebte.

Dann wollte Fadia schlafen, weil sie am nächsten Morgen früh aufstehen musste, um rechtzeitig zur ersten Stunde in der Schule zu sein. Damaris verabschiedete sich und ging ebenfalls zu Bett, aber sie wälzte sich stundenlang hin und her, ohne Ruhe zu finden. Schließlich fiel sie in einen leichten Dämmerschlaf und prompt begegnete sie im Traum der alten Frau von nebenan.

„Mach es dir nicht so schwer, Kind."

Als dann auch noch Jane in ihren Träumen auftauchte, gab sich Damaris geschlagen. Warum sollte sie gegen die Liebe kämpfen, die ihr geschenkt wurde, während andere trauerten, weil sie nicht genug geliebt wurden oder sogar hier im Frauenhaus Schutz suchen mussten, weil ihre Männer, die sie einmal geliebt hatten oder vielleicht insgeheim sogar immer noch liebten, Liebe mit Besitzanspruch verwechselten?

Sie wurde nicht nur von Jane geliebt, auch sie liebte Jane, das wurde Damaris in dieser Nacht endgültig klar. Nein, sie wollte nicht mehr gegen ihre Liebe ankämpfen, nur weil andere meinten, es sei die falsche Liebe. Sie konnte nicht mehr.

„Es ist nicht wichtig, wen man liebt. Hauptsache, man liebt und man wird geliebt."

Die alte Frau hatte recht. Sie liebte Jane, einfach, weil sie Jane war, nicht, weil sie eine Frau war. Jedenfalls gab es keinen Grund, das näher zu beleuchten. Sie liebte Jane, warum auch immer, und das konnte sie tun, ohne eine Lesbe zu sein. Dieses Wort machte ihr noch immer Angst, sie würde es vergessen, denn Worte und Bezeichnungen waren unwichtig. Wichtig waren nur sie beide, Jane und Damaris. Wichtig war nur ihre Liebe und die konnte und wollte sie nicht länger verleugnen.

Kapitel 11

Nach dem Besuch bei seiner Schwester war Heiner davon überzeugt, dass Fadias Vater Manzir mit seinem Verdacht falsch lag. Er besuchte ihn zu Hause, erstattete ihm Bericht und bei dieser Gelegenheit stellten die beiden Männer fest, dass sie sich sympathisch waren und sich als Väter der jeweils besten Freundin ihrer Tochter schon längst hätten miteinander bekanntmachen sollen. Sie beschlossen, den Kontakt aufrechtzuerhalten, und Heiner versprach, weiterhin Augen und Ohren offenzuhalten und Manzir bei der Suche nach Fadia zu unterstützen.

Er konnte Manzirs Sorge als Vater einer heranwachsenden Tochter, die wochenlang nicht nach Hause kam, bestens nachfühlen. Er selbst würde mit Sicherheit ausrasten, wenn Alisa plötzlich verschwunden wäre. Allerdings verstand er nicht, warum Manzir auf keinen Fall die Polizei ins Boot holen wollte. Vermutlich fürchtete der Marokkaner, so versuchte sich Heiner dessen Verhalten zu erklären, als Ausländer besondere Probleme zu bekommen, weil er nicht auf seine Tochter aufgepasst hatte. Aufsichtspflichtverletzungen riefen schnell das Jugendamt auf den Plan und wer konnte schon wissen, ob da nicht wirklich Unterschiede gemacht wurden zwischen Eltern mit deutschem Pass und anderen. Heiner glaubte das zwar nicht, konnte aber verstehen, falls Manzir unsicher war.

Er besprach sich mit seiner Frau und nach einigem Hin und Her kamen sie zu dem Ergebnis, dass es sich wohl wirklich nur um eine kurzfristige Auszeit handelte, die sich Alisas beste Freundin genommen hatte, weil sie mit der Situation zu Hause nicht klarkam, und sie den Wunsch Manzirs respektieren mussten.

Würde seine eigene Tochter plötzlich weglaufen und die Eltern gerade einmal wissen lassen, dass sie freiwillig gegangen war und dass es ihr gutginge, würde er wohl sofort die Polizei auf Alisa ansetzen, aber letztendlich war das Manzirs Sache, wie er mit der Situation umging. Wenn Fadias Vater sich nicht genug Sorgen machte, um Hilfe zu holen, dann hatte er wohl seine Gründe dafür.

***

Manzir war kurz davor gewesen, Alisas Vater die ganze Geschichte zu erzählen, so sehr lastete alles inzwischen auf seinem Gewissen. In seinem ersten Zorn hatte er sich von Aziz in etwas hineinziehen lassen, das er mittlerweile längst bereute, das er aber nicht mehr aufhalten konnte. Sein älterer Bruder hatte alles an sich gerissen und das Steuer übernommen. Zu allem Überfluss zog er noch seine sämtlichen Freunde mit hinein, so dass Manzir keine Möglichkeit mehr hatte, die Aktion abzubrechen, ohne sich vor der gesamten marokkanischen Gemeinde lächerlich zu machen. Das glaubte und fürchtete er jedenfalls, weil ihm nicht in den Sinn kam, dass auch moderne junge Leute dazugehörten, wie sein Neffe Hamid, die möglicherweise eine andere Sicht auf die Dinge hatten. Auch nicht alle älteren Marokkaner dachten so wie Aziz, aber Manzir war nun bereits so tief in die Sache involviert, dass er nicht mehr klar denken konnte.

Er spürte, dass es falsch war, seine Tochter, seine fröhliche und lebhafte Fadia, die er über alles liebte, aus einer Verärgerung heraus und aus Angst vor dem, was die anderen sagen würden, nach Marokko zu schicken und zu verheiraten. Den Cousin, mit dem er ihr gedroht hatte, gab es zwar, aber Manzir hatte schon seit Jahren keinen Kontakt mehr zu ihm. Vermutlich war der überhaupt nicht an einer Heirat mit Fadia interessiert, aber in seiner Wut war Manzir einfach nichts Besseres eingefallen. Und nun war alles aus dem Ruder gelaufen.

Wenn er mit klarem Kopf darüber nachdachte, so fand er es schon lange nicht mehr zeitgemäß, jungen Frauen vorzuschreiben, wen sie zu heiraten hatten. Aber es handelte sich nun einmal um seine kleine Fadia. Sie war schließlich erst sechzehn, und es gab einen Freund, mit dem sie am Ende schon geschlafen hatte und von dem sie vielleicht ein Kind bekam. Und dann stand sie auch noch plötzlich vor ihm wie eine Rachegöttin und schimpfte über seine Kultur. Da war der Zorn mit ihm durchgegangen. So weit ging seine Offenheit nun wirklich nicht. Sie konnte doch wenigstens die Schule fertig machen und sich dann bei ihrem Vater Rat holen, was einen Ehemann anging. Er wollte ihr ja nichts vorschreiben, aber …

Seine Gedanken drehten sich im Kreis. Manzir wusste nicht weiter. Er hatte sich in eine Situation hineinmanövriert, aus der er allein nicht mehr herausfand. Seine Frau um Rat zu bitten schämte er sich, außerdem sprach sie nicht mehr mit ihm, seit sie herausgefunden hatte, dass er davon gewusst hatte, was Aziz im Schilde führte, als er sie an jenem Tag mit Aziz' Frau Kleider einkaufen schickte. Einem Fremden wie Alisas Vater von seinen Sorgen zu erzählen – das ging erst recht nicht.

Am besten unternahm er zunächst einfach nichts. Fadia ging es gut, das zumindest hatte sie die Eltern wissen lassen. Sie würde bestimmt irgendwann von allein zurückkommen, wenn sich die Wogen geglättet hätten. Deshalb war Manzir froh, als Heiner, der Vater von Fadias Freundin Alisa, mit der Nachricht zu ihm kam, er sei sicher, Alisa wisse auch nicht, wo sich ihre beste Freundin im Moment aufhielte. So konnte er Aziz guten Gewissens mitteilen, dass Fadias Aufenthaltsort weiterhin unbekannt war. Nur mit Mühe allerdings konnte er Heiner davon abhalten, die Polizei einzuschalten. Das durfte nicht geschehen, denn davon würde auch Aziz schnell erfahren und dann würde sein Bruder alles daran setzen, Fadia vor der Polizei zu finden und außer Landes zu bringen. Solange Fadia nicht polizeilich gesucht wurde, würde sich Aziz, der immer schon ein Großmaul gewesen war, sich aber ungern unnötig anstrengte, nicht übermäßig aktiv werden, vermutete Manzir. Er hoffte, dass sein Bruder im Lauf der Zeit das Interesse an der Sache verlieren würde, dann könnte er seine Kleine wissen lassen, dass er selbst ihr nichts Böses wollte und sie doch einfach wieder nach Hause kommen sollte.

Manzir war trotz Heiners ergebnisloser Nachforschungen weiter überzeugt davon, dass Alisa wusste, wo sich Fadia aufhielt. Mit Sicherheit unterstützte sie ihre Freundin und hatte Heiner an der Nase herumgeführt. Die Töchter hatten sich gegen die Väter verbündet, schließlich hatte seine Kleine auch dieses unselige Kondom bestimmt von Alisa bekommen. Woher denn sonst? Von sich aus wäre sie nicht auf eine solche Idee gekommen. Ohne Alisa wäre Fadia auch mit keinem Jungen zusammen, da steckte bestimmt dieser Ahmed dahinter, den er zunächst für Fadias Freund gehalten hatte.

Manzir begann schon wieder, sich über Fadias Verhalten aufzuregen, merkte aber gerade noch rechtzeitig, bevor er sich in seinen Zorn hineinsteigerte, dass es ihn im Moment nicht weiterbrachte herauszufinden, wer die Schuld daran trug, dass Fadia sich gegen ihren Vater auflehnte. Ganz egal, was seine Tochter angestellt hatte und warum, Marokko war keine Lösung. Er würde mit ihr reden müssen, wenn er sie erst wieder bei sich hatte. Seine Kultur war doch auch die ihre und ein junges Mädchen war eben ein junges Mädchen und musste behütet werden vor allen Gefahren, um sie dann unversehrt ihrem Ehemann zu übergeben, auch wenn sie ihn, wie das heute üblich war, selbst aussuchen dürfte. Alisas Vater sah das ähnlich, hatte Manzir zufrieden festgestellt, ganz falsch konnte er also nicht liegen.

Zunächst war es deshalb gar nicht so schlecht, dass Fadia verschwunden blieb. Auch ihr Freund schien nicht zu wissen, wo sie sich aufhielt.

„Bei Moritz ist Fadia nicht", hatte ihn sein Neffe Hamid wissen lassen, den er gebeten hatte, doch unauffällig in Fadias Freundeskreis nachzufragen, ob jemand etwas über ihren

Aufenthalt wisse. „Moritz ist selbst stinksauer, weil sie einfach weg ist, ohne ihm etwas zu sagen."

Manzir musste abwarten, auch wenn es ihm noch so schwerfiel, bis Aziz sich beruhigt hatte. Dann würde er Fadia durch Alisa mitteilen lassen, dass er ihr nicht mehr böse war und sie jederzeit nach Hause zurückkommen konnte.

***

Aziz kannte seinen kleinen Bruder: Wenn er gereizt wurde, ging der Zorn mit ihm durch, aber schnell verrauchte er auch wieder, und das war in diesem Fall nicht gut. Seine Nichte Fadia tanzte ihrem Vater auf der Nase herum. Das war immer schon so gewesen und als sie klein war, hatte er, als Vater von drei Söhnen, das sogar lustig gefunden. Aber Familie war Familie und es ging nicht an, dass die fast erwachsene Fadia dies immer noch tat. Unter den alten Marokkanern wurde viel geklatscht und es würde auch auf ihn zurückfallen, wenn sein Bruder Manzir die Tochter nicht im Griff hatte. Außerdem, aber das wusste Manzir nicht und davon durfte er auch nie etwas erfahren, hatte man Aziz ein ganz nettes Sümmchen geboten, wenn er Fadia einem entfernten Verwandten von Aziz' Frau, der in Marokko lebte, als Braut vermitteln würde. Der erhoffte sich wohl, durch eine Heirat mit Fadia eines Tages nach Deutschland kommen zu können. So jedenfalls erklärte sich Aziz das Angebot, das er vor einiger Zeit bekommen hatte. Er hatte nicht nachgefragt, auch nicht seine Zweifel an der Strategie des jungen Mannes geäußert. Aziz, der ein kleines Import-Export-Unternehmen betrieb, war finanziell schon lange am Ende, was niemand wusste und was auch niemand wissen sollte, und hangelte sich von einem Geschäft zum anderen. Da kam ihm dieses Angebot gerade recht und als schon kurze Zeit darauf Manzir zornentbrannt bei ihm ankam und sich über seine Tochter beschwerte, die einen deutschen Freund hatte, Kondome in der Hosentasche mit sich herumschleppte und zu allem Überfluss auch noch lautstark die Kultur ihres Vaters beschimpfte, da sah er die Gelegenheit gekommen.

Aziz wollte seiner Nichte nichts Böses, doch sie alle hatten lernen müssen, in arrangierten Ehen zu leben, und der potenzielle Bräutigam schien in Ordnung zu sein, soweit er das aus der Ferne beurteilen konnte. Fadia würde sich eben in ihr Schicksal fügen müssen, schließlich blieb sie eine Frau, auch wenn die Zeiten sich inzwischen geändert hatten. Seine Söhne würden sich ihre Ehefrauen selbst aussuchen dürfen, diesen Tribut war er bereit, an die neue Zeit zu bezahlen. Aber ein Mädchen blieb ein Mädchen und außerdem benötigte er dringend Geld.

Aziz hatte alles in die Wege geleitet. Ein befreundeter Arzt, der ihm einen Gefallen schuldete, schrieb nach Beginn des neuen Schuljahres ein Attest für Fadia, so dass aus der Schule keine Nachfragen zu erwarten waren. Die Verwandten seiner Frau hatte er wissen lassen, dass die Braut schon bald nach Marokko käme und sich auf die Hochzeit freue. Sogar Flugtickets mit der Option, den Termin umzubuchen, hatte er bereits in der Tasche. Nur Fadia blieb verschwunden.

Es war nicht gut für ihn, dass Manzirs Zorn so schnell verrauchte. Auch jetzt schien sein Bruder schon wieder zu bereuen, dass er sich darauf eingelassen hatte. Aziz musste schnell handeln, bevor Manzir die Notbremse zog und eine Verheiratung Fadias unmöglich machte. Nur, wie sollte er handeln, wenn er nicht wusste, wo sich das Mädchen befand? Das musste er so schnell es ging herausfinden.

Die einfachste Möglichkeit wäre gewesen, seinen Sohn Hamid mit der Suche nach Fadia zu beauftragen, aber Hamid vertraute er in dieser Sache nicht mehr. In letzter Zeit verhielt sich Hamid seltsam und deshalb verzichtete er lieber darauf, seinen Sohn weiter in die Sache hineinzuziehen, auch wenn der ihm seine Hilfe angeboten hatte. Er wusste von seinem Bruder Manzir, der auf sein Drängen hin den Vater von Fadias bester Freundin aufgesucht hatte, dass Alisa seit einiger Zeit jeden Freitagnachmittag in den Zug stieg, um zu ihrer Tante zu fahren. Manzir vermutete, dass sie in Wahrheit Fadia besuchte, hatte Aziz aus seinem kleinen Bruder herausgeholt. Eigentlich hatte der ihm das nicht sagen wollen, glaubte Aziz, aber er wusste immer schon, wie er von Manzir bekommen konnte, was er wollte. Das war schon so gewesen, als sie beide noch Kinder waren, und es hatte sich im Erwachsenenalter nicht geändert.

Manzir hatte Alisas Vater um Hilfe bei der Suche nach seiner verschwundenen Tochter gebeten. Der hatte an einem Sonntag, als Alisa angeblich wieder einmal das Wochenende bei ihrer Patentante verbrachte, die in der Nähe von Hannover lebte, die Gelegenheit für einen Besuch genutzt, war aber mit schlechten Nachrichten zurückgekommen: Er hatte Alisa wirklich dort angetroffen, aber von Fadia gab es keine Spur in der Wohnung. Hier war also kein Weiterkommen, Aziz musste einen neuen Weg einschlagen.

Es war ohnehin besser, möglichst wenig Mitwisser zu haben. Die Geschäfte liefen schlecht, Aziz hatte Zeit im Überfluss, er würde einfach selbst herausfinden, wo sich das Mädchen versteckte. Sein Bruder Manzir war noch immer davon überzeugt, dass Fadias Freundin wusste, wo seine Tochter steckte. Vielleicht lag sein Bruder damit falsch, aber irgendwo musste Aziz mit der Suche beginnen und einen Versuch war die Sache immerhin wert. Er würde Alisa beobachten. Wenn sie zum Bahnhof ging und in den Zug stieg, würde er einfach mitfahren. Alisa kannte ihn nicht und würde ihn deshalb nicht bemerken. Manzir musste ihm ein Foto des Mädchens besorgen oder zumindest sollte der Versager ihm Alisas Adresse geben, damit er sich auf die Lauer legen konnte.

Schon am übernächsten Wochenende war es so weit. Aziz stand mit seinem kleinen Auto, das so gewöhnlich war, dass es niemandem auffiel, in der Straße, in der Alisa wohnte. Aziz blieb so weit von ihrem Haus entfernt, dass er zwar sehen konnte, wenn das Mädchen das Haus verließ, sie aber auf keinen Fall Verdacht schöpfen würde.

Er hatte richtig vermutet, schon bald schob Alisa ein Fahrrad aus dem Garten. Sie schloss das Gartentürchen hinter sich, stieg auf und radelte los. Richtung Bahnhof, vermutete Aziz, aber er wollte sichergehen und fuhr langsam hinter ihr her. Alisa bemerkte das kleine dunkle Auto, das ihr in großem Abstand folgte, nicht und hielt wirklich zehn Minuten später am Bahnhof an. Sie befestigte das Rad mit einem Kabelschloss an einem Laternenmast und ging Richtung Bahnhofshalle. Jetzt musste sich Aziz beeilen.

Einen Parkplatz finden, ohne zu spät zu kommen und das Mädchen aus den Augen zu verlieren, war eine anspruchsvolle Aufgabe. Aber Aziz hatte Glück. Notfalls würde er eben das Bußgeld bezahlen, er hatte keine Zeit, um einen Parkschein zu ziehen, sondern eilte im Laufschritt Richtung Bahnhof. Als er die Halle erreichte, verlangsamte er das Tempo, um nicht aufzufallen, und sah sich um. Keine Alisa. Aber damit hatte er fast schon gerechnet. Obwohl er sich beeilt hatte, so war doch kostbare Zeit verlorengegangen, während er das Auto abstellte.

Manzir hatte ihm erzählt, dass Alisas Tante in einem Vorort von Hannover wohnte. Also suchte er nach einem Zug nach Hannover und tatsächlich, am Gleis stand Alisa und tippte auf ihrem Smartphone herum. Er zog ein Ticket aus dem Automaten und wartete. Hier auf dem Bahnhof würde er kaum auffallen, auch wenn er Alisa näher kam. Hier war ein Kommen und Gehen, das nicht erkennen ließ, ob jemand einen anderen Menschen verfolgte oder nur das gleiche Ziel hatte.

Alles ging gut. Alisa stieg ein und setzte sich auf einen freien Platz, Aziz stieg ebenfalls ein und setzte sich drei Reihen hinter ihr. Er hatte angenommen, sie würde irgendwo unterwegs aussteigen, wenn sie ihre Tante besuchen wollte, aber Alisa fuhr bis Hannover Hauptbahnhof durch.

Aziz hatte keine Ahnung, was sechzehnjährige Mädchen, und erst recht nicht, was sechzehnjährige deutsche Mädchen, am Wochenende anstellten. Er spielte auf Risiko, notfalls würde er eben wieder nach Hause fahren und sich einen neuen Plan ausdenken. Aber er behielt Recht. Alisa fuhr direkt in die Stadt, wo sie mit Sicherheit Fadia treffen würde. Jetzt hieß es vorsichtig sein, denn möglicherweise kam Fadia zum Bahnhof, um ihre Freundin abzuholen, und wenn sie ihren Onkel Aziz erkannte, dann war diese Aktion zu Ende.

Fadia stand wirklich am Bahnsteig, als der Zug hielt. Die Wiedersehensfreude der beiden Mädchen war groß genug, um Aziz die Möglichkeit zu geben, ungesehen aus dem Zug zu steigen. Er hielt so viel Abstand, dass er sie nicht aus den Augen verlor, selbst aber auf keinen Fall entdeckt werden konnte.

Für ihn wurde es ein langweiliger Nachmittag. Die Mädchen zogen gemeinsam durch die Kaufhäuser, bestellten dann zwei große Eisbecher in einem italienischen Eiscafé, lagen eine Weile im Park auf der Wiese und unterhielten sich, gingen anschließend Pizza essen und dann, kurz bevor es dunkel wurde, brachte Fadia ihre Freundin zum Bahnhof. Aziz war verärgert und mit seiner Geduld am Ende. Nun fuhr Alisa zurück nach Bremen und er wusste noch immer nicht, wo seine Nichte wohnte. Sie einfach packen und mitnehmen konnte er nicht, die Sache musste gut geplant und das Mädchen dann sofort außer Landes gebracht werden. Heute wollte er nur erfahren, wo er sie finden konnte, wenn es dann so weit war. Also musste er nun noch länger bleiben, und bestimmt wurde sein Auto dann abgeschleppt. Jedenfalls würde er einen satten Strafzettel bekommen.

Immerhin dämmerte es bereits, und Aziz musste keinen großen Abstand zu Fadia einhalten. Er verfolgte seine Nichte erst ein Stück zu Fuß, dann nahmen sie die U-Bahn – dort war es gefährlich hell, aber er schaffte es, nicht gesehen zu werden –, es folgte ein längerer Fußmarsch, nachdem Fadia der Bus an der Haltestelle vor der Nase weggefahren war, und schließlich betrat sie ein unscheinbares Mehrfamilienhaus. Er wartete noch einige Zeit, weil er fürchtete, sie besuche nur jemanden und komme dann wieder heraus, aber seine Nichte blieb verschwunden.

Im Schein seines Handys las Aziz die Klingelschilder, fand aber nichts, das ihm weiterhalf. Er ging zur nächsten Straßenecke, notierte sich Straße und Hausnummer, kam zurück und beschloss, in einer wenig einsehbaren Ecke eine weitere halbe Stunde zu warten, ob vielleicht doch noch etwas geschah.

Lange tat sich nichts, dann sah er, wie eine Frau mit zwei kleinen Mädchen das Haus betrat, in dem Fadia verschwunden war. Nur kurze Zeit später kam ein Mann, sah sich ein paarmal um, näherte sich dann dem Hauseingang und besah sich, wie einige Zeit zuvor er selbst es getan hatte, die Klingelschildchen. Auch er schien nicht zu finden, was er suchte, und lief nun auf der Straße, die am Haus entlangführte, hin und her. Manzir wunderte sich zwar, interessierte sich zunächst aber nicht weiter für ihn.

Im Lauf der Zeit fragte er sich dann aber doch, warum der Typ nicht müde wurde, die Straße auf- und abzugehen. Dann hatte er keine Zigaretten mehr und fand es an der Zeit, endlich nach Hause zu fahren. Er war ziemlich sicher, dass Fadia hier wohnte, nachdem er so lange in der Dunkelheit gewartet hatte und nichts mehr geschah. Als Aziz sich noch einmal nach dem Haus, in dem Fadia verschwunden war, umdrehte, meinte er, auf einem Balkon im Parterre des benachbarten Gebäudes jemanden sitzen zu sehen. Er sah noch einmal genauer hin. Bewegungslos saß eine alte Frau in ihrem Stuhl und beobachtete ihn. Nachdem sie bemerkte, dass Aziz sie entdeckt hatte, entzündete sie einen Zigarillo und blies Wölkchen in die Nacht.

Kopfschüttelnd ging Aziz weiter. Seltsame Menschen gab es in diesem Stadtviertel.

***

„Wo ist meine Frau? Bringen Sie mich sofort zu meiner Frau!“ Nadim tobte. Er war kurz davor, gegen die Tür der Rezeption zu treten. Man wollte ihm nicht sagen, wo er Damaris finden konnte, und als er immer lauter wurde, schloss die Frau am Empfang einfach die Glasscheibe und beachtete ihn nicht weiter

Nadim hatte unendlich lange warten müssen, jedenfalls kam es ihm so vor, aber dann bekam er Bescheid, dass seinem Wunsch entsprochen werde und seine Familie in Zukunft bei ihm leben sollte. Gleich am nächsten Tag war er losgefahren, um Damaris und die Mädchen nach Freiburg zu holen. Ihm war klar, dass seine Frau lieber in Hannover bleiben wollte, aber sie musste so schnell es ging weg von dieser seltsamen Jane.

Er wusste nicht, was es war, aber irgendetwas machte diese Frau mit seiner Damaris, das ihr nicht guttat. Sie war so anders geworden, seit sie sich auf der Flucht verloren hatten, und Nadim schob die ganze Schuld daran auf Jane. Wäre Jane nicht mehr da, käme ganz schnell die alte Damaris wieder zurück. Die Damaris, die ihn bewunderte, die ihn liebte und die tat, was er von ihr wollte, ohne zu widersprechen. Zumindest das Letztere hatte sie immer getan. Ob sie ihn je geliebt hatte, wusste Nadim nicht mit Sicherheit. Vielleicht hatte er es sich nur eingebildet. Bewundert und ein wenig angehimmelt hatte sie ihn anfangs auf jeden Fall, wie lange das allerdings angehalten hatte während ihrer Ehe, das wusste er nicht.

Seine eigene anfängliche Verliebtheit war ja auch schnell verflogen. Er hatte sich seine Frau nicht aussuchen können, aber er war zufrieden gewesen mit der Wahl, die sein Vater getroffen hatte. Damaris war liebenswürdig und hübsch und schon bald glaubte er, sie zu lieben. Dann kam die Hochzeit und die charmante Aufgeregtheit seiner jungen Frau wich bald einer ihm unerklärbaren Traurigkeit. Sie vermisse ihre Freundinnen, gestand sie ihm, aber da musste noch mehr sein. Er sprach mit seinen Freunden und sie erklärten ihm, das wäre nichts Besonderes. Viele junge Frauen hätten falsche Erwartungen an die Ehe und ihre Ehemänner – welche, konnten sie ihm auch nicht sagen –, aber im Lauf der Zeit würde sie sich schon an ihn gewöhnen. Auch seine Mutter versprach ihm, alles werde gut. Mit der Zeit käme auch die wahre Liebe, alles eine Frage der Gewöhnung. Das sei auch bei ihr nicht anders gewesen. Jedoch solle er seine junge Frau von ihren Freundinnen fernhalten, damit sie sich schneller an das Zusammensein mit ihm gewöhne.

Damals versprach Nadim Damaris, sie dürfe die Schule zu Ende machen und, wenn sie unbedingt wolle, sogar eines Tages studieren. Da wurde sie wieder lebhafter und war ihm dankbar, was Nadim möglicherweise mit Liebe verwechselt hatte. Er wusste es nicht. Aber schon bald darauf wurde Damaris schwanger, erst mit Samira, dann mit Elin, und sie hatten nicht mehr über Schule und Studium gesprochen. Damaris war in ihrer Rolle als Mutter aufgegangen und er hatte sich verstärkt seinen Freunden zugewandt. Dann mussten sie Hals über Kopf das Land verlassen und schon bald darauf hatte er die ganze Familie beim Schiffbruch, kurz bevor sie Griechenland erreichten, aus den Augen verloren.

Jetzt war Nadim in Hannover in der Unterkunft, um seine Frau und seine Töchter abzuholen – und sie waren nicht da. Die Frau an der Rezeption sagte ihm, nachdem sie in ihren Akten gesucht hatte, Damaris sei vor einigen Tagen ausgezogen, aber sie wisse nicht, wohin. Das wollte Nadim nicht glauben. Er hatte nun schon seit einiger Zeit die deutsche Bürokratie erlebt und es schien ihm unmöglich, dass eine Frau mit zwei Kindern einfach so verschwand. Nadim berichtete in gebrochenem Englisch von der gemeinsamen Flucht, erzählte, wie sie sich unterwegs verloren hatten, beteuerte, wie sehr er seine Frau und seine Töchter vermisse, und redete so lange auf die Frau hinter dem Tresen ein, bis sie nachgab und ihm mitteilte, dass Damaris ins Frauenhaus gezogen war, weil sie nicht zurück zu ihm wollte.

Da begann Nadim zu schreien, aber so sehr er auch herumbrüllte, sie wollte ihm nicht sagen, wo sich dieses Frauenhaus befand, sondern schloss die Glasscheibe und ging zurück an ihren Schreibtisch. Weil er nicht aufhören wollte mit seinem Geschrei und damit begann, mit den Fäusten gegen die Tür des Büros zu trommeln, rief sie die Polizei. Als kurze Zeit später zwei uniformierte Männer durch die Eingangstür stürmten und sich vor ihm aufbauten, wurde Nadim still. Er erkannte, dass er mit seinem Zorn nicht weiterkam, und versuchte den Beamten zu erklären, worum es ging. Sie als Männer müssten doch verstehen, dass er seine Frau zurückhaben wolle, und sie sollten ihm die Adresse geben, wo er Damaris und seine Töchter finden könne, entnahmen die beiden dem Gemisch aus Arabisch, Englisch und Deutsch, in dem sich Nadim in der Aufregung verhedderte.

Sie ließen ihn ins Auto steigen, da fasste er Hoffnung und war sicher, nun bald sein Ziel erreicht zu haben. Aber dann hielten sie am Hauptbahnhof an. Der Größere der beiden stieg aus und öffnete Nadim die Tür. Nadim sah ihn fragend an.

„Fahren Sie nach Freiburg in Ihre Unterkunft. Ihre Frau möchte nicht zu Ihnen zurück und das sollten Sie respektieren." Der Beamte, der arabisch gesprochen hatte, hielt noch immer die Tür auf, doch Nadim blieb sitzen.

„Ich will zu meiner Frau!"

„Aber Ihre Frau möchte nicht zu Ihnen, also raus jetzt."

Erst als der Polizist sich zu Nadim hinunterbeugte und ihn packen wollte, stieg Nadim aus.

„Ich werde sie finden und dann kommt sie mit mir, ob sie will oder nicht", schrie er dem Polizeiauto, das sich rasch entfernte, hinterher. Dann trat er mit voller Kraft gegen einen Mülleimer, der sich als stärkerer Gegner erwies, als er erwartet hatte. Nadim humpelte zur nächsten Bank und ließ sich darauf fallen. Erst einmal musste er nachdenken.

Nadim machte einen Plan. Er erinnerte sich an einen jungen Mann, mit dem er sich in der Zentralen Aufnahmestelle ein Zimmer geteilt hatte und der später nach Hannover geschickt worden war, während er einen Platz in Freiburg bekam. Er besaß noch immer seine Telefonnummer und vielleicht könnte er ja bei ihm übernachten, überlegte Nadim. Dann wollte er am anderen Morgen vor der Volkshochschule warten und sehen, ob Damaris zum Deutschunterricht käme, von dem sie ihm bei seinem ersten Besuch erzählt hatte. Nach dem Unterricht würde er einfach hinter ihr hergehen und so herausfinden, wo seine Frau zurzeit wohnte. Ein großartiger Plan, lobte Nadim sich selbst und rief den ehemaligen Mitbewohner an.

Er hatte Glück, erreichte seinen Bekannten beim ersten Versuch und dieser bot ihm an, in seinem Zimmer zu übernachten. Er selbst sei zwar nicht zu Hause, aber der Schlüssel liege unter der Fußmatte. Nadim war das recht, so musste er schon nicht erklären, was ihn nach Hannover geführt hatte.

Er verbrachte eine unruhige Nacht, stand früh auf, verließ die Wohnung und hinterließ den Schlüssel unter der Fußmatte. Dann besorgte er sich einen Kaffee und ein Brötchen in einer Bäckerei in der Nähe. Das war nicht weiter schwierig, dafür genügten seine deutschen Sprachkenntnisse mittlerweile, aber dann fiel ihm ein, dass er die Adresse der Volkshochschule nicht kannte.

„Do you speak English?“

Die Verkäuferin nickte. „Can I help you?“

Erfreut fragte Nadim, wo er die Volkshochschule finden könne. In der Altstadt müsse sie sein, mehr wisse er leider nicht.

„Sie wollen bestimmt einen Deutschkurs machen“, lachte ihn die Verkäuferin an, nachdem sie Nadim erklärt hatte, wie er sein Ziel am besten erreichen konnte.

„Das ist gut. Die Sprache muss man können, das ist das Allerwichtigste.“

Nadim nickte, bedankte sich für die Wegbeschreibung und ging los. Er fand die VHS auf Anhieb und suchte sich einen versteckten Platz, der von parkenden Autos verdeckt wurde, in einem Hauseingang schräg gegenüber. Bald schon sah er Damaris kommen. Sie war nicht allein. Diese unmögliche Jane kam mit ihr und jede der beiden Frauen hatte eine seiner Töchter an der Hand. Sie machten einen fröhlichen Eindruck und verschwanden schnell durch das große Portal. Nun hieß es warten.

Nadim holte sich im Kiosk an der Ecke noch einen Kaffee, Zeit hatte er erst einmal genug. Dann richtete er sich an seinem Beobachtungsposten ein und besah sich die Umgebung. Es schien möglich zu sein, den Frauen unbemerkt zu folgen, glaubte Nadim. Er musste nur genügend Abstand halten, dann würde er nicht auffallen. Er musste gut aufpassen und schnell genug reagieren. Sollte sich eine der beiden oder Samira oder Elin umdrehen, könnte er zwischen den parkenden Autos in Deckung gehen. Damaris hatte keine Ahnung, dass er in der Stadt war, und achtete deshalb bestimmt nicht besonders auf ihre Umgebung. Es würde schon alles gutgehen. Was er allerdings machen sollte, wenn er herausgefunden hatte, wo seine Familie wohnte, das wusste Nadim nicht. Doch fiele ihm bestimmt etwas ein, sagte er sich, erst einmal musste er wissen, wo er Damaris und die Mädchen finden konnte.

Vor dem Schulgebäude waren sie bestimmt immer in Begleitung von Jane, vor der Nadim ziemlichen Respekt hatte. Sie würde nicht zögern, ihn mit aller Kraft davon abzuhalten, Damaris und die Mädchen mit sich zu nehmen. Nicht, dass er glaubte, dass sie stärker wäre als er – obwohl, ganz sicher war er sich nicht –, schließlich war sie nur eine Frau. Aber es würde Aufsehen erregen und das konnte er nicht brauchen. Er musste Damaris allein abfangen und ihr klarmachen, dass es das Beste wäre, nein, dass sie gar keine andere Möglichkeit hatte, als mit ihm zu kommen.

Fast hätte Nadim verpasst, wie sich die Tür öffnete und eine ganze Traube von Menschen das Gebäude verließ, so sehr war er in Gedanken. Der Unterricht schien zu Ende zu sein. Nadim sah genauer hin und stellte fest, dass keine Männer zu sehen waren. Meine Damaris weiß eben doch, was sich gehört, freute er sich. Die Frauen teilten sich in Grüppchen, blieben noch eine Weile stehen und unterhielten sich. Dann beobachtete Nadim, wie sich Damaris, Jane und seine Mädchen aus der Ansammlung lösten und gemeinsam davongingen.

Vorsichtig verfolgte Nadim die kleine Gruppe, aber es war schwieriger, sie im Auge zu behalten und selbst dabei nicht aufzufallen, als er sich das ausgemalt hatte. Mal gingen sie über die Straße, mal bogen sie in eine Passage ein, dann drehten sie plötzlich um und kamen zurück. Einmal verschwanden sie in einem Supermarkt und als Nadim, der hinterherschlich, schon befürchtete, sie verloren zu haben, tauchten sie plötzlich an der Kasse wieder auf. Er konnte sich gerade noch umdrehen und über das Gemüseregal beugen, sonst hätten sie ihn entdeckt. Schnell verließ er das Geschäft und wartete draußen, um sich ihnen auf dem weiteren Weg anzuschließen.

Schließlich betraten die vier ein Mehrfamilienhaus und blieben dort. Nadim wusste nicht, was tun. Wohnten sie alle zusammen hier? Oder wohnte hier nur Damaris und Jane besuchte sie, oder wohnte Jane in dem Haus und Damaris machte einen Besuch? Dann kamen Männer, die das Haus betraten, und Nadim vermutete, dass es sich dann wohl um kein „Frauenhaus" handeln konnte, auch wenn er nicht genau wusste, was er sich darunter vorzustellen hatte. Also suchte er sich erneut eine gute Stelle, von der aus er beobachten konnte, was geschah, und wartete.

Es dämmerte bereits, als Damaris mit den Kindern das Haus verließ. Nadim konnte nicht genau erkennen, was sich an der Haustür abspielte, aber die beiden Frauen schienen sich zum Abschied zu umarmen. So etwas machten Frauen gerne, Nadim kümmerte sich nicht weiter darum. In sicherem Abstand folgte er Damaris und den Mädchen. Dank der Dämmerung musste er nicht mehr so viel Abstand halten wie zuvor, außerdem gingen die drei nun ohne irgendwelches Hierhin und Dahin zielbewusst ihres Weges.

Nadim folgte ihnen zur U-Bahn, stieg in den Wagen hinter ihnen und behielt an den Haltestellen den Bahnsteig genau im Blick, um ja nicht den richtigen Moment zu verpassen. Er schaffte es. Er sah sie aussteigen, verließ ebenfalls die Bahn und folgte ihnen im Schutz der anderen Menschen, die nach oben drängten, unerkannt. An der Haltestelle stiegen sie in einen Bus, jetzt wurde es gefährlich. Doch es war ein solches Gedränge, dass sie ihn wohl kaum entdecken konnten, wenn er ganz hinten einstieg. Nadim hoffte darauf, dass es keine Fahrscheinkontrolle gab, und er hatte Glück. Damaris stieg nur wenige Stationen weiter mit Samira und Elin vorne aus dem Bus, Nadim hinten, dann ging es weiter, einmal nach links, dann die Straße entlang. Schließlich verschwanden die Verfolgten, nachdem sich Damaris noch mit einer alten Frau, die auf dem Balkon des Nachbarhauses saß, kurz unterhalten hatte, in einem großen Eckhaus, vor dem es einen weitläufigen Spielplatz gab. Er war am Ziel, so hoffte er. Aber vorsichtshalber wollte er noch eine Weile warten, ob Damaris das Haus am Ende nicht doch wieder verließ.

Inzwischen war es dunkel geworden, Nadim ging bis zur nächsten Kreuzung, dann kehrte er um und ging zurück, am Haus vorbei, bis er die Einmündung einer Seitenstraße erreichte. Dort machte er wieder kehrt und so ging er eine Weile hin und her, weil er keine Lust mehr hatte, in irgendeinem Winkel Posten zu stehen. Die alte Frau schien ihn bemerkt zu haben, immer wenn er in ihre Nähe kam, sah sie ihn forschend an. Außerdem befand sich in der Nähe des Hauses ein Mann, der Nadim nicht sah oder sich nicht für ihn interessierte. Er stand nur da und rauchte. Nadim konnte sich keinen Reim darauf machen, was der da zu suchen hatte, aber es interessierte ihn auch nicht. Er war nun schon den ganzen Tag unterwegs und außer Kaffee und Brötchen hatte er nichts zu sich genommen. Die Füße taten ihm weh und sein Kopf war absolut leer. Nadim hatte nicht die geringste Idee, wie er Damaris und die Kinder aus diesem Haus herausholen sollte.

Als Nadim wieder beim Haus ankam, war der Mann weg, und er beschloss, für heute Schluss zu machen. Bestimmt durfte er noch einmal bei seinem Bekannten übernachten und vielleicht fiele ihm ja über Nacht ein, wie er weiter vorgehen konnte. Auf jeden Fall wusste er nun, wo Damaris mit den Mädchen wohnte, und konnte so jederzeit wiederkommen und sie holen, sobald ihm einfiel, wie er vorgehen würde. Er hatte Zeit, er musste nichts überstürzen, vielleicht sollte er morgen erst einmal nach Freiburg zurückfahren und in Ruhe nachdenken.

Völlig in Gedanken versunken übersah Nadim den Mann von der Ecke, der am Ende der Straße auf ihn wartete, und lief ungebremst in ihn hinein.

„Was suchst du hier?“, fragte der Mann und packte ihn an den Schultern.

Er hörte sich bedrohlich an, fand Nadim, den der Zusammenprall völlig unerwartet aus seinen Überlegungen riss.

„Entschuldigung, ich Sie nicht gesehen“, stotterte Nadim deshalb erschrocken. Da der Mann deutsch gesprochen hatte, wusste er nicht, was der Fremde von ihm wollte, der sich noch kurze Zeit vorher im Gebüsch versteckt zu haben schien. Jedenfalls hatte er sich nicht gerührt, als Nadim ihn zufällig entdeckt hatte, und er fürchtete nun einen Überfall.

„Was du hier zu suchen hast, will ich wissen“, fuhr der ihn nun zu Nadims Erstaunen auf Arabisch an.

Um einen Überfall schien es sich also nicht zu handeln, aber um was dann?

„Ich, äh, nichts.“ Nadim wollte keinen Ärger und ging einfach weiter, doch der Fremde verstellte ihm den Weg und hielt ihn fest.

„Suchst du jemanden? Du läufst seit zwanzig Minuten vor diesem Haus, in dem nur Frauen wohnen, auf und ab. Was hast du vor?“

Dieser Mann machte ihm Angst, deshalb antwortete Nadim nun wahrheitsgemäß, ohne weiter nachzudenken.

„Meine Frau ist da drin mit meinen Töchtern. Ich will sie holen, sie gehören mir.“

Der Mann ließ ihn los und sah Nadim interessiert an.

„Kommen sie denn nicht freiwillig mit dir?“, fragte er nun fast mitfühlend.

Nadim schüttelte den Kopf und sah beschämt zu Boden.

„Du willst also deine Frau und deine Kinder aus dem Haus holen und weißt nicht, wie?“, fragte der Unbekannte noch einmal.

Nadim nickte. „Ja, genau so ist es“, antwortete er. „Ich brauche einen Plan.“

„Ich heiße Aziz“, sagte der Mann. „Komm mit mir, einen Tee trinken. Außerdem solltest du etwas essen, du siehst hungrig aus. Ich lade dich ein.“

Kapitel 12

Als Damaris sich an diesem Freitagabend von Jane verabschiedete, um mit den Mädchen nach Hause zu gehen, hatte sie ein mulmiges Gefühl. Am liebsten hätte sie Jane gebeten, sie zu begleiten, aber sie hatte schließlich versprochen, niemandem zu verraten, wo sich das Frauenhaus befand. Jane hatte sich bisher immer widerspruchslos an diese Abmachung gehalten, hatte sie nie bedrängt, auch wenn es offensichtlich war, dass sie sich sorgte und gerne gewusst hätte, wo sie Damaris im Notfall finden könnte.

„Was ist mit dir?“, fragte Jane, als Damaris sich bei der Verabschiedung länger als sonst von Janes starken Armen festhalten ließ. „Stimmt etwas nicht?“ Jane hatte sehr feine Sensoren, wenn es um die Frau ging, die sie liebte.

„Eigentlich ist alles wie immer“, antwortete Damaris, „aber ich habe ein komisches Gefühl.“

Inzwischen war es Herbst geworden und auch wenn die Abende noch milde waren, so wurde es doch schon früh dunkel. „Du solltest vielleicht besser in Zukunft früher nach Hause gehen, solange es noch hell ist“, meinte Jane. „Wenigstens, bis du weißt, ob an Rabias Beobachtung was dran ist oder nicht. Soll ich dich nicht doch begleiten, wenigstens ein Stück weit?“

Damaris schüttelte den Kopf. „Nein, das musst du nicht. Am schlimmsten ist das letzte Stück des Weges, und da darf ich dich nicht mitnehmen, das weißt du ja.“

Jane nickte. „Ich habe eine Idee“, sagte sie dann. „Sobald du aus der U-Bahn-Station nach oben kommst, rufst du mich an. Dann begleite ich dich am Telefon bis in deine Wohnung. Wie findest du das?“

Damaris war sofort einverstanden. „Das ist eine prima Idee", sagte sie und machte sich nun endlich mit Samira und Elin auf den Weg.

Etwas lag heute Abend in der Luft, so kam es Damaris vor, dabei war alles wie immer, als sie aus der Unterkunft der queeren Geflüchteten, in der Jane lebte, auf die Straße trat.

„Alles ist in Ordnung", redete sie sich selbst gut zu. Sie musste schließlich immer befürchten, dass Nadim sie suchte, das war nicht Neues. Alle Frauen im Frauenhaus mussten damit rechnen, dass ihre Männer sie zurückholen wollten und auf der Suche nach ihnen waren – deshalb durfte ja auch niemand die Adresse kennen. Was sollte denn heute anders sein als sonst? Was war nur los mit ihr? „Es ist unsinnig, diesem Gefühl Raum zu geben", wiederholte Damaris mehrere Male leise wie ein Mantra. Sie musste immer auf der Hut sein, aber heute nicht mehr als an anderen Tagen.

Vorgestern hatte ihr die alte Nachbarin, als sie gemeinsam auf Rabias Balkon saßen und Samira und Elin beim Sandkuchenbacken zusahen, erzählt, dass sie vor ein paar Tagen zwei Männer vor dem Haus beobachtet hatte, die sich in ihren Augen verdächtig verhielten. Damaris hatte sich für die Information bedankt, die Sache aber nicht weiter ernstgenommen. Wer konnte schon wissen, was die alte Frau da gesehen hatte. Vielleicht war ihr langweilig, vielleicht wollte sie sich auch nur interessant machen. Auf jeden Fall meinte sie es gut, das wusste Damaris, und sie versprach, so schnell es ging mit Selin von der Beratungsstelle zu sprechen und ihr von Rabias Beobachtungen zu erzählen.

Sie war an diesem Mittwochnachmittag mit den Kindern aus Rabias Wohnung direkt nach Hause gegangen und hatte, nachdem die beiden schliefen, mit Jane telefoniert. Jane war besorgter als sie selbst, als sie von Rabias Beobachtungen erfuhr, und Damaris musste auch ihr versprechen, sich sofort am nächsten Morgen mit Selin in Verbindung zu setzen. Nachdem sie donnerstagmorgens Samira und Elin zu den anderen Kindern, die mit ihren Müttern im Frauenhaus lebten und noch nicht zur Schule gingen, ins Spielzimmer gebracht hatte, rief sie Selin an, die jedoch nicht erreichbar war.

„Am Montag ab 8.30 Uhr bin ich wieder für Sie da", sagte der Anrufbeantworter. „In dringenden Fällen wenden Sie sich an unseren Notruf." So dringend erschien die Sache Damaris nicht, und sie hinterließ ihr Anliegen lediglich auf dem Anrufbeantworter.

Nachdem sie von der Frauengruppe im Gemeindehaus St. Michael zurückgekommen war, traf sie Fadia zu Hause an und erzählte ihr von Rabias Beobachtungen. Beide nahmen sich vor, noch aufmerksamer zu sein als bisher; die anderen Frauen würden sie jedoch lieber nicht mit Rabias zufälliger Beobachtung beunruhigen, sondern auf Selins Rückruf warten, überlegten sie. Sie wüsste am besten, ob etwas unternommen werden müsste.

All das ging Damaris nun auf dem Weg von Janes Wohnung zum Frauenhaus durch den Kopf. Bestimmt kam davon die heutige Unruhe, denn einen wirklichen Grund anzunehmen, dass heute etwas anders wäre als sonst, hatte sie nicht.

Wie immer am Freitagabend war Fadia auch heute mit „meinen Leuten aus Bremen", wie sie sagte, unterwegs. Zum ersten Mal war auch ihr Freund Moritz dabei, der nach dem letzten Streit lange nichts von sich hatte hören lassen und sich erst vor ein paar Tagen wieder bei Fadia gemeldet hatte.

„Es tut ihm leid, sagt er, dass er so mies drauf war die ganze Zeit", erzählte sie Damaris glücklich. „Er hat Angst um mich, aber er hat auch Angst vor einer Fernbeziehung, wie er das nennt. Außerdem hat er wohl wirklich die ganze Zeit alles nicht richtig ernst genommen. Alisa hat ihn mitgeschleift zu einem Treffen mit Ahmed und Hamid und gemeinsam haben sie ihm klargemacht, dass Marokko keine leere Drohung ist."

Nun war Moritz endlich mit den anderen nach Hannover gekommen, um seine Freundin zu treffen, und deshalb konnte Fadia Damaris nicht von der Bushaltestelle abholen, wie sie es an anderen Tagen manchmal tat. Dann wären sie wenigstens zu zweit gewesen, auf dem Weg durch die Dunkelheit.

Immerhin gab es noch die WhatsApp-Gruppe, erinnerte sich Damaris erleichtert. Die hatten sie schon kurz, nachdem Fadia und Damaris ins Frauenhaus gezogen waren und sich dort kennengelernt hatten, eingerichtet. Fadia, Moritz, Hamid, Alisa, Jil und Ahmed sowie Damaris, Jane und Kai gehörten zur Gruppe. Das gab Damaris ein beruhigendes Gefühl. Sie konnte sich mit allen sofort verbinden, wenn sie sich schlecht fühlte oder meinte, verfolgt zu werden. Dann fiel ihr ein, dass eine WhatsApp-Gruppe eben nur eine WhatsApp-Gruppe war. Dass die anderen dann zwar Bescheid wussten, wenn etwas geschah, dass es aber einige Zeit dauern würde, bis sie bei ihr sein könnten, um zu helfen.

Ach was. Damaris schüttelte die Schatten ab. Was war nur heute mit ihr los? Sie würde jetzt Jane anrufen, es gab ihr immer ein gutes Gefühl, wenn sie ihre Stimme hörte, und dann würden sie gemeinsam den Weg zum Frauenhaus gehen. Trotzdem schickte sie vorher eine Nachricht an die Gruppe. „Hallo an alle. Ich gehe jetzt von der U-Bahn zum Bus, alles ist ruhig und niemand zu sehen, der sich irgendwie verdächtig verhält. Melde mich, wenn ich zu Hause angekommen bin."

„Wer sollte sich denn verdächtig verhalten und warum?", kam sofort eine besorgte Nachricht von Kai zurück.

„Niemand Spezielles, mach dir keine Gedanken", schrieb Damaris. „Rabia, unsere Nachbarin, sieht Gespenster und meint, es schleichen fremde Männer ums Haus."

Sie rief Jane an, hielt an jeder Hand eines der Mädchen fest – wie gut, dass sie neuerdings ein Headset besaß – und ging los. In der Gruppe schien sich was zu tun, aber der Bus hielt gerade an, sie mussten aussteigen und waren jetzt allein auf der Straße. Sie würde erst zu Hause nachlesen, was in der WhatsApp-Gruppe passierte. Jetzt erst mal zügig durch die Dunkelheit mit Jane im Ohr.

Anfangs sah sich Damaris immer wieder um, beobachtete die parkenden und die vorbeifahrenden Autos, machte kleine Umwege, um sich von dunklen Hauseingängen und Einfahrten zu Hinterhöfen fernzuhalten, aber alles war wie immer. Sie kam sich selbst ziemlich lächerlich vor. Was bin ich nur für ein Angsthase, dachte sie und konzentrierte sich nun vor allem auf die Stimme in ihrem Ohr. Jane tat ihr gut, wie immer; sie lenkte sie mit allen möglichen Geschichten von ihrer Angst ab und brachte sie zum Lachen.

Ein Auto fuhr aus einer Parklücke und blieb auf der Straße stehen. Aber es war ziemlich weit entfernt von ihnen, also kümmerte sie sich nicht weiter darum und ging zügig mit den Kindern Richtung Frauenhaus. Sie konnte schon Rabias Schatten erahnen, die wie immer auf dem Balkon saß und rauchte.

„Ich kann die Glut von Rabias Zigarillo sehen", sagte sie zu Jane. „Was meinst du, wird sie tun, wenn es mal so richtig kalt wird?"

„Bestimmt hat sie viele Decken", antwortete die Stimme im Telefon. „Rabia ohne Zigarillo, das geht anscheinend gar nicht, so wie du sie mir beschrieben hast. Ich bin wirklich sehr gespannt darauf, sie eines Tages persönlich kennenzulernen."

Samira und Elin zogen Damaris weiter, sie hatten es eilig, nach Hause zu kommen, denn sie waren heute spät dran, und gleich begann die Gute-Nacht-Vorlese-Halbestunde für alle Kinder, die im Frauenhaus wohnten, die sie auf keinen Fall verpassen wollten. Im Spiel mit den anderen Kindern hatten die Mädchen die neue Sprache schon ganz gut gelernt, und obwohl auf Deutsch gelesen wurde, verstanden sie das Wichtigste und bestanden jeden Abend darauf, dabei zu sein. Deshalb wurde Damaris nun schneller. Gleich würden sie bei der alten Frau vorbeikommen, sie würde ihr wie üblich einen guten Abend wünschen, aber die Mädchen hatten es so eilig, dass sie wohl kaum wie sonst auf einen kleinen Abendplausch stehenbleiben konnte.

„Wir sind gleich da, Jane", sagte Damaris. „Du kannst auflegen, ich sehe schon Rabia auf dem Balkon sitzen."

„Willst du mich loswerden?", flachste Jane. „Nichts da, ich begleite dich zur Haustür und bis in die Wohnung. Und solange ich Rabia nicht kennenlernen kann, höre ich euch gerne schon mal zu."

„Na gut", antwortete Damaris, „wir haben keine Geheimnisse, Rabia und ich."

Jane lachte und wie immer musste Damaris mitlachen. Inzwischen gab es, abgesehen von der Adresse des Frauenhauses, keine Geheimnisse mehr zwischen ihr und dieser Frau aus Uganda, die so wichtig für sie geworden war. Damaris war in Gedanken noch immer bei ihrer Freundin und bekam deshalb nicht mit, dass das Auto hinter ihr losgefahren war und sich langsam näherte.

Plötzlich spürte sie, wie der Zug an ihren Händen nachließ, die Mädchen schienen es plötzlich nicht mehr eilig zu haben. Aber bevor sie sich darüber wundern konnte, lösten sich die Kinderhände fast gleichzeitig aus den ihren, sie hörte nur ein leises Ächzen, dann war es still. Hinter einem parkenden Auto trat Nadim hervor und verstellte ihr den Weg.

„Damaris", sagte er leise, „ich bin gekommen, um euch abzuholen. Gehen wir."

Damaris erschrak dermaßen, dass sie vergaß, Jane zu berichten, was gerade geschah. Voller Panik sah sie um sich. Wo waren Elin und Samira?

„Damaris, ist irgendwas? Warum redest du nicht mehr?", hörte sie Jane besorgt sagen. Da wachte sie aus ihrer Erstarrung auf, sah sich um, sah, wie zwei Männer die Mädchen fest- und ihre Münder zuhielten, und schrie Nadim und die ihr unbekannten Männer an: „Nein, ich komme nicht mit. Lasst sofort die Kinder los! Lasst uns in Ruhe."

Jemand riss ihr das Headset weg, das Telefon fiel auf die Straße, starke Arme umfassten sie von hinten und Nadim kam näher und blieb direkt vor ihr stehen.

„Damaris, was soll das denn? Ich bin dein Mann, du bist meine Frau. Was schreist du denn so? Niemand will dir etwas antun oder den Kindern. Ich bin gekommen, um euch abzuholen und mit mir zu nehmen. Ihr seid meine Familie, wir gehören zusammen."

„Lass sie los", sagte er dann zu dem Mann, der Damaris von hinten umklammerte, so dass sie sich nicht rühren konnte. „Sie ist meine Frau, sie wird mitkommen."

Kaum war Damaris frei, lief sie zu den Männern hin, die die Kinder festhielten. „Lasst meine Mädchen los, was fällt euch ein!", rief sie und versuchte, Elin und Samira wegzureißen. Nadim ignorierte sie einfach, sie war einzig auf die Kinder fixiert, die voller Panik zuerst eine Weile gezappelt hatten und nun still in den Armen der Männer hingen, die ihnen immer noch die Münder zuhielten.

Da wurde sie erneut von hinten gepackt und eine raue Hand hielt jetzt auch Damaris den Mund zu. Sie fühlte sich wie in einen Schraubstock eingeklemmt und gab nach wenigen Versuchen auf, sich zu wehren.

„Frau", sagte die Stimme in ihrem Rücken nun, „kennst du Fadia?" Völlig überrumpelt überlegte Damaris nicht lange und nickte.

„Hast du ihre Handynummer?"

Damaris konnte noch immer keinen klaren Gedanken fassen und nickte erneut.

„Siehst du, Nadim, ich habe es dir gesagt, gemeinsam kriegen wir sie beide." Der Mann lachte zufrieden. Dann wandte er sich wieder an Damaris. „Deine Freundin Fadia wartet doch oben in der Wohnung auf dich, oder nicht? Ganz egal, wo sie ist, du rufst sie jetzt an und sagst ihr, sie muss sofort herkommen. Verstanden?"

Damaris reagierte nicht, langsam kam sie wieder zu sich und versuchte zu begreifen, was vor sich ging.

„Du rufst sie jetzt an, du machst, was ich sage, sonst geht es dir und den Kindern schlecht."

Während er sprach, hatte der Mann, der sie festhielt, den Druck verringert und seine Hand lag nur noch lose auf Damaris' Mund. Sie witterte ihre Chance und versuchte, ihn in die Hand zu beißen, aber es gelang ihr nicht. Da trat sie mit aller Kraft mit dem rechten Fuß nach hinten und traf den Fremden am Schienbein. Der schrie erstaunt auf und Damaris versuchte, den Überraschungsmoment zu nutzen, um sich loszureißen, aber nun griff Nadim ein und gegen beide hatte sie keine Chance.

In ihrem Kopf jedoch arbeitete es umso mehr. Sie konnte ihre Töchter nicht mehr sehen. Wo waren Samira und Elin? Was geschah gerade mit den Mädchen? Und was wollten die Männer von Fadia? Hatte sich Nadim mit Fadias Vater und Onkel zusammengetan? Anders konnte es nicht sein, aber sie würde Fadia nicht verraten, auch wenn sie in ihrem ersten Schrecken schon viel zu viel preisgegeben hatte. Nie hätte sie zugeben dürfen, dass sie Fadia überhaupt kannte. Aber das war nun mal passiert. Auf keinen Fall würde sie ihnen helfen, Fadia zu finden. Vorher ginge sie widerspruchslos mit Nadim mit. Jane fiele bestimmt etwas ein, wie sie sie in Freiburg finden und zurückholen konnte. Aber wenn Fadia erst einmal in Marokko wäre – Damaris mochte gar nicht weiter darüber nachdenken.

Damaris versuchte zu sprechen, sie wollte Nadim sagen, dass sie alles tun würde, was er von ihr wollte, wenn nur Elin, Samira und Fadia nichts geschah, aber sie konnte nicht, weil der Mann immer noch seine Hand auf ihren Mund drückte. Aber vielleicht gab es noch eine andere, eine bessere Möglichkeit? Sie musste sich irgendwie bemerkbar machen, jemand musste die Polizei rufen, dann brauchte sie weder Fadia verraten noch mit Nadim mitzugehen.

Damaris überlegte fieberhaft. Was konnte sie nur tun?

Das Frauenhaus befand sich in einer sehr ruhigen Straße. Das war eigentlich gut, weil man so besser beobachten konnte, was um das Haus herum geschah, aber jetzt zeigte sich der Nachteil dieser Lage. Niemand war um diese Zeit hier unterwegs. Das Wochenende hatte schon lange begonnen, wer von der Arbeit kam, hatte längst das Auto abgestellt und war in der Wohnung verschwunden. Die wenigen Jugendlichen aus dem Viertel waren meist schon in der Innenstadt unterwegs, um für den Abend vorzuglühen, und für den Aufbruch in die Disco war es, genau wie für den abendlichen Gang mit dem Hund, noch zu früh – nichts bewegte sich im ganzen Viertel.

Hinter Damaris und den Männern parkten Autos dicht aneinandergereiht; dahinter schloss sich ein kleiner Park an. „Wenn es ihnen gelingt, mich hinter die Autos zu ziehen, kann niemand mehr sehen, was mit mir passiert." Damaris glaubte, sich selbst sprechen zu hören, da ihr Mund jedoch noch immer zugehalten wurde, konnte das nicht sein. Ihr Verstand arbeitete auf Hochtouren. Weglaufen schien unmöglich zu sein, ihr blieb nur zu schreien, in der Hoffnung, dass jemand sie hören könnte. Aber außer Rabia war an diesem Herbstabend niemand mehr im Freien. Die alte Frau würde auf jeden Fall die Polizei rufen, wenn sie wüsste, was gerade vor sich ging, aber da ihre Augen nicht mehr besonders gut waren und sie gerne ihr Hörgerät ausschaltete, wenn sie allein war, hatte sie bestimmt nichts bemerkt. Damaris' Blick war durch Nadim verstellt, der eng vor ihr stand, weil er verhindern wollte, dass sie ausholte, um wieder nach hinten auszutreten. Sie konnte nicht sehen, ob sich auf dem Balkon etwas bewegte, und Schreien ging nicht mit dieser Pranke vor dem Mund. Was sollte sie nur tun?

Niemand hatte sich bisher um das Smartphone gekümmert, das zu Boden gefallen war, als einer der Männer Damaris das Headset vom Kopf gerissen hatte. Sie konnte es zwar nicht sehen, aber sie hörte die Töne, die es von sich gab, wenn eine Nachricht einging. Das Handy fiepste ununterbrochen, die WhatsApp-Gruppe schien in vollem Aufruhr zu sein. Das gab Damaris Hoffnung. Vielleicht hatte Jane mitgehört, was geschehen war, und den anderen davon berichtet. Vielleicht hatten sie schon die Polizei informiert. Dann musste Damaris nur lange genug aushalten, bis jemand kam, um sie zu retten.

„Los, komm jetzt!", sagte der Mann, dessen Hand auf ihrem Mund sie immer wütender machte. „Ins Auto mit dir.

Deine Kinder warten dort schon auf dich." Er zog und schob sie abwechselnd, aber Damaris machte sich schwer wie ein Stein und bewegte sich nicht von der Stelle. Sie hoffte, solange sie nicht ins Auto stieg, würde auch den Mädchen nichts geschehen.

„Nadim, hilf mir doch endlich", polterte der Fremde. Nun zogen und schoben beide Männer. Damaris kam ins Straucheln, fing sich aber wieder und trat wild um sich. Ohne sie würden sie mit den Kindern nicht abfahren und je länger sie alles hinauszögern konnte, desto besser standen ihre Chancen, dass die Polizei rechtzeitig käme – falls die anderen wirklich verstanden hatten, was gerade passierte, und wenn ihnen diese abenteuerliche Geschichte überhaupt geglaubt wurde.

Damaris spürte, dass sie nicht mehr lange durchhalten konnte, ihre Kräfte ließen nach, sie näherten sich Schritt für Schritt dem Auto, gleich würden Nadim und der unbekannte Mann sie hineinzwingen und dann wäre sie gefangen. Da sah Damaris plötzlich einen seltsamen Schatten zwischen den parkenden Autos hervorkommen. Der Schatten entpuppte sich bei näherem Hinsehen als eine kleine, wackelige Gestalt, die sich mit der linken Hand auf einen Stock stützte und mit dem zweiten Stock, den sie in der rechten Hand hielt, in der Luft herumfuchtelte. Hinter ihr flatterten die Enden einer übergroßen Strickjacke, die den Anschein erweckten, als hätte sie Flügel. Sie gab krächzende Töne von sich und näherte sich der Gruppe wie ein großer schwarzer Vogel.

Die Männer hatten noch nichts bemerkt. Einer hielt die Kinder im Auto fest, Nadim und der andere waren mit Damaris beschäftigt. Da stürzte sich der Vogel auf sie, stellte sich ihnen in den Weg und schlug mit beiden Stöcken auf Nadim und den anderen ein. Vor Schreck ließen sie Damaris los, die fast genauso erschrocken war wie die beiden und reglos stehenblieb. Die Männer versuchten, sich mit ihren Armen vor den Schlägen zu schützen und den Angreifer in der Dunkelheit auszumachen. Die Stöcke tanzten weiter auf Köpfen und Rücken, langsam wich der Schreck, sie wehrten sich und stießen den schwarzen Vogel mit kräftigen Schlägen von sich weg.

Rabia, die ihre Stöcke zum Schlagen benutzte, fand keinen Halt mehr, fiel rückwärts und schlug mit dem Kopf auf den Asphalt. Sie blieb reglos liegen, kein Ton kam aus ihrem Mund. Damaris, die erst jetzt die Nachbarin erkannte, stürzte auf sie zu. „Rabia", rief sie, „Rabia, sag doch was!"

Aber die alte Frau blieb stumm.

„Ihr habt sie umgebracht!", schrie Damaris die Männer an. „Ihr habt sie umgebracht! Rabia ist tot, ihr habt sie umgebracht!"

Am nächstgelegenen Haus wurde nun ein Fenster geöffnet. „Ruhe da draußen, was schreit ihr denn so rum?", rief jemand.

„Hilfe", schrie Damaris, „bitte mir helfen, bitte holen Polizei."

„Schlagt euch doch woanders, ihr Kanaken", sagte die Stimme und das Fenster schloss sich wieder.

Aziz beugte sich über Rabia. „Ich glaube, sie ist wirklich tot", sagte er. „Wir müssen weg. Los, alle ins Auto, werft die Kinder raus, wir müssen hier verschwinden."

Nadim zögerte. Wenn er jetzt einfach so wegfuhr, würde er seine Frau und seine Töchter wohl nie mehr wiedersehen. Einen zweiten Versuch konnte er sich nach dieser misslungenen Entführung nicht vorstellen. Die Mädchen liefen weinend zu Damaris, die verzweifelt auf der Straße nach ihrem Handy suchte, um einen Krankenwagen zu rufen, aber es blieb in der Dunkelheit verschwunden und gab inzwischen auch keine Töne mehr von sich. Entweder war der Akku leer oder, das hoffte Damaris, die anderen waren unterwegs und hatten keinen Grund mehr, sich Nachrichten hin und her zu schicken.

Aziz und der andere Mann saßen inzwischen im Auto.

„Nadim, was ist? Nun steig endlich ein, wir müssen weg."

Nadim zögerte immer noch.

„Wenn du nicht sofort einsteigst, fahren wir ohne dich."

In der Ferne hörte man Polizeisirenen, aber das war nicht ungewöhnlich in einer Stadt wie Hannover. Irgendwo war immer etwas los. Wer konnte schon wissen, wohin sie gerufen worden waren. Als Nadim endlich im Auto saß, bekam er die Tür nicht richtig zu, weil sich in der Eile der Sicherheitsgurt verklemmte. Aziz, der schon hinter dem Steuer saß, stieg noch einmal aus, ging eilig um das Fahrzeug herum, zog am Sicherheitsgurt, bis er ihn befreit hatte, und warf mit einem Knall die Tür zu. Als er gerade wieder einsteigen wollte, kamen zwei Taxis angerast und hielten mit kreischenden Bremsen direkt vor ihm mitten auf der Straße. Aus dem großen Van sprangen Fadia, Alisa, Jil, Ahmed, Hamid, Chris und Moritz und aus dem kleineren PKW kletterte Jane. Sie lief zu Damaris und nahm sie fest in ihre Arme, dann gingen beide in die Hocke, damit die Mädchen sich in ihrer Mitte geschützt fühlen konnten.

„Es ist vorbei", sagte Jane zu ihnen. Damaris konnte noch nicht sprechen und hielt Samira und Elin einfach nur fest, so als wollte sie sagen: Keine Angst, ich lasse euch nie wieder los.

Die anderen umringten das Auto, um es am Wegfahren zu hindern, doch Aziz hatte es in dem ganzen Durcheinander nicht mehr hinters Steuer geschafft und sah sich plötzlich seinem Sohn gegenüber.

„Baba!" Hamid hätte seinen Vater am liebsten niedergeschlagen, aber da sah er jemanden reglos am Boden liegen. Er zog sein Handy aus der Tasche und wählte die 112.

„Onkel Aziz!" Fadia starrte den Mann an, der gerade einsteigen wollte. Sie stand nur da und schaute. Dann sah auch sie Rabia auf dem Boden liegen.

„Onkel Aziz, warum habt ihr das getan?"

Aziz antwortete nicht.

Fadia blickte ängstlich ins Auto und war sehr erleichtert, als sie ihren Vater nirgends entdecken konnte.

„Ist mein Vater auch da?“, fragte sie. Aziz schüttelte den Kopf.

„Manzir weiß nichts von unserem Ausflug. Mein kleiner Bruder ist ein schwacher Feigling.“

Als Fadia auf Aziz losgehen wollte, hielt Moritz sie fest.

„Lass ihn. Er kriegt sein Fett sowieso ab. Du musst dir die Finger nicht an ihm dreckig machen.“

Fadia kam wieder zu sich und hörte nun auch die Polizeisirenen, die sich schnell näherten. Kurz darauf wurden sie abgestellt, und der Platz war in blaues blinkendes Licht getaucht.

Kapitel 13

Vier Wochen später trafen sich alle bei Kai. Fast alle oder, wie Fadia sagte: die Guten. Alle fanden sie Platz im großen Wohnzimmer, in dem Kai mit Fadias Hilfe die Sitzgelegenheiten so arrangiert hatte, dass sie einen Kreis bildeten.

„Mehr Kartoffel als Kreis", lachte Fadia, als sie ihr Werk begutachtete. „Aber Hauptsache, alle haben Platz und können sich gegenseitig sehen."

Alisa und Jil waren gekommen, Damaris und Jane mit Samira und Elin, Moritz, Ahmed und Hamid, der seinen besten Freund Chris mitgebracht hatte, der mit den anderen an diesem denkwürdigen Abend zum ersten Mal unterwegs gewesen war – und Rabia. Rabia, von der sie alle geglaubt hatten, sie wäre tot, als sie regungslos auf dem Asphalt lag, immer noch eins mit ihren Stöcken, und sich eine kleine Blutlache unter ihrem Kopf bildete. Aber die alte Frau hatte großes Glück gehabt. Eine Platzwunde und eine mittelstarke Gehirnerschütterung, das war neben zahlreichen blauen Flecken alles, was sie von ihrem Sturz davontrug. Aufgrund ihres Alters hatte man sie länger als notwendig, wie sie selbst meinte, im Krankenhaus behalten und ihr dringend angeraten, sich zu schonen, aber sie würde bald wieder ganz in Ordnung kommen.

Aufgekratzt rekapitulierten sie die Geschehnisse an jenem Abend, der auch ganz anders hätte enden können.

Die kleine Gruppe, die in der Altstadt unterwegs gewesen war, hatte, nachdem Jane sie über den Überfall informierte, das nächste Taxi bestiegen, in dem alle sieben Platz fanden. Kurz hatte Fadia gezögert, als der Taxifahrer fragte, wohin er sie bringen sollte.

„Wenn sie mich jetzt rauswerfen, dann ist das eben so“, entschied sie schnell und nannte die Adresse des Frauenhauses.

Ohne lange zu überlegen, waren sie alle davon ausgegangen, dass Jane bereits die Polizei gerufen hatte, als Fadias Telefon klingelte.

„Ich weiß nicht, wo Damaris wohnt.“ Jane klang verzweifelt. Sie schien kurz davor zu sein, in Tränen auszubrechen.

Fadia gab auch ihr die Adresse und rief dann die Polizei an.

„Ihr habt gut reagiert“, lobte Kai, die erst eintraf, als alles bereits vorbei war. Niemand hatte daran gedacht, dass auch sie nicht wusste, wo Fadia und Damaris wohnten, und im ganzen Trubel waren ihre Anrufe nicht gehört worden.

„Gut, dass mir trotz allem noch eingefallen ist, den Notruf der Frauenberatung anzurufen, sonst hätte ich die ganze Nacht in Angst und Schrecken verbracht. Außerdem war Selin ziemlich froh, dass sie rechtzeitig informiert wurde, bevor jemand von Damaris und Fadias Mitbewohnerinnen etwas mitbekommen hat und dort alle panisch geworden wären.“

Kai hatte auch Selin zu dem heutigen Treffen eingeladen, aber sie war verhindert.

„Was ist denn aus den drei Männern geworden?“, fragte Rabia, als sie die Geschehnisse des Abends mehrfach durchgesprochen hatten, was ziemlich lange dauerte, da weder Deutsch noch Englisch von allen gut genug gesprochen und vor allem verstanden wurde, um nicht immer wieder Übersetzungen notwendig zu machen.

„Onkel Aziz, Nadim und der andere Mann, der dabei war, kamen in Untersuchungshaft“, begann Fadia, „aber nur Nadim ist noch im Gefängnis, mein Onkel und sein Freund wurden nach wenigen Tagen entlassen.“

„Weil sie einen festen Wohnsitz und Familie haben“, brummte Hamid. „Meinetwegen hätten sie meinen Vater ruhig behalten können. Verdient hätte er es allemal. Wie kann es sein, dass ich nicht früher bemerkt habe, was mein Vater für ein Mensch ist?“

Hamid sah nachdenklich vor sich hin. Er schämte sich für seinen Vater und er schämte sich, dass er sein Sohn war. Erst recht, seit sich herausgestellt hatte, dass Aziz mit Fadias Verheiratung Geschäfte hatte machen wollen.

„Hamid, du kannst nichts für deinen Vater“, versuchte Kai den aufgebrachten jungen Mann zu beruhigen. „Du hast dein Bestes gegeben, um Fadia zu helfen.“

„Nadim werden sie wohl bis zur Gerichtsverhandlung nicht mehr freilassen“, erzählte Damaris. „Dann entscheidet sich auch, ob er abgeschoben wird oder nicht.“ Mit einem Blick durch die Flügeltür zum Garten vergewisserte sie sich, dass Elin und Samira immer noch draußen Fangen spielten. Dann fügte sie ein wenig beschämt hinzu: „Ich kann nicht behaupten, dass er mir leidtut, auch wenn er Samiras und Elins Vater ist.“

„Jedenfalls musst du jetzt keine Angst mehr haben und wir können zusammenbleiben.“ Jane nahm die Hand ihrer Freundin und strahlte sie an.

„Erst einmal“, sagte Damaris leise. „Niemand weiß, wie alles ausgeht. Ob wir bleiben dürfen oder was mit uns geschieht.“

„Alles wird gut“, sagte Kai. „Wir haben schon so viel erfolgreich hinter uns gebracht, das kriegen wir auch noch hin.“

„Meine Tante und ihre schlauen Sprüche“, lachte Alisa. „Aber in diesem Fall würde ich sagen: Recht hat sie. Wir lassen euch nicht mehr gehen, basta.“

Fadia wohnte wieder bei Kai.

Ihr Vater hatte sie äußerst zerknirscht um Verzeihung gebeten, dass er sich so hatte hinreißen lassen in seinem Zorn und später nicht den Mut gehabt hatte, seinem Bruder zu widersprechen, zu dem er, nachdem er von Aziz’ Geldgeschäften erfahren hatte, den Kontakt abbrach. Weinend bat Fadias Mutter ihre Tochter, doch wieder nach Hause zu kommen. Sie hatte zunächst nicht gewusst, was die Männer planten, und später nicht den Mut gefunden, sich Manzir und Aziz zu widersetzen, berichtete sie unter Tränen bei einem abschließenden Treffen in der Beratungsstelle, bei dem auch Selin anwesend war.

„Ich mache mir solche Vorwürfe, dass ich deinen Vater nicht aufgehalten habe. Als deine Mutter hätte ich besser auf dich aufpassen müssen. Bitte, komm zurück, Fadia. So etwas wird nie wieder geschehen."

Fadias Eltern versprachen bei allem, was ihnen heilig war und mit Selin als Zeugin, dass niemand außer Fadia jemals wieder dabei mitzureden hätte, mit wem sie zusammensein wollte. Doch in Fadia war zu vieles zerbrochen, sie hatte das Vertrauen in die Eltern verloren und auch wenn sie ihnen glaubte, dass sie aus allem gelernt hatten, so konnte sie ihnen den Verrat, wie sie es empfand, noch nicht verzeihen. Vielleicht eines Tages, sie wusste es nicht, aber nach all dem wieder mit ihnen zusammenleben, das konnte sie nicht. Selin unterstützte Fadia und half dabei, die Aussprache mit einem für alle zufriedenstellenden, wenn auch für die Eltern schmerzhaften Ergebnis abzuschließen.

Das Jugendamt stimmte schnell zu, als Kai sich anbot, das Mädchen bei sich aufzunehmen. Das Einzige, was Fadia an dieser Lösung störte, war, dass sie sich mit Alisa, Moritz und Jil weiterhin nur an den Wochenenden und in den Ferien treffen konnte. Sie würde, wie schon seit ihrem Einzug ins Frauenhaus, in Hannover zur Schule gehen und dort ihr Abitur machen. So lange wollte sie bei Kai wohnen bleiben.

In den schwierigen Wochen, die sie gemeinsam verbrachten, hatte Kai Fadia lieb gewonnen und war froh, sie nun wieder bei sich zu haben. Kai freute sich darauf, die junge Frau neu kennenzulernen, die jetzt von ihrer Angst befreit war, „mit einem alten Sack in Marokko" verheiratet zu werden.

Als sein Vater aus der Untersuchungshaft entlassen wurde, war Hamid zu Hause ausgezogen. Er wohnte vorübergehend bei Chris und die beiden suchten nun nach einer Wohnung in Bremen, um eine WG zu gründen. Hamid hatte zunächst ein schlechtes Gewissen gegenüber seiner Mutter und überlegte, ob er ihr zuliebe in der elterlichen Wohnung bleiben müsse.

„Solange sie an Aziz festhält, und das wird sie immer und ewig tun, da bin ich mir sicher, da ändert sich sowieso nichts“, sagte Hamid schließlich nach langen Gesprächen mit Chris, in denen er gemeinsam mit seinem besten Freund alles immer wieder durchgesprochen hatte. Seine Mutter würde sich nie von Aziz trennen und dann konnte er ebenso gut gleich ausziehen und sich die tägliche Begegnung mit seinem Vater, den er nur noch verachtete, ersparen.

So schnell es ging, sollte Damaris zurück in ihre Unterkunft, weil ihr Platz im Frauenhaus dringend gebraucht wurde. Die Angst davor, erneut in diesem unheimlichen Gebäude leben zu müssen, in dem sie sich fortwährend bedroht gefühlt hatte, gab den letzten Ausschlag. Damaris outete sich bei den Behörden als Lesbe und stellte einen neuen Asylantrag wegen Homosexualität, die in ihrer Heimat Saudi-Arabien verboten war und mit Gefängnis, Peitschenhieben und sogar dem Tod bestraft wurde. Sie bekam die Erlaubnis, in das Wohnheim für queere Geflüchtete zu ziehen, in dem auch Jane lebte.

Würde man ihr als verheiratete Frau mit zwei Kindern glauben, dass sie lesbisch war? Wie Jane, über deren Asylantrag auch noch nicht entschieden war, vertraute sie darauf, dass das Glück weiterhin auf ihrer Seite blieb. Damaris reichte die Scheidung ein und Nadim stimmte zu, in der Hoffnung, damit im Gerichtsverfahren besser dazustehen.

Kai hatte Pizza für alle kommen lassen und nachdem sie zu Abend gegessen hatten, brachte Damaris ihre Töchter in Fadias Zimmer zu Bett. Sie wollte mit Jane und den Kindern bei Kai übernachten, um nicht wegen Samira und Elin früher nach Hause fahren zu müssen als die anderen und einen Teil des Zusammenseins mit ihnen zu verpassen. Fadia würde heute auf der Couch im Wohnzimmer schlafen und den Gästen ihr Zimmer überlassen. Während Damaris die Mädchen zum Schlafengehen herrichtete, erinnerte sie sich an früher, als sie selbst klein war und ihre Mutter sie abends in den Schlaf sang. Sie vermisste ihre Mutter. Ob sie die Eltern je wiederfinden würde, blieb ungewiss. Es gab Tage, da sehnte sich Damaris sehr nach ihnen und befragte aufs Neue das Suchportal im Netz. An anderen Tagen glaubte sie schlechten Gewissens, es wäre besser für sie, wenn sie die Eltern nicht mehr fände. Würde sie es je schaffen, den Eltern gegenüberzutreten und sich ihnen als Lesbe zu erkennen zu geben? Hätte sie die Eltern bei sich gehabt, wäre sie mit größter Wahrscheinlichkeit noch immer nicht im Reinen mit sich. Warum war es nur so schwer? Warum war sie so schwach? Dann erinnerte sie sich, wie Kai ihr erzählt hatte, dass sie selbst sich erst nach dem Tod ihrer Eltern eingestehen konnte, lesbisch zu sein. Damaris war also nicht allein mit diesem Problem und das tröstete sie ein wenig.

Als Damaris wieder nach unten zu den anderen kam, brachte Fadia gerade eine große Schüssel Mousse au Chocolat aus der Küche, die sie zur Feier ihres Einzugs bei Kai für alle angerührt hatte. Rabia bat darum, zum Mousse noch einen letzten Espresso für heute zu bekommen. Als die kleine Tasse vor ihr stand, rührte die alte Frau, obwohl sie nie Zucker nahm, nachdenklich mit dem kleinen Löffel darin herum. Dann sah sie auf.

„Alles ist gut geworden, nur eines nicht: Ihr beiden zieht weg und überlasst mich alte Frau meinem Schicksal." Nun lachte Rabia, aber es war nicht zu überhören, dass es sie trotz ihrer Freude über den guten Ausgang der Geschehnisse auch traurig machte, dass ihre jungen Nachbarinnen nicht mehr in ihrer Nähe waren.

„Wir kommen dich oft besuchen, Rabia. Samira und Elin fragen schon die ganze Zeit, wann sie wieder für ihre *Jida* backen dürfen", versprach Damaris, die alles verstanden hatte und abwinkte, als Fadia für sie übersetzen wollte.

Rabia kicherte. „Als ihre Großmutter bin ich ein wenig zu alt, aber sag ihnen, ich warte schon sehnsüchtig auf ihren Sandkuchen."

„Ich komme dich auch besuchen, immer schon wollte ich mal probieren, wie so ein Zigarillo schmeckt", sagte Fadia.

„Bestimmt zieht auch bald wieder eine junge Frau ins Frauenhaus, die du beschützen kannst", neckte Hamid Rabia.

Die alte Frau nickte. „I'll do my very best", lachte sie. „Vielleicht sollte ich endlich einen Karatekurs machen."

Es wurde spät an diesem Abend. Bevor Rabia zu Kai ins Auto stieg, holte sie aus ihrer Handtasche ein gerahmtes Foto. Darauf waren junge Mädchen in Miniröcken zu sehen, die fröhlich auf dem Campus der Universität von Kabul flanierten. „Nie wieder zurück!" hatte Rabia mit einem dicken Stift darauf gemalt.

„Ich habe leider nur das eine Bild, aber ihr jungen Leute könnt sicher Kopien davon machen. Für jeden von euch eine. Zur Erinnerung an das, was geschehen ist, an das, was fast geschehen wäre, und daran, wie wir gemeinsam alles zum Guten gewendet haben. Ihr dürft das nie vergessen: Nicht eure Kultur bestimmt euer Verhalten, auch wenn man euch das einreden will, höchstens beeinflusst sie es. Ihr selbst habt es in der Hand, was aus eurem Leben wird. Ihr selbst bestimmt mit eurem Verhalten die Kultur. Seid wachsam, denn es liegt an euch, was nun geschieht."